RELATOS CORTOS

NOSOTROS, LA VIDA Y EL MUNDO

Abelardo Giraldo

A QUIENES CONFIARON

Quiero demostrar mis profundos reconocimientos a quienes, de una manera u otra, contribuyeron a que esta obra se plasmara en blanco y negro.

A mi señora, María Leticia quien, en todos los momentos buenos y no buenos ha estado a mi lado, incondicionalmente, con la voz de aliento a flor de labios. Su auténtica y desinteresada solidaridad siempre ha sido mi aliciente para no desfallecer. Nunca le importó que a menudo me pasara las noches en vela escribiendo o que me sumergiera en mi mundo silencioso.

A mi hermana Cecilia, para quien no tengo sino palabras de cariño porque su enérgica y siempre alegre personalidad hizo arder mi pasión por la incansable producción literaria.

También va mi agradecimiento a Alirio Acevedo, a Guillermo Gómez Moreno y a Antonio J. Arias B., pues ellos también me alentaron para que estos espíritus variopintos no fueran a quedar en el cajón del olvido y me presionaron, en cierta forma, para que se convirtieran en puntos de referencia de las generaciones actuales y venideras.

A todos ellos, los llevo en el rincón más preciado de mi corazón.

El autor.

RESEÑA DEL AUTOR

Los temas aquí registrados son el producto de acontecimientos ocurridos en Colombia, Latinoamérica y el mundo que, en su momento, despertaron en mí gran interés por investigar y escribir sobre ellos.

Esta idea nació cuando leí por primera vez *El Ciudadano en la Red,* de Alirio Acevedo, y descubrí que columnistas netamente sevillanos se daban cita en esta prestigiosa página de internet, para expresar sus opiniones. Por esta razón, me comuniqué con el director y, bajo su consentimiento, empecé a enviarle mis primeras impresiones.

Nací en Sevilla, Valle del Cauca, hoy Patrimonio Cultural de la Humanidad, bachiller de 1970, y egresado del Colegio General Santander, institución que, desde su fundación, ha sido considerada de respetable prestigio nacional, por el gran nivel cultural e intelectual con que ha preparado a muchas generaciones.

En la década de los 70, cuando en clases de Historia nos refrescaban los acontecimientos ocurridos durante la primera y la segunda guerras mundiales, y ad portas de una tercera, con el mundo que pendía de un hilo debido a la llamada Guerra Fría y además la revolución cubana con la figura del Che, copando la conciencia de la juventud de entonces, fueron estos, fenómenos sociales que causaron gran impacto en nosotros.

Los más libres de pensamiento optaban por cambiar el mundo, siguiendo los senderos de la lucha revolucionaria, mientras en muchos de nosotros, se despertaba un marcado patriotismo, surgiendo la idea de portar los uniformes y las armas de la república, para proteger nuestra nación.

Jamás he olvidado una frase que nos repetía el profesor de Historia: "La libertad sin orden degenera en anarquía y el orden sin libertad termina en dictadura".

En Washington D.C, un soldado pronunciando un discurso en el cementerio, cuando se celebraba el día de recordación, "MEMORIAL DAY" y ante la tumba del Soldado Desconocido, expresó que; "los que optaban por el sacrificio de ser soldados, lo hacían para que los ciudadanos no tuvieran que preocuparse por los demonios del mundo".

Fue así como varios de nosotros decidimos seguir el camino patriótico, entre ellos, Alberto Ruiz, Álvaro Martínez, Jaime Madrid, Carlos Ospina, el suscrito y otros. Ingresamos en una escuela de formación de oficiales y, aunque nuestro deseo era ser militares en ejercicio, fue, la Policía Nacional la que nos abrió las puertas de la Escuela de Cadetes General Santander, en Bogotá.

Salimos oficiales, ejercí pocos años, pasó la fiebre, me retiré y, después, se me despertó la vena literaria que traía desde el colegio, ingresando a estudiar Lingüística y Literatura, en una universidad del sur de Colombia, hoy Universidad del Amazonas, donde cursé varios semestres.

Ejercí la cátedra de Español y Literatura en el Colegio Nacional la Salle, de Florencia, Caquetá y, desde esa época, no he olvidado mi pasión por la lectura y la escritura.

Emigré a los Estados Unidos y resido desde hace 20 años en el Estado de la Florida, donde disfruto de un retiro. Combino mis actividades con la lectura de mis más preciados libros, sin olvidar la recomendación aristotélica de "piensa como piensan los sabios, más habla como habla la gente sencilla" o lo expresado por Francis de Croisset: "La lectura es el viaje de los que no pueden tomar el tren".

Espero que lo consignado en estas páginas sea de gran aceptación y, si en algo difieren mis impresiones de las de alguno de mis lectores, sus críticas serán bien recibidas.

El autor

PRÓLOGO

Por algunos lugares de Colombia, de cuyos nombres sí puedo acordarme, pasó Abelardo Giraldo tejiendo historias de la vida cotidiana, para enriquecer la narrativa colombiana.

Este exordio tiene una aproximación cervantina porque, entre el Manco de Lepanto y el escritor sevillano, hay cierta semejanza: don Miguel de Cervantes Saavedra se enroló en la Armada española en 1751 y Abelardo también estuvo por el camino de las armas, como oficial de la Policía.

Como rara coincidencia, Abelardo en algo se parece al Caballero de la Triste Figura, porque si este cabalgó por los caminos de La Mancha para luchar contra malandrines y gigantes imaginarios, Abelardo lo hizo por los parajes de Boyacá, tierra donde la Luna, el Sol, las estrellas, la montaña y el rostro de los hombres tienen color esmeralda y los caminos huelen a miedo, sudor y sangre.

Abelardo es teatrero, comediante, soñador. En la escuela, recitaba los poemas de Pombo y se ponía tan "tieso y tan majo", como el *Rinrín Renacuajo*. Recuerdo que, en la niñez, leía revistas de aventuras y, en su juventud, lo vi recreándose con las pesadillas de Poe, la narrativa de Cortázar y el poemario de Whitman. Lo conocí andando en buenas compañías, pero cuando apareció Ernesto el Che Guevara le entronizó altar y se olvidó de las enseñanzas de la mamá, en el susurrar de la cuna.

Convencido de transformar al mundo, con los ideales del Che, leyó todo lo que se encontró en el camino de Hegel, Marx, Lenin y toda la dialéctica alrededor de la lucha de los pueblos.

Cuando Camilo Torres visitó a Sevilla, se le volvió a prender la llama de la revolución y, cuando todos creímos que se había ido para el monte con morral y fusil al hombro, apareció en un pueblo del Quindío vendiendo pasajes para viajar a Marte.

Así es Abelardo: Trotamundo, soñador, romántico, gran amigo. En nada se parece a Sartre, Borges o Cioran, pero tiene la misma fiebre de los laureados escritores y sufre de la misma enfermedad: escribir.

Giraldo regresó a Sevilla, la tierra de sus querencias, para presentar su primera obra, titulada *Nosotros, la vida y el mundo.*

El tema gira alrededor de los conflictos humanos, una visión del mundo alrededor de la objetividad, de los sucesos, de los fenómenos de la naturaleza, de la sociedad y de la cultura. Además aborda temas políticos, filosóficos, religiosos, literarios e históricos, de gran relevancia, plasmados y organizados dentro de un moderno y agradable plano estructural contemporáneo.

En la narrativa, pone los pies sobre la tierra, para hablar de vida, aventuras, personajes, tropeles, bohemia y melodía, porque el narrador es herencia de poetas malditos.

Javier Marulanda
"MARULO"
Escritor y Periodista Sevillano.

CONTENIDO

Capítulo I

Política

El ciberataque global

Hubo una especie de, **Viernes negro** de la CIBERSEGURIDAD, 74 países reportaron episodios en los que a través de un programa malicioso o malware, bloquearon el acceso a los sistemas, a una parte del segmento de archivos y se exigía rescate para liberarlos, según incidente ocurrido exactamente, el 12 de Mayo de 2017.

Cientos de miles de ordenadores fueron hackeados, los antivirus no pudieron detectar al enemigo, el texto del mensaje que aparecía en la pantalla y de color rojo, era, **!Oooops, tus archivos están encriptados!**

Este ciberataque afectó a países como España, Reino Unido, Turquía, Italia, Ucrania, Vietnam y la propia Rusia. Microsoft había anunciado semanas antes, la existencia de una brecha en el programa WINDOWS y que estaban buscando la forma de superarlo, pero sucedió que un montón de información encriptada como videos, fotos, correos y cuentas de infinidad de usuarios, habían desaparecido.

WIKILEAKS, informa que el sistema de seguridad nacional de los Estados Unidos se encontraba desarrollando un programa para comprobar globalmente todos los sistemas electrónicos.

Emplearon como MODUS OPERANDI, un Viernes, porque generalmente en este día, se padece de una especie de stress laboral, se trabaja en los ordenadores muy descuidadamente, no como al principio de semana, se trató de un ataque simultáneo y muy calculado, de orientación expresamente militar, jamás un lobo solitario podría realizar algo así.

Que sería de nosotros si en un futuro fuera imposible localizar nuestra base de datos, nuestros récords laborales, hospitalarios, no se le podría hacer seguimiento a nuestras enfermedades y padecimientos, lo mismo, se afectarían las futuras jubilaciones, al no encontrar los registros de trabajo, esto sería el acabose. Lo que se informa es que todas las sospechas, caen en la NSA.

Una de las compañías afectadas fue el Servicio Nacional de Sanidad del Reino Unido, fueron 40 hospitales y entidades anexas a la salud, los que se vieron vulnerados, hubo que suspender citas, desviar ambulancias, se registraron retrasos en atención médica a los pacientes, porque no encontraban sus datos. Otro incidente similar ocurrió en Febrero de este año, en la ciudad de los ÁNGELES, pero esta vez, el hospital terminó pagando 17.000 dólares a los delincuentes.

Otra de las empresas afectadas fue FEDEX, líder en entrega de paquetes de correo a nivel mundial.

Al parecer se trata de una CIBERGUERRA MUNDIAL y en los próximos días, WIKILEAKS, difundirá documentación relacionada con los programas que utiliza la CIA, para expiar desde cualquier dispositivo conectado a la red.

Se esperan muchas sorpresas, gobiernos y empresas especialmente multinacionales, han emprendido una carrera armamentística de programadores y herramientas informáticas.

Qué pasará si manipularan los semáforos de una ciudad o la torre de control de un aeropuerto. EDWARD SNOWDEN, el ex-analista de la NSA, que filtró al mundo el espionaje masivo realizado por Estados Unidos, no descarta que este ciberataque, viene de la NSA.

El año 2015, un malware se infiltró en una Empresa Hidroeléctrica de Europa Central, borrando todos los archivos y saboteando el sistema de esa infraestructura eléctrica, más de 600 mil personas, quedaron sin calefacción durante varias horas en pleno invierno, KIEV, acusó a Rusia de este ataque.

La injerencia rusa en una campaña presidencial como la de DONALD TRUMP, se puede considerar como un hito crucial en la historia de la I CIBERGUERRA MUNDIAL.

Lo que no había logrado el ejército rojo en la guerra fría, con ojivas nucleares y su presencia en Cuba, lo ha conseguido PUTIN, a golpe de Clic, "influir en la elección del cargo más poderoso de la tierra".

El 9 de Diciembre de 2016, el WASHINGTON POST, publicó que la CIA, acusaba a fuentes cercanas al Kremlin de filtrar a WIKILEAKS, los emails pirateados a la campaña de HILLARY CLINTON, con el fin de perjudicarla en la carrera por la CASA BLANCA. Sorprendentemente, se rompía la ley del silencio, una superpotencia acusaba a otra, de una intromisión política directa y gravísima.

La opinión pública europea, está muy preocupada y aguarda incrédula, después de lo ocurrido a la mayor superpotencia mundial.

Hackers mercenarios que trabajan en nómina de la agencia militar rusa (GRU), ejecutaron esto, gracias al llamado SPEARS PHISHING, un programa que obtiene información mediante engaño, el acceso llegó cuando varios miembros de la CAMPAÑA DEMÓCRATA, abrieron un EMAIL TRAMPA y destaparon la CAJA DE PANDORA.

El gobierno holandés en elecciones pasadas retiró el voto electrónico por un recuento contado a mano, previniendo que hackers pudieran interferir en los comicios.

Estamos en plena era de la POSVERDAD, tras el BREXIT y la victoria de TRUMP, la manipulación de datos y la filtración selectiva de información hackeada en las redes sociales, podrían ser armas muy efectivas en las futuras elecciones de Alemania e Italia.

Otra cosa que debemos destacar, es que, el auge del populismo en el mundo, se encuentra en todo su furor.

Paraísos fiscales. Se considera paraíso fiscal a aquella isla o Estado que permite a grandes empresas o personas particulares ocultar sus fortunas y, así, evadir el pago obligatorio de los impuestos con los cuales se sustenta la economía de los países, ocasionando que millones de personas sean arrastradas a vivir en condiciones de miseria.

En el 2011 se realizó en Francia una reunión, en la cual organizaciones de África, Suiza, Noruega, los Países Bajos, Alemania, el Reino Unido y Filipinas solicitaban al G20 y al G8 una transparencia financiera, que fuera considerada una prioridad absoluta y obligatoriamente impuesta a todos los países del mundo.

Nicolás Sarkozy, después del mitin, pronunció, con bombo y platillos, que se acabarían para siempre los paraísos fiscales. Se hablaba de aplicar sanciones fuertes a las empresas que utilizaran fuga de capitales y evadieran impuestos, que crearían una cooperación judicial y fiscal efectiva para que la criminalidad económica y el pillaje financiero no quedaran impunes.

Pero resultó que todo fue una simple comparsa: al contrario, los dineros que siguieron entrando a estos paraísos se incrementaron en un 44 %. Todo esto acaba de demostrarse, gracias al estudio investigativo que un consorcio internacional, compuesto por 400 periodistas de todo el planeta (ICIJ), hicieron a la empresa Mossack & Fonseca, de Panamá, durante un año y en la que se analizaron once millones de documentos. Esto dejó al descubierto las fraudulentas maniobras utilizadas por los ricos y poderosos del mundo, para ocultar el dinero y evadir impuestos.

Mientras los gobiernos se ven obligados a reducir los gastos y a despedir a trabajadores, al invocar austeridad debida a la desaceleración de la economía, la élite financiera de los ultrarricos esconde su dinero en esos paraísos. Esta vez, resultaron involucrados 12 jefes de Estado, 128 políticos, 61 familiares o socios cercanos a la clase política, entre los que figuran el presidente ruso, Vladimir Putin, el presidente argentino, Mauricio Macri, la hermana del rey emérito de España, Pilar de Borbón, lo mismo que Juan Armando Hinojosa, contratista favorito del presidente de México, quien aparece con tres fideicomisos, que suman US$750'000.000.

El autor del libro *Los banqueros de sangre*, el destacado economista mundial James Henry, describe en su obra la existencia de una inmensa bolsa de efectivo flotante, en una nebulosa, definida como *offshore*, que incluye bienes raíces, en los que figuran yates, piedras preciosas, obras de arte, lo mismo que metales, incluido el oro, que sirven para esconder riqueza.

Dentro de esta conspiración evasora de impuestos, figuran inmobiliarios chinos, magnates del software, compañías petroleras y los carteles de las drogas. "Se refugian del frío de las crisis al calor de los paraísos", como expresara un economista moderno.

Entre los paraísos fiscales más famosos figuran Panamá, Belice, las Bahamas, Islas Caimán, Antillas Holandesas, Islas Vírgenes, Hong Kong y Luxemburgo.

El mundo se está viendo obligado a reconsiderar el problema, y los países desarrollados intentan hacerle frente. Por esta razón, los gobiernos de Estados Unidos y del Reino Unido están planeando reunirse más a menudo en cumbres internacionales sobre la corrupción, aunque es muy probable que esto no genere ninguna consecuencia, como ha ocurrido siempre en ocasiones anteriores.

Además, existe un doble rasero: en los Estados Unidos, Delaware, un pequeño estado de la costa este y muy cerca de Washington D.C., es un gran paraíso fiscal al interior del país. Tiene registradas 945.000 firmas. A este le siguen Nevada, Wyoming y Arizona, que también poseen regulaciones que favorecen el secreto financiero.

El pesimismo está invadiendo a la gente. Todo ha venido fallando: las instituciones, la religión y la política. El *New York Times* acaba de publicar que las ciudades en donde más corre el dinero sucio son Nueva York, Miami, Londres y, ahora, Panamá.

El país donde se guardan los dineros de más dudosa procedencia es Suiza. Allí, existen cantidades de leyes y normas, que favorecen la reserva financiera. Este país es la cabeza No. 1 de los paraísos fiscales, con su "tradicional y casi inviolable secreto bancario", aunque, por presión internacional, ha hecho algunas concesiones, lo que ha permitido identificar a titulares de cuentas, que han robado, mediante la corrupción, a sus propios países.

Como podemos apreciar, estos paraísos son laboratorios de ingeniería económica, que no contribuyen a ningún bienestar social y, al contrario, están obligando a las clases media y trabajadora a hacer mayores esfuerzos y a que paguen más, mediante el tributo de elevados impuestos. La legitimidad ha desaparecido.

El actual presidente de la FIFA, que acaba de ser nombrado, hoy debuta como uno de los principales personajes en los papeles de Panamá.

Este ha sido un fenómeno global que los países desarrollados no han querido controlar y es el ciudadano de a pie, el que, infortunadamente, tiene que padecer las consecuencias de esta alarmante especulación económica de los más ricos.

Corrupción en Guatemala

Esta nación fue descubierta por los españoles en 1523, al mando del conquistador Pedro de Alvarado, después de haber sido la sede principal de una antigua civilización, llamada los mayas, que se destacaron en varias disciplinas científicas, como la arquitectura, la escritura, el cálculo del tiempo, las matemáticas y la astronomía.

Guatemala vivió una de las dictaduras más sangrientas y desalmadas de Latinoamérica. La tiranía empezó cuando el evangélico y pentecostal Efraín Ríos Montt asumió el poder el 23 de marzo de 1982. Este siniestro personaje reemplazó a otro tenebroso genocida, Fernando Lucas García, quien también había gobernado implantando un cruel terrorismo de estado, como eficaz maquinaria de exterminio y adoctrinamiento. Ríos Montt prometió acabar con el hambre, la ignorancia, la miseria y la subversión, a los que denominaba "los cuatro jinetes del Apocalipsis".

Se vistió de militar y organizó un cuerpo élite del Ejército, llamado los kaibiles, con los que asesinó al más grande defensor de los derechos humanos y valiente protector de los indígenas, monseñor Juan Gerardi, en 1998. Se consideraba, a sí mismo, la Espada de Dios, y 100.000 mujeres, la mayoría de ellas niñas, fueron violadas y asesinadas durante su régimen de terror.

Muchas sobrevivientes indígenas, entre ellas, Rigoberta Menchú, denunciaron estas atrocidades ante los tribunales, en el 2013, cuando el tirano fue juzgado.

El periodista John Carlin, quien logró entrevistar al dictador por los años 80, alcanzó a decir que "ese régimen militar había sido más siniestro y más despiadado que el *apartheid* de Sudáfrica".

Gracias a valientes mujeres, como la nobel Rigoberta Menchú, la fiscal general, Claudia Paz, y la jueza Jassmín Barrios, este hombre fue sentenciado a 80 años de prisión, después de haberse comprobado la masacre y la desaparición forzada de más de mil indígenas Ixiles, según declararon centenares de testigos. Además, un millón de guatemaltecos, especialmente de las tierras altas y montañosas, propiedad de los aborígenes mayas, fueron desplazados, sus casas devastadas y quemadas, durante la campaña militar de "contrainsurgencia" con la aplicación de la política de tierra arrasada y genocidios, que tuvo su apogeo en la década de los 80.

Guatemala volvió a jugar en el 2015, pero en un bochornoso caso de corrupción: el presidente, Otto Pérez Molina, quien fue elegido a finales de 2011, aparece vinculado a redes de corrupción de exmilitares enraizados en los años 70. Además, su gobierno estaba siendo duramente cuestionado, después de descubrirse una tremenda red de defraudación aduanera, considerada en miles de millones de dólares y en la que aparecieron involucrados la vicepresidenta, Roxana Baldetti y su ministro de Energía y Minas, Erick Archila.

Esta denuncia fue hecha por la Comisión Internacional contra la Impunidad en Guatemala (Cicig), que dirigían el exmagistrado colombiano Iván Velásquez y la fiscal general del Ministerio Público, Thelma Aldana.

En esta investigación, aparecen involucrados altos funcionarios, encargados de la recaudación fiscal, entre los que también se incluye al secretario privado de Baldetti, Carlos Monzón. A ellos les fue impuesta la orden institucional de renunciar a sus cargos.

Según información aparecida en *El Tiempo*, Bogotá, se analizaron 66.000 llamadas y 6000 comunicaciones electrónicas, se descubrió que decenas de importadores se comunicaban a diario con un número telefónico, conocido como "la línea". Arreglaban el ingreso de contenedores con mercancía de contrabando y evadían el pago de impuestos.

El cabecilla de la red era Carlos Monzón, oficial retirado del Ejército, quien se encontraba en Seúl, Corea, con la vicepresidenta, cuando se desató el escándalo y quien en la actualidad es prófugo de la justicia.

Luego, el 20 de mayo del año 2016, se destapó otro escándalo, relacionado con la desaparición de 14 millones de dólares del Seguro Social, en el que aparecen involucrados Juan de Dios Rodríguez, exsecretario privado y hombre de confianza del presidente y quien para esa fecha se desempeñaba como director nacional del Seguro Social.

Al parecer, esta defraudación fue realizada en coordinación con el presidente del Banco Central de Guatemala, Julio Suárez. Rodríguez. Toda la junta directiva del Seguro Social, fueron capturados y dejados a disposición de los tribunales de justicia.

Las últimas noticias de ese año, nos enteraron de que el presidente acaba de remover de sus cargos al ministro de Gobernación, Mauricio López Bonilla, a la titular de la cartera del Medioambiente, Michelle Martínez, al jefe de la Secretaría de Inteligencia Estratégica, Ulises Anzueto, al ministro de Energía y Minas, Erick Archila, lo mismo que a los interventores y superintendentes de los principales puertos de la nación.

Hasta el momento, se encuentran tras las rejas 45 poderosos empresarios, jueces, militares retirados y funcionarios de alto nivel.

Tiempos de renovación política

Existe en la actualidad una gran preocupación por los recientes oleajes políticos en los partidos tradicionales tanto de Latinoamérica como de Estados Unidos.

Un psiquiatra italiano de nombre FRANCO BASAGLIA, dice que la sociedad contemporánea tiene un conjunto de contradicciones sociales, que generan una situación parecida a un barril de pólvora, la cual en cualquier momento puede estallar y para evitar una explosión social, las élites del poder se están valiendo de los llamados TÉCNICOS DEL SABER PRACTICO y se refiere a aquellos profesionales que avalan con su ciencia, una distorsionada realidad, al considerar, que los problemas de alcoholismo, drogadicción, vandalismo o delincuencia común, son el resultado de variables psicológicas, sin conexión alguna con la dinámica social.

El sociólogo mexicano Oscar Yescas Domínguez, dice que en nuestra vida cotidiana, observamos que a diario, aumenta el número de hombres de la calle, mendigos, limpiavidrios, vendedores de chicles y periódicos, que se apostan en los semáforos de las grandes urbes y, la reacción de la mayoría de la población es ignorarlos, como si no existieran, es por esta actitud indolente, que se ha fabricado el término "INVISIBILIDAD SOCIAL", muy empleado en las ciencias políticas y sociales.

Este término, se refiere a la tendencia que hay en la sociedad de ignorar a quienes nos piden ayuda para comer, a quienes se ofrecen a limpiar los vidrios de nuestros autos a cambio de unas monedas, a quienes vemos en las aceras con las manos tendidas para pedir una limosna. Fingimos no verlos, porque nos recuerdan la existencia de contacto y conservamos la tendencia a pensar que esas personas están así, "por las malas decisiones que tomaron en sus vidas" y no reconocemos la responsabilidad social, ante la existencia de la miseria y la pobreza.

La mayoría de la juventud y ancianos estadounidenses, afirman que los partidos republicano y demócrata, no los están representando y aseguran que esa sensación general de desencanto, se debe que los partidos, especialmente, al republicano, no le interesan las amplias minorías de asiáticos, hispanos o negros estadounidenses.

Existe una profunda antipatía, hacia los candidatos que nominaron para la presidencia de los Estados Unidos, el republicano DONALD TRUMP y la demócrata HILLARY CLINTON, los dos candidatos más impopulares en la historia de las encuestas modernas, según lo confirman, La universidad de Chicago y la Associated Press-NORC, Center for Public Affairs Research.

Los políticos toman decisiones sin consultarnos, impulsan reformas que nos quitan derechos, eliminan la estabilidad en el empleo y generan incertidumbre hacia el futuro.

En Colombia, los crímenes sociales por parte del gobierno, están pasando inadvertidos o simplemente ignorados, crímenes como la muerte por desnutrición en la Guajira y el Chocó, la falta de atención médica a miles de ancianos y niños, crímenes por la violación de los derechos humanos de millones de personas, como el derecho a la educación, el derecho al trabajo, el derecho a vivienda, etc., deberíamos considerarlos de lesa humanidad.

En los Estados Unidos, el Senador republicano, presidente de la Cámara de Representantes, quien lleva cuatro ocasiones dirigiendo la comisión de presupuesto, se ha empeñado agresivamente en recortar cada año, los beneficios sociales que protegen a las clases más vulnerables, como los ancianos y los niños, en condiciones de pobreza, a quienes despectivamente define como "parásitos". No obstante, ofreció un irrestricto apoyo al magnate multimillonario y actual presidente, de quien los diarios norteamericanos y la misma ex candidata HILLARY CLINTON, han afirmado que, este Señor, hace 18 años no paga impuestos.

Estos son políticos que perciben sueldos escandalosos y se desquitan traicionando al pueblo que dicen representar, son felices levantando el dedo para aprobar inescrupulosas reformas en favor de los poderosos, con rebajas de impuestos, mientras que a los de a pie, se les recorta todo tipo de beneficios sociales. El hecho de representar a los más ricos, genera en estos políticos, soberbia, arrogancia y un deshumanizado odio hacia los más pobres.

En Colombia la justicia no existe, las instituciones encargadas de administrar justicia se han politizado, existe una corrupción rampante en torno a ellas. Los medios masivos de comunicación cumplen una función ideologizante, distorsionando la información, promoviendo una situación acrítica del status quo, e impulsando al conformismo.

Las contradicciones sociales se agudizarán cada día, porque surgirán movimientos sociales emergentes que enarbolarán las banderas de la justicia, la democracia y la igualdad. La respuesta que recibirán de las élites en el poder, será la indiferencia a sus reclamos y, legisladores, ministros de justicia y medios masivos de comunicación, los convertirán en "criminales", ante la opinión pública, es por eso, que el ciudadano contemporáneo ha llegado a la conclusión de que no existe la justicia, tampoco existe la democracia, ya que el autoritarismo es la característica principal de los gobernantes de turno.

La situación se complica cada vez más, porque se observa un tránsito paulatino pero constante de un poder autoritario, en el liderazgo de los gobernantes hacia un franco totalitarismo, que les permita seguir disfrutando de las mieles del poder.

OSCAR YESCAS, en su trabajo sobre la socio patología de nuestra sociedad contemporánea, dice que vivimos en una sociedad enferma, esta no es una sociedad sana, sino todo lo contrario, se le rinde culto a la muerte, se promueve la violencia y les gusta la destrucción, ¿Qué explicación le damos, cuando vemos que en la sociedad estadounidense, con relativa frecuencia se presentan casos de suicidios de personas, que van acompañados de una previa matanza colectiva?

Todo esto se debe a que se ha fomentado el delirio por las armas y se ha minimizado la gravedad que representan estas matanzas, todo porque esta predilección está protegida por la segunda enmienda de la constitución, que contempla el derecho de todo ciudadano para poseer el arma con el calibre que mejor le venga en gana, para defender sus derechos y posesiones.

Al encargado de la masacre en Orlando, se le considera como un individuo alterado con desórdenes de personalidad, es decir, se incurre en un reduccionismo psicológico sin tener en cuenta el análisis de la sociedad en su conjunto. Nos encontramos es, posiblemente con lo que podríamos considerar "UNA SOCIEDAD INSATISFECHA". Una sociedad que estimula un consumo exacerbado, que genera en los individuos una obsesión por "el tener", más que por "el ser".

Además no es justo, lo de las crisis económicas creadas por nuestros políticos, en que la clase en el poder adquiere grandes beneficios, mientras que la población en general ve disminuir su capacidad adquisitiva de manera constante y progresiva.

Las nuevas reformas eliminan la estabilidad en el empleo, los futuros trabajadores no podrán obtener antigüedad y se les pagará por horas en base a contratos individuales. Se eliminarán toda clase de subsidios. Esto hará que la pobreza aumente contradiciendo el discurso oficial, la delincuencia común se disparará en las ciudades, la inseguridad crecerá y la violencia aumentará en sus diferentes facetas de expresión, además la corrupción y la impunidad se mostrarán como telón de fondo de todos nuestros grandes problemas sociales.

En Colombia las calles de las principales ciudades están mal pavimentadas, con baches o simplemente sin pavimentar, el alumbrado público no funciona en todos los sectores, ya empezaron con el racionamiento de la energía, especialmente en los departamentos costeros.

Los dineros de los recursos públicos los desvían para pagar campañas electorales, los resultados de las elecciones no convencen a nadie, porque se realizan a través de operaciones fraudulentas.

En Estados Unidos y Latinoamérica los partidos políticos, están inmersos en una crisis de credibilidad que los aleja de la población, ya que no representan a nadie, más que a ellos mismos.

No existe la justicia, esta se ha vendido al mejor postor, no existe la democracia porque las mayorías no son consultadas por quienes dicen ser sus representantes. No existe la igualdad social, ya que la desigualdad aumenta considerablemente cada día.

Se volvió común en la sociedad que no exista justicia, se considera muy "normal y natural", que existan ricos y pobres. Que hubiese

corrupción, que exista violencia, que fallezcan jóvenes, ancianos y niños por desnutrición o por enfermedades que pudieron ser fácilmente tratadas. Ven muy normal, las condiciones actuales de comer menos, vestir menos, trabajar más y ganar menos.

La indiferencia generalizada que se observa en nuestra sociedad contemporánea, el apoliticismo que caracteriza el comportamiento de las mayorías, el inmovilismo, que inhibe la participación social, la criminalización de la protesta social, la búsqueda como meta principal de encajar en sociedad, tienen como finalidad la difusión de la idea de "normalidad psicológica" que solo busca la adaptación social. Podemos considerar esto, como una base ideológica del individualismo, conformismo, a criticismo, la adaptación social, la creación de una falsa sensación de seguridad, al encajar en el comportamiento de las mayorías, cuyas imágenes son las que nos proyectan los medios masivos de comunicación, como "anormal" o "normal".

Lo normal en nuestra sociedad, es mantener una rutina de trabajar, consumir, adaptarse a la situación social y repetir el ciclo el día siguiente. A los desviados de esta norma se les considera anormales. El conformismo social, la indiferencia social y el individualismo, son las más grandes características de la ideología contemporánea. Con estas bases el comportamiento social se aleja considerablemente de la política, que solo beneficia a los que están en el poder.

Los que tenemos consciencia de este proceso de ideologización en el contexto de una sociedad en crisis, caracterizada por la injusticia, la antidemocracia y la falta de libertades, debemos retomar como nuestro deber y compromiso social, combatir esa sumisión ideológica por todos los medios que encontremos a nuestro alcance y hacer que nuestra sociedad, tome conciencia colectiva sobre la necesidad de realizar un verdadero cambio social.

Los derechos humanos

Como respuesta a los horrores cometidos en la segunda guerra mundial, la Asamblea General de las Naciones Unidas, adoptó y proclamó, LA DECLARACIÓN UNIVERSAL DE LOS DERECHOS HUMANOS, el 10 de Diciembre de 1948, y podríamos considerarlo como el antecedente más cercano.

Pero si nos remontamos, a la ANTIGÜEDAD, el primer documento que se relacionó con los derechos humanos, fue el CILINDRO DE CIRO, que contiene una declaración del rey persa CIRO EL GRANDE, tras la conquista de Babilonia en el 539 a de C., el cual fue descubierto en 1879 y la ONU, lo tradujo en 1971 a todos los idiomas oficiales.

TOMAS JEFFERSON, también influyó en la elaboración de los Derechos Humanos, que contiene la Declaración de Independencia de los Estados Unidos, publicada el 4 de Julio de 1776 y que se impuso a las otras colonias de América del Norte, después fue tenida en cuenta por la ASAMBLEA NACIONAL FRANCESA en su DECLARACIÓN DE LOS DERECHOS DEL HOMBRE en 1789.

Entre los puntos más importantes sobre este tema, figuran: Todo individuo tiene derecho a la vida, a la libertad y a la seguridad de su persona. Nadie podrá ser sometido a esclavitud ni servidumbre. Ninguna persona podrá ser sometida a torturas, ni a penas o tratos crueles, inhumanos o degradantes. Todas las personas son iguales ante la ley. Nadie podrá ser arbitrariamente detenido, preso, ni desterrado.

Todas las personas tienen el derecho de ser amparados por los tribunales nacionales contra todo acto que viole sus derechos fundamentales, reconocidos por la constitución y la ley.

Todo lo anterior se ve muy bonito si se cumplieran estos preceptos, pero hoy en día, la violencia, podríamos decir que se ha institucionalizado. Esta es una enfermedad social, entendiéndola como el despliegue del poder sobre otra persona que está en desventaja. El poder, el autoritarismo, la fuerza y la manifestación de modelos inadecuados para la resolución de los conflictos. La baja tolerancia a la frustración, la falta de control a los impulsos, imponiendo criterios propios y anulando a sus semejantes y creyéndose poseedores de la verdad.

Existe la violencia psicológica, que comprende la desvalorización, la intimidación, el desprecio o la humillación en público y privado. Los que imponen cualquier tipo de violencia vienen de un entorno familiar vertical y autoritario, otros vienen de roles de género estereotipados, modelos de familia violentos y llenos de conflictos. Estas causas de progresiva "involución" de la sociedad, suceden por la desnaturalización del concepto de familia.

En la época de la inquisición, a ninguno de los religiosos que ejercían de jueces, les interesaba descubrir a los culpables, su misión predominante, era, torturar y quemar a los acusados.

Los jueces hoy, saben muy bien cómo transformar en pánico, el miedo de sus víctimas, miran en forma mixta al acusado, la primera se trata de una HIPÓCRITA INDULGENCIA, como queriendo decir: "No temas, estás en manos de una fraterna decisión, que solo puede querer tu bien", La segunda se trata de una HELADA IRONÍA, como queriendo decir: "Todavía no sabes cuál es tu bien, pero pronto te lo diré".

Termina el juez, con una IMPLACABLE SEVERIDAD, sugiriendo, aquí, yo soy tu juez y me perteneces", puedo hacer contigo lo que yo quiera.

Esta actitud degradante existe en todos los casos y lo llamamos INTOLERANCIA, las personas de todos los niveles, han venido olvidando la justa importancia de lo que son, LOS DERECHOS HUMANOS.

El 2011, año de la afro descendencia

Fue declarado, en la 65a. sesión plenaria de la Asamblea General de las Naciones Unidas, el 2011 como el año internacional de los afrodescendientes, al considerar que había que erigir un monumento permanente como recuerdo de las víctimas de la esclavitud y de la trata trasatlántica de esclavos. Tal año fue proclamado, con miras a fortalecer las medidas nacionales y la cooperación nacional e internacional en beneficio de ellos y de su relación con el goce pleno de sus derechos económicos, sociales y culturales, lo mismo que la promoción de un mayor conocimiento y respeto por la diversidad de su herencia y de su cultura.

Para empezar a dilucidar el tema sobre el África, debemos mencionar, primero, el origen de la esclavitud, la cual probablemente viene de 10.000 años atrás, cuando las personas capturadas en las guerras eran utilizadas para trabajar como esclavos al servicio de otras civilizaciones.

El primer conocimiento que tenemos de la esclavitud data de los sumerios en Mesopotamia -hoy Irak-, alrededor de 3.500 años a. de C., donde había esclavos en Asiria, Babilonia, Egipto y Persia.

La China y la India utilizaban como esclavos a las comunidades negras del África. Con esta inhumana explotación, se fortalecían, en ese entonces, el comercio y la industria.

Se dio origen a grandes imperios en Grecia y Roma, los esclavos eran utilizados en mega construcciones, como el Circo Romano, las Termópilas, el Partenón, en industrias, en minas y en plantaciones. Llegó una etapa en que la trata de los esclavos empezó a variar de unas sociedades a otras: en Roma se los obligaba a trabajar duro y el trato era brutal, mientras que en otras sociedades se los trataba bien. Incluso, llegaron a ser considerados miembros de la familia, y sus propietarios se encargaban de su manutención hasta la ancianidad y la muerte.

Por los años 600 y 700 a. de C., las guerras entre cristianos y musulmanes generaron dos tipos de esclavos. Los musulmanes lograron conquistar el norte, el medio este del África y casi toda España. Los esclavos unos laboraban la tierra y otros eran preparados para la guerra.

Los cruzados cristianos retomaron a Jerusalén y otras áreas de la Tierra Santa allí empezaron a cultivar viñedos y plantaciones para extraer azúcar.

Hombres de negocio italianos comenzaron a plantar caña, para extraer azúcar en muchas islas y se dedicaron a importar esclavos de Rusia y de Europa pero, como era necesaria mucha mano de obra, por el año de 1300, los negros del norte del África fueron capturados y esclavizados por años, para reemplazar, paulatinamente, a los rusos en las plantaciones.

Por los años de 1400, los portugueses entraron a explorar las costas del este del África y barcos portugueses llegaron a Europa, llenos de esclavos africanos.

En la Edad Media, la esclavitud la ejercían los prisioneros de guerra y fue cuando llegó a los indígenas del Caribe, pero por su poca resistencia física fueron siendo reemplazados por negros traídos del África y los indígenas empezaron a ser utilizados en labores domésticas y de servidumbre.

México, Cuba y las islas del Caribe se llenaron de población africana para trabajar en las plantaciones.

Los portugueses empezaron a abrir sus plantaciones en el Brasil, utilizando a miles de nativos de estas tierras. Por eso, el mulato brasileño tiene rasgos físicos diferentes del de las islas del Caribe.

Ya en 1600 hubo un incremento en el tráfico de esclavos, los cuales empezaron a ser utilizados en plantaciones de algodón, tabaco y café. Entre 1500 y 1800 fueron utilizados, a través del hemisferio, unos diez millones de esclavos africanos. El 65% de estos esclavos fueron traídos al Brasil, Cuba, Jamaica, Santo Domingo y Haití.

No sería correcto, ahora, pasar por alto la esclavitud en los Estados Unidos. Encontramos que, por el año 1860, los Estados Unidos tenían alrededor de cuatro millones de esclavos.

Hacia 1700, filósofos y líderes religiosos de Europa y de Norteamérica empezaron a condenar la esclavitud y la consideraron una clara violación de los derechos humanos y de las leyes de Dios.

Vino la guerra revolucionaria (1775-1783), y muchas personas del Norte empezaron a crear un protectorado en favor del esclavo, y fue así como líderes de la talla de George Washington y Thomas Jefferson comenzaron a exponer sus argumentos morales.

Unos 45.000 propietarios de plantaciones del sur de los Estados Unidos se levantaron contra esos argumentos, tildados de influencia extranjera que lo único que querían era parar el vertiginoso desarrollo económico del norte de América.

Después de la guerra civil y de haber ganado esta ardua lucha en favor de los esclavos de raza negra, muchos quisieron volver al

África de sus ancestros: la gran mayoría dejaron las plantaciones y se emplearon como ebanistas o carpinteros, en factorías, en la construcción de trenes, en minería, en oficinas; otros se hicieron pilotos, etc., y su trabajo empezó a ser remunerado económicamente.

1800, en los Estados Unidos, la Gran Bretaña, Francia y España, y en sus colonias latinoamericanas, abolieron la esclavitud, excepto Cuba.

Sin embargo, la esclavitud continuó expandiéndose en el Brasil y en el sureste de los Estados Unidos, hasta su abolición completa en 1865, gracias a la 13a. enmienda de la Constitución de los Estados Unidos. Luego, en Cuba, se acabó la esclavitud en 1886 y en el Brasil en 1888.

Mencionemos un correo recibido del amigo Alfredo Vargas, en el que cuenta del escritor nigeriano Chinua Achebe, quien escribió dos novelas de bolsillo *Todo se desmorona* y *Me alegraría de otra muerte*. Allí, se dice que debemos tener, como triste recuerdo, que fue en Nigeria donde hubo la guerra independentista de Biafra, que dejó tantas muertes y que en los diarios del mundo aparecieron fotografías crueles sobre niños esqueléticos y barrigones.

Achebe logra, en sus novelas, mostrar la espiritualidad de su pueblo, sus costumbres sociales y políticas, así como su relación familiar y con el mundo europeo.

Aseguran algunos que *Todo se desmorona* es una especie de *Cien años de soledad*, versión africana.

El novelista critica al escritor Joseph Conrad, por racista, por no ver en el África más que un escenario en el que la bestialidad triunfa

sobre la inteligencia.

En *Me alegraría de otra muerte*, trata de un personaje o protagonista, Obi, que logra realizar estudios en Inglaterra, con el dinero que sale de una asociación (Unión Progresista), que lo presta a cambio de obtener beneficios de él a su regreso, en una posición importante.

Luego, las circunstancias lo ponen a prueba y acaba siendo una marioneta manejada por unos y otros, su familia, sus amistades, sus jefes y, para colmo de males, se casa con la mujer equivocada. Esta encrucijada y sus contradicciones las cuenta en *Me alegraría de otra muerte*.

Luego, acontece que Venezuela, el 12 de enero de este año cumplió 485 años de la trata esclavista, según comenta César Augusto Silva. Dice el historiador que el 12 de enero de 1526 unos mercaderes vizcaínos, de nombres Sancho Ortiz de Urrutia y su sobrino, Juan de Urrutia, consiguieron la primera licencia del emperador para introducir, en la isla de Cubagua, a 20 africanos y 10 africanas en condición de esclavizados y esclavizadas y quienes fueron explotados en el aura perlífera o producción de perlas en el Caribe.

El posconflicto

Tras una reunión llevada a cabo en Cuba, por los máximos dirigentes guerrilleros de las Farc y del Eln, Timochenko y Gabino acordaron incluir, dentro del proceso de paz, a esta última organización armada. A pesar de que la reunión tuvo lugar a espaldas del pueblo colombiano, pero como resultado de una tutela, el consentimiento y la autorización del presidente Juan Manuel Santos, hubo entre ellos algunas diferencias de carácter temático o metodológico.

El desescalamiento del conflicto continuará y el plan es no levantarse de la mesa a pesar de los imposibles requerimientos por parte del Eln, los cuales manifiestan su voluntad de formar parte del proceso de paz, pero no habrá dejación de armas, hasta que vean a nuestro país libre de los que ellos consideran los déspotas que siempre nos han gobernado y que exista una verdadera igualdad social, política y económica.

Las Farc expresan estar listas para combatir el narcotráfico, pero los colombianos se preguntan cómo lo harán si el 85% de los 281 municipios que ellos controlan cultivan la coca.

Otra situación que habrá que solucionar en el posconflicto es qué van a hacer con aquellas regiones donde operan las Farc, el Eln y las bacrim.

Se va a necesitar la redacción de una constitución o carta magna, con un texto que subvertirá tremendamente las instituciones que conforman nuestra frágil democracia y con un preámbulo que no será más que pura cursilería nacionalista.

Lo que no queremos los colombianos es que se acreciente más esa aberrante corrupción y que tampoco la miseria aumente más de lo que está: al contrario, hay que diezmarla.

Comprendemos que nuestro país es un hervidero de odios y desconfianzas ancestrales. No entendemos cómo, en una gran nación como Colombia, existen grupos políticos que hubieran sido capaces de causar tantos conflictos, tantas guerras, tantos escándalos por corrupción, tantos contrastes y tantas muertes, que han llegado, incluso, a sepultar nuestras esperanzas. Pero tenemos pendiente el proceso de paz, con un costo muy grande en términos de justicia, de verdad, de perdón, de reparación y de olvido, y hay que pagarlo como sea.

Una expresión publicada por Alfredo Rangel Suárez, economista y politólogo colombiano, autor de varios libros, decía, citando a Walter Benjamín: "La justicia no necesariamente entraña lo justo; también es lo necesario, cuando lo justo no es posible".

Tampoco deseamos que Colombia llegue a ser como la Venezuela de Maduro, de quien el escritor sociopolítico Jorge Volpi, en su obra *El insomnio de Bolívar,* se refiere así: "Este presidente venezolano no se cansa de citar en toda intervención pública a Bolívar, lo cita a diestro y siniestro, pero no duda en enfrentarse a las naciones latinoamericanas que se apartan de su radicalismo. Alaba sin cesar a los pobres y a los desheredados, pero no vacila en transar con los empresarios que se ajusten a sus caprichos dictatoriales."

Lo que más desconfianza asalta a los colombianos es que en el posconflicto surja un cuarto escenario criminal, conformado por los desmovilizados, como ocurrió con las autodefensas Auc, muchos de los cuales integran las bandas criminales o bacrim, que se autodenominan los Urabeños y los Rastrojos. Es decir, se desmovilizaron las estructuras militares, pero quedaron intactas sus estructuras criminales y mafiosas, encargadas de mantener el negocio del narcotráfico, la minería ilegal y la extorsión.

Todos los días se hace pública, en los diarios del país, esa escandalosa relación entre la clase política y las bandas criminales. Por tal razón, concejales, representantes o senadores deciden "qué se debe legislar y qué no".

Sevillanos de blanco, en su blog, acaba de compartir un artículo de *El Espectador*, en el que León Valencia, director de Paz y Reconciliación, denuncia que, nuevamente, siniestros personajes de la política con un sombrío pasado o negros antecedentes tienen grandes posibilidades de llegar al poder en las próximas elecciones.

Lo cierto es que, entre la riqueza y la miseria es donde se instalan narcotraficantes, gatilleros, proxenetas, delincuentes inescrupulosos de todas las especies y hasta pederastas, como los grandes villanos del nuevo siglo.

Coqueteos imperiales

Pedro Ángel Palo, escritor mexicano, en su obra El dinero del diablo, comenta sobre las relaciones sostenidas entre el papa Pío XII y el dictador alemán Adolfo Hitler. Según este autor, un cardenal, de nombre Eugene Tisserant, archivista vaticano de documentos privados, desde el papa Pío XII hasta Juan Pablo II, publicó un diario en el que denuncia que, en la mansión de san Pedro, había ocurrido infinidad de situaciones, consideradas, muchas de ellas, tenebrosas.

Este diario se encuentra guardado en una cajilla de seguridad bancaria de Basilea y contiene un documento fechado en 1939, que sindica a Eugenio Pacelli -Pío XII-, como el asesino de Pío XI, en complicidad con Bernardino Nogara.

La denuncia de estas barbaridades es muy importante y, como Ilustración, debemos traerlas al mundo contemporáneo.

El rabino mayor de la iglesia de Jerusalén publicó su inconformidad por la beatificación de Pío XII, el cual ejerció el papado entre 1939 y 1958. Se había iniciado como nuncio apostólico en Alemania; después, había sido nombrado secretario general del Estado Vaticano y, finalmente, papa.

Eugenio Pacelli había logrado, a través de muchos artilugios diplomáticos, que Hitler llegara al poder. Luego, estableció fuertes contactos con Mussolini, lo que denominó la Santa Alianza.

El escritor antioqueño Fernando Vallejo, en su obra *La puta de Babilonia*, dice que Pío XII traicionó a Polonia, porque dejó que Hitler la arrasara, sin emitir ningún comentario. Sus biógrafos afirmaban que su pasatiempo favorito era tumbar pájaros con escopeta, que tuvo varios hijos, a los cuales jamás reconoció y que, además, había considerado a 1900 como el Año del Jubileo, gracias a las riquezas que Alemania le ofrecía a la Iglesia de Roma.

En las encíclicas *Rerum novarum* y *Providentisimum Deus* defendía que Dios no había creado al hombre para asuntos frágiles y perecederos, sino para cosas celestiales y eternas, y que nos había dado la tierra como lugar de exilio y no de residencia permanente.

Otro papa, llamado Esteban IV, del año 756, tramó una gran mentira, para granjearse el apoyo del rey de Francia, porque Roma necesitaba defenderse de la presunta invasión de los lombardos, que pretendían saquearla. Hizo elaborar un papiro con letras de oro, y argumentaba que san Pedro en persona se lo había entregado y que se trataba de un legado directo de San Pedro al rey, en el que le pedía proteger y salvaguardar la ciudad.

Fue tan convincente su ardid, que el rey aceptó el cuento y se aprestó a defender a Roma de cualquier invasión. Por esta acción, el papa le dio al rey el título de *Patricius Romanorum*, que quiere decir Gran Protector de Roma.

Ugolino de Segni, alias el Papa Inquisidor Gregorio IX, es a quien se debe el invento más monstruoso de la Iglesia católica y que llamaron la Santa Inquisición.

Este patriarca de la Iglesia católica decretó la pena de muerte y, por los medios más atroces, a los herejes, entendida como herejía toda desobediencia al papa, que podría ser de obra, pensamiento, acción u omisión. Empezó invirtiendo los principios del Derecho Romano, que establece: Un acusado es inocente mientras no se le pruebe lo contrario, por "Toda persona es culpable mientras no pruebe que es inocente". A este fariseo sentado en la silla de la pestilencia y ungido con el óleo de la iniquidad".

Textualmente, citamos a Fernando Vallejo, cuando describe un juicio realizado por la Inquisición. Dice el autor: "Para iniciar un juicio solo se necesitaba la delación; los hijos eran obligados a denunciar a sus padres, los padres a denunciar a los hijos, los esposos a las esposas y las esposas a los esposos. Igualmente, los amigos eran obligados a denunciar a sus amigos". A las cámaras de la Inquisición, Vallejo las bautizó "las mazmorras del infierno".

Entre los instrumentos que usaban para torturar, extraer confesiones y sembrar pánico, figuraban los siguientes: el collar de púas, la jaula colgante, una mordaza de hierro para evitar gritos incómodos, la sierra para partirte lentamente por la mitad, los torniquetes estruja dedos, los torniquetes aplasta cabezas, el péndulo rompe huesos, la silla de pinchos, la larga aguja que usaban para penetrar los lunares del diablo, las garras de hierro para despellejar la carne, las pinzas y tenazas que calentaban al rojo vivo, los sarcófagos con clavos adentro, las camas de hierro que se estiraban hasta descoyuntar las piernas y los brazos.

Utilizaban los azotes con puntas de ganchos o de cuchillas, los toneles llenos de estiércol humano, el brete, el cepo, las poleas, los garfios, la pera que se abría y desgarraba la boca de los herejes, el ano de los homosexuales y la vagina de las amantes de satanás, las pinzas que trituraban los senos de las mujeres brujas o adúlteras, el fuego en los pies y muchas otras formas o armas de la virtud.

Según Vallejo, si aullaban de dolor, les cubrían la boca y les decían: "Mañana, entonces, continuamos, no tenemos afán".

Luego, rociaban los instrumentos de tortura con agua bendita, para desinfectarlos.

Al día siguiente, les desencajaban las mandíbulas, abriéndoselas al máximo y les decían: "Por el amor de Dios, confiesa para que salves tu alma", "No me hagas sufrir tanto", eran las frías expresiones que usaba el sádico torturador.

A las víctimas desmembradas, los depositaban desnudos y amarrados en viejas excavaciones llenas de ratas hambrientas o los enterraban vivos.

Volviendo a Pío XII, en un libro editado en 1962 por el hondureño Edmundo Pinto Mejía, aparece una carta que Harry Truman le escribió a este papa:

Washington, D.C. Estimado señor Pacelli:

Como jefe ejecutivo de la nación más grande y poderosa del mundo y en la cual todos me llaman, simplemente, señor Truman, no puedo dirigirme a usted como Su Santidad, título que pertenece solamente a Dios.

Nosotros, en los Estados Unidos, consideramos a todos los hombres iguales ante Dios y nos dirigimos a ellos por sus verdaderos y propios nombres. Por esta razón, me dirijo a usted, sencillamente, como señor Pacelli.

El pueblo que me ha elegido como su jefe ejecutivo es una nación democrática, amante de la paz; por lo tanto, no debo creer en aquellos que gritan paz, pero fomentan la guerra. Entiendo que ni usted ni su Iglesia se encuentran entre los que verdaderamente buscan la paz y trabajan por ella.

Nosotros estamos convencidos de que nuestra democracia no durará, si nos enredamos, como lo hicieron algunos gobiernos de Europa, en sus doctrinas e intrigas políticas.

Usted es la última persona del mundo que puede instruirme en cómo debo manejar a mi pueblo; fue su predecesor, Pío XI, el que inició toda la agresión fascista, mediante su pacto con Mussolini, en 1929; fue allí, cuando la civilización cristiana fue duramente traicionada.

Usted y Pío XI ayudaron a condicionar a Alemania para las dos guerras mundiales. Ustedes urdieron intrigas en contra de los aliados de la Primera Guerra Mundial. Usted estuvo 12 años en Alemania, durante la ascensión de Hitler al poder, usted negoció con él, usted fue el hombre mejor informado del Reich, ustedes salpicaron al Fuhrer de agua bendita y le consiguieron lo que él necesitaba: el poder.

Sus cardenales y obispos de Roma bendijeron las armas de guerra alemanas en contra de los indefensos etíopes, usted proclamó el robo y el asesinato de los habitantes de Etiopía, como una cruzada santa, para elegir el triunfo de la cruz de Cristo.

Somos el baluarte de las libertades democráticas y no estoy de acuerdo con lo que decía Pío XI, "que él haría pacto con el mismo diablo, si esto convenía a los intereses de la Iglesia".

Yo continuaré buscando la paz, sosteniendo los rectos y honrados principios protestantes, que han hecho grande nuestra nación y trabajaré por ellos.

Suyo, sinceramente, Harry S. Truman.

Existió otro papa, Rodrigo Borgia, conocido como Alejandro VI, que irónicamente no creía en Dios, fue asesino, incestuoso, tremendamente ambicioso, gran generador de intrigas, hombre sin piedad, que dejó una negra y tenebrosa historia, durante su papado.

Como podemos apreciar, si nos detenemos a investigar a cada uno de los 263 papas que ha tenido la Iglesia, tendríamos mucha tela para cortar.

Nuevo incidente coreano

Recientemente, se registró una nueva escaramuza entre las dos Coreas y se efectuó un intercambio de disparos a lo largo de la frontera más fortificada del mundo. Los ejercicios militares que Corea del Sur realiza anualmente con los Estados Unidos y otros aliados hacen que Corea del Norte se dedique a lanzar provocaciones, tales como situar las fuerzas de primera línea en pie de guerra a lo largo de la línea divisoria.

Lo que ocurrió en agosto pasado, que hizo que intercambiaran fuego de artillería, se debió a dos minas terrestres puestas deliberadamente al paso de una patrulla surcoreana, de la cual salieron heridos dos soldados, según denuncia Seúl, pero que Corea del Norte niega.

Corea del Norte insiste en denunciar que los ejercicios militares que se están llevando a cabo con la participación de miles de tropas y el uso de equipo militar de última generación por parte de los Estados Unidos no son más que los preparativos para una posible invasión.

Kim Jong-un ordenó disparar dos misiles balísticos de corto alcance al mar del Norte, también conocido como el mar del Japón, después de criticar ferozmente los ejercicios militares.

En un sitio web del Gobierno de Corea del Norte, subieron un video a YouTube y en él se registra un imaginario ataque con misiles a Washington.

En 2013, Pionyang amenazó con una guerra nuclear contra Corea del Sur, y los Estados Unidos, incluso, alcanzaron a declarar que el armisticio que puso fin a la guerra de las dos Coreas, en 1953, ya no era válido.

Se tienen muy malos recuerdos de la guerra de Corea de 1950, en la que fallecieron más de dos millones de personas. Se desarrolló en la época de la llamada Guerra Fría, y empezó el 25 de junio de 1950, duró tres años y finalizó el 27 de junio de 1953.

Al terminar la Segunda Guerra Mundial, el Japón, tras rendirse luego de soportar dos bombardeos atómicos, perdió entre sus territorios a Corea, que constituía una de sus colonias.

Al norte del paralelo 38, quedó Corea bajo la influencia soviética, mientras los Estados Unidos ejercían su poder al sur de dicho límite. La Unión Soviética puso al frente de Corea del Norte a Kim Il Sung, líder del Partido Comunista, mientras que en Corea del Sur fue elegido Sungman Rhee.

En 1950, en un comunicado de prensa, los Estados Unidos cometieron la imprudencia de declarar que el territorio de Corea no estaba incluido entre sus intereses del Pacífico, situación que incitó a los comunistas del norte a invadir a Corea del Sur, pues querían la unión de Corea, en un solo Estado comunista.

El 25 de junio de 1950, los coreanos del Norte realizaron un ataque sorpresivo y replegaron a los coreanos del Sur, hasta Busan, donde establecieron una franca resistencia. El presidente Truman, sin la intervención del Congreso, envió la 7a. Flota, para proteger a Taiwán.

La ONU se solidarizó con Corea del Sur, y países como el Japón, el Canadá, el Reino Unido, Colombia, Australia, Nueva Zelanda, Francia, Sudáfrica, Turquía, Grecia, Tailandia, Holanda, Etiopía, Filipinas, Bélgica y Luxemburgo, que unieron sus fuerzas a las norteamericanas y crearon un grupo de operaciones especiales, cuyo mando fue confiado al general Douglas McArthur, enviaron tropas a Incheon y, tras resultar victoriosas, tomaron rumbo a Seúl, donde se posesionaron.

Después de conseguir que los norcoreanos regresaran al norte del paralelo 38, las tropas al mando de los Estados Unidos querían seguir avanzando y fue cuando los chinos consideraron esto como una amenaza para su país y solicitaron ayuda de la Unión Soviética. Los chinos, al mando del general Peng Dehuai, lograron, a partir del 19 de octubre de 1950, que las tropas de la ONU regresaran al sur del paralelo 38.

El 4 de enero de 1951, los comunistas lograron un aplastante triunfo contra los capitalistas en la batalla de la reserva de Chosin y pudieron tomarse a Seúl, lo que impulsó el relevo de McArthur, quien fue reemplazado por el general Mathew Ridgway.

En los primeros meses de 1953, con el ascenso a la presidencia de los Estados Unidos del republicano Dwight Eisenhower y en marzo, con el fallecimiento de Stalin y la ocupación de la jefatura del Estado por parte de Georgi Malenkov, se les dio inicio a las primeras tentativas de paz. Luego, en Panmunjon, se firmó un armisticio, que estableció el cese de las hostilidades. Esta guerra dejó en Corea, fuera de los muertos, una economía tremendamente arruinada.

En un foro militar norcoreano, celebrado en Pionyang, llegaron a la conclusión de que "Un país no puede aspirar a influir en el ámbito internacional si no cuenta con una fuerza disuasoria relevante" y, como la tensión bélica ha mantenido a Corea del Norte en permanente estado de alerta, ese país invierte, en armamento, la mayor parte del presupuesto nacional.

El director general de la Agencia Internacional de Energía Atómica -Aeia-, Mohamed al Baradei, estimó que Corea del Norte podría tener entre cinco y seis bombas nucleares, e hizo manifiesta su preocupación, cuando dijo: "Un posible ensayo nuclear de Corea del Norte, inminentemente, abriría la caja de pandora".

Hasta ahora, Corea del Norte no ha podido probar su arsenal nuclear, pero el *New York Times* anunció, recientemente, que la Casa Blanca y el Pentágono están examinando una serie de fotografías, vía satélite, que parecen mostrar un incremento de actividad, en un presunto lugar de pruebas atómicas al nordeste del país.

El actual problema de Corea del Norte es el hambre, pues necesita producir 5,5 millones de toneladas de arroz y cereal, para alimentar a sus 24 millones de habitantes.

Corea del Norte, en 2002, expulsó a los observadores internacionales de la ONU y, en 2003, se retiró del Tratado de no Proliferación Nuclear.

En ocasiones anteriores, por ejemplo, en 1968, Corea del Norte envió comandos, en un fallido intento de asesinar al presidente de Corea del Sur.

En 1983, un atentado vinculado a Pionyang mató a 17 altos funcionarios de Corea del Sur en una visita a Birmania.

En 1987, el Norte fue acusado de bombardear un avión de Corea del Sur y el 26 marzo de 2010 un buque norcoreano atacó con un torpedo y partió el buque surcoreano Cheonan, con un saldo de 46 personas muertas. Luego, en noviembre de ese mismo año, atacaron la isla de Yeonpyeng, habitada por 1600 personas y le dispararon 50 obuses, que destruyeron torres de energía y casas de pescadores, con un saldo de 20 heridos y cuatro surcoreanos muertos.

Corea del Sur contraatacó con 80 proyectiles de artillería y sobrevoló la zona con "cazas de combate" pero, debido al hermetismo con que Corea del Norte maneja sus problemas, no se sabe el alcance de los destrozos.

Las amenazas surgen de lado y lado. Corea del Sur ha manifestado que la infantería, la Marina y la Fuerza Aérea permanecerán unidas para contraatacar con fuego múltiple y hacer que Corea del Norte no vuelva a provocarlos.

A su vez, los enemigos del norte aseguran que, si los enemigos del sur se atreven a invadir sus aguas territoriales, siquiera un milímetro, el próximo objetivo sería Seúl y convertirían esa ciudad en un mar de fuego, con el pronóstico, además, de que "la guerra nuclear empezaría en cualquier momento".

Analistas aseguran que lo que quiere Kim Yong-un es hacer lo de su padre en el pasado: llamar la atención de Seúl y de Washington, volver a la mesa de negociaciones, pues funcionó maravillosamente en el pasado, cuando empezaron a negociar el desarme nuclear y lograron conseguir 4.000 millones de dólares, en recursos provenientes de los Estados Unidos, el Japón y Corea del Sur, más 3.400 millones de dólares en ayuda humanitaria de otros países.

Kim Yong-un necesita, más que nunca, petróleo y dinero para mantenerse en el poder, y lo peligroso de esta situación es que "se trata de una dictadura con juguetes nucleares".

Esta es una sociedad muy cerrada. Nada se sabe de sus mercados, sus calles o la vida de su gente, y lo único que se filtra al extranjero es información sobre sus instalaciones atómicas, sus misiles y sus programas balísticos.

Abelardo Giraldo

El 25 de abril de 2007, en una parada militar ante unas cien mil personas, se filtró un video en el que las tropas marchaban triunfantes con tambores de guerra y exhibiendo 48 misiles inmensos de cuatro tipos.

El científico norteamericano Siegfried Hecker afirmó que el régimen le había enseñado sus últimos avances y que pudo apreciar una planta nuclear para enriquecimiento de uranio, equipada con 2.000 centrifugadoras.

En el artículo de un periodista de *El Tiempo,* Bogotá, luego de consultar a este científico, afirma que "quedó pasmado", al ver la capacidad de esta planta, la cual goza de una ultramoderna sala de control, que parece de ficción.

El régimen quiere que el mundo conozca que está desarrollando armamento atómico. Parece demostrado que disponen de misiles que pueden alcanzar a Corea del Sur y al Japón, sus principales enemigos en el Asia. Aseguran, además, que sus últimos modelos están en condiciones de alcanzar objetivos militares norteamericanos, concretamente en Alaska y Hawái.

La actual presidenta de Corea del Sur, Park Geunhye, posesionada el 25 de febrero de 2013 y cuyo gobierno termina el 24 de febrero de 2018, manifiesta estar preparada para cualquier eventualidad.

El crepúsculo de la política

Un viejo refrán dice: "No existe peor ciego que el que no quiere ver". Nosotros diríamos algo similar, en estos tiempos de oleajes políticos: "No existe peor analfabeto que el analfabeto político, aquel que no ve, no entiende, no oye o no participa". Esa condición individualista del ser humano, el hecho de desentenderse políticamente es lo que hace que otros nos gobiernen a su manera.

Estamos viviendo un sistema que, aunque investido de democracia, es extremadamente agresivo. Aquí, los altos niveles de pobreza, desempleo y corrupción nos están llevando a pensar en la necesidad de un cambio o de una transformación.

Se hace necesario culturizarnos políticamente para establecer nuevas relaciones sociales y aglutinar toda esa apatía existente en el contexto de una nueva conciencia.

La humanidad ya no cree en los fundamentalismos de izquierdas comunistas ni en socialismos liberales o neoliberalismos de derecha, y ha empezado a entender que ese hipotético libre mercado no existe, que los tratados de libre comercio no son más que farsas y que a los dirigentes de los partidos políticos que llegan a gobernarnos les importa un pepino el bienestar de la sociedad.

El único interés de estos desalmados son las cuentas bancarias personales. Las alarmantes noticias sobre corrupción política se escuchan a diario, en el bus, en el taxi, en el café, en la calle o en el centro comercial. Hemos pasado de un estado de bienestar a un estado en crisis.

Abelardo Giraldo

La pérdida constante y sensible de los valores, que nosotros considerábamos como "legitimidad", ha llevado a la dirigencia política a un grado sumo de desprestigio.

El sistema político latinoamericano va en declive, porque ya no creemos en la capacidad de gobernar de los líderes auspiciados por los mismos partidos políticos que, por décadas, han venido alternándose el poder.

Los medios masivos de comunicación se han dedicado a anestesiar al pueblo, mediante la promoción de espectáculos, eventos deportivos, mundiales de fútbol, telenovelas y un sinnúmero de diversiones a través de la televisión.

Los beneficiarios del nuevo orden mundial están acudiendo a comprar gobiernos, mediante jugosas remuneraciones o ventajas en especie, que se han venido materializando en propiedades, como yates, carros de alta gama, artículos de arte, oro, piedras preciosas y depósitos en paraísos fiscales, entre otros, lo que abre más la brecha social, en condiciones que están generando alarma.

La multiplicación de los escándalos por malversación y abuso de los bienes sociales se ha hecho muy manifiesta en la mayoría de los países del mundo occidental.

Economistas y politólogos han concluido que el nuevo orden mundial sería imposible, para la oligarquía al mando, si careciera de los instrumentos que los hace poderosos y que son de tres tipos: el control de la información, de las sociedades y de los conflictos civiles.

El tercer milenio será un período de enormes desafíos para las futuras generaciones: el tremendo crecimiento de la población, las

perturbaciones que han afectado al medioambiente, como el cambio climático y la destrucción de la capa de ozono, están provocando desastres naturales violentos y de grandes proporciones, en todos los rincones del planeta.

El progresivo agotamiento de los recursos naturales, incluyendo un elemento tan necesario para la vida, como el agua, está enfrentando a la humanidad al desafío de su propia supervivencia.

Mientras tanto, la miseria y la exclusión se propagan en todos los continentes, la brecha social no deja de ampliarse con la creciente concentración de la riqueza en manos de unos pocos, pues los mega empresarios transnacionales han venido desplazando a la clase media, al nivel de los marginados.

A ninguna potencia capitalista le ha interesado implementar políticas que apunten a un crecimiento menos depredador, a mermar el derroche de los recursos naturales o a promover al ser humano como sujeto activo de la sociedad. Las transnacionales solamente apoyan las políticas neoliberales de los años 80, con su secuela de desreglamentaciones, privatizaciones, recortes sociales, así como el desmantelamiento de los Estados-nación, dejando al mundo con las puertas abiertas para la ambiciosa expansión depredadora de las grandes compañías. Como ejemplo, tenemos a Colombia, donde se han adjudicado más de cien mil títulos mineros y se han vendido hasta los páramos. El desayuno diario son los escándalos por corrupción, lo mismo que los frágiles enjuiciamientos judiciales, debido a la politización de la justicia, que ha ocasionado, en el ciudadano, una desafección creciente hacia los políticos, que van desde el simple desinterés hasta un marcado abstencionismo en épocas electorales.

Los Estados Unidos, la China y la India, ante la globalización

Aunque los mercados sean globales, el mundo sigue organizado en torno de naciones soberanas, que fijan condiciones a esos mercados, dentro y fuera de sus fronteras.

Luego de dos guerras y una gran depresión mundial, organizaciones económicas y políticas muy fuertes derribaron las instituciones anteriores a la globalización. Nuestro mundo ha vivido, por más de sesenta años, sin una depresión global, aunque se han producido y siempre habrá una depresión periódica. Sin embargo, según la opinión de prestigiosos economistas, la globalización no hará posible una depresión mundial.

Pero hay grandes amenazas a esa globalización: el terrorismo nuclear entre esos dos trenes de desarrollo -los Estados Unidos y la China-podrían cerrar, durante algún tiempo, gran parte del comercio, la inversión global y hacer retroceder, además, las libertades políticas y económicas.

Las previsiones del Consejo de Inteligencia de los Estados Unidos para el 2020 advierten de posibles ataques terroristas a algunas ciudades norteamericanas y de Europa, situación que podría llevar al mundo a controles gubernamentales más draconianos sobre el movimiento de capital, bienes, personas y tecnología, que paralizarían el crecimiento económico.

La desintegración de Arabia Saudita, en especial en manos de los islamistas radicales o de la China, provocaría una prolongada caída en barrena de la economía global. Podría ocurrir lo mismo, en caso

de producirse una pandemia, como la de la gripe, ocurrida entre 1818 y 1819. Esto interrumpiría, durante meses o quizás años, los intercambios comerciales y los viajes a través del mundo.

Serán los Estados Unidos y la China los que, en gran medida, fijarán el rumbo durante los próximos diez o quince años.

Así como nuestro planeta tiene dos polos, el norte y el sur, en la globalización también habrá dos polos: uno oriental y otro occidental.

El polo oriental, inconfundiblemente es la China, la principal plataforma mundial del sector manufacturero y el segundo mercado más grande del mundo para todo lo que se produzca en casi todas partes.

La posición de los Estados Unidos, como polo occidental, está igualmente asegurada, ya que es y continuará siendo la mayor fuente mundial de nuevos productos, en especial, de los fabricados por tecnologías de avanzada. También será la principal fuente de servicios financieros y empresariales y seguirá siendo el centro de los mercados de capital del mundo y los primeros compradores de todo lo producido en la China.

La China ya sobrepasó al Japón como la segunda mayor fabricante mundial: hace 20 años, la China exportaba menos de 35.000 millones de dólares en productos básicos y materias primas y, en 2006, las exportaciones de ese país totalizaron 981.000 millones de dólares.

Pero la China tiene el lado perdedor y es el de la desigualdad económica más descarada de cualquier país grande del mundo:

más de la mitad de sus compatriotas viven en el nivel de la pobreza. En una sociedad donde la esperanza de vida supera los 70 años, todos dan por sentado que se pondrán enfermos alguna vez y envejecerán sin que el gobierno les ayude en ninguno de estos casos y no les proporcionará ningún auxilio pensional ni cobertura médica para la vejez.

Tampoco hay control de calidad, por lo cual, la mayoría de los consumidores de todo el mundo han sido informados de que las exportaciones chinas son peligrosas o, incluso, mortales. La ropa producida allí tiene altas concentraciones de formaldehído, 900 veces por encima de los niveles de seguridad, los juguetes de los niños vienen decorados con una pintura de plomo peligrosa, la comida para las mascotas populares, como los perros y los gatos enviada a los Estados Unidos y al Canadá, está contaminada con un producto químico potencialmente mortal, llamado melanina. Los dentífricos tienen un compuesto venenoso encontrado en los anticongelantes y un jarabe para la tos, hecho en la China, contenía un disolvente tóxico, que mató a más de trescientos panameños.

De aquí se concluye que la China carece de capacidad para establecer regulaciones y hacerlas cumplir. Produce, además, una parte importante de los medicamentos genéricos del mundo, incluyendo penicilina, aspirina y vitaminas sin fórmula.

La vitamina A produce meningitis en los niños, descubrieron inspectores de Salud de la Unión Europea. Igualmente, la vitamina C allí elaborada tiene indicios de arsénico, plomo y hierro.

En consecuencia, medicamentos y productos contaminados, seguramente, matarán a europeos y a estadounidenses.

Por esta razón, el made in China se está convirtiendo en una marca rechazada en muchas partes del mundo desarrollado.

Los bajos salarios -US$0,70 por hora en la China y US$0,40 de dólar por hora en la India, libres y sin ningún recargo de beneficio social, han atraído a las grandes compañías globales. Esta es la famosa avaricia corporativa que está llevando al mundo a la pobreza absoluta.

Otra economía emergente es la India, a la que algunos comentaristas occidentales han querido equiparar con la China. Actualmente, la India ha venido destacándose en ciertos sectores avanzados, como la programación de software, productos farmacéuticos genéricos y la industria cinematográfica, los cuales son muy competitivos de productos europeos y norteamericanos.

Analistas económicos han considerado que, a pesar de que sus productos se venden en todo el mundo, dentro de 10 o 15 años, todavía estará lejos de convertirse en una potencia económica global. La extrema pobreza del país le diseña un largo camino. Su economía per cápita la sitúa en el No. 118, detrás de Nicaragua, Ecuador y Guyana. El 60% de su población sigue trabajando en la agricultura.

La India sigue siendo una economía atrasada, parecida a lo que era la China hace 25 años: se prohíbe la inversión extranjera y se imponen asfixiantes regulaciones gubernamentales. Además, el anticuado monopolio ferroviario estatal del país se encuentra en pésimas condiciones, existe una mala conservación de las carreteras y el mal estado de sus puertos y aeropuertos no puede garantizar una entrega fiable de ningún producto destinado a la exportación.

En 1999, Oracle y Microsoft llegaron a la India, gracias a que los Estados Unidos ofrecieron pagarles a los trabajadores los mismos salarios y beneficios de cualquier trabajador norteamericano, lo que generó un tremendo bienestar a esa enorme fuerza laboral y despertó, en la juventud, la pasión por la ingeniería cibernética y las ciencias informáticas. Existe un movimiento reformista, promovido por su primer ministro, que le ha venido planteando a la vieja burocracia del rajá bajar las barreras comerciales y suavizar las licencias industriales.

Cuando Rajiv, hijo de la primera ministra Indira Gandhi quiso entrar en el negocio de los automotores, aceptó que la Suzuki catapultara la única empresa fabricante de automotores que allí existía, la Murati. Fue así como, detrás de esto, empresas multinacionales, como la General Motors estadounidense y la Toyota japonesa lograron abrir modestas fábricas en el país, pero los altos aranceles para la importación de equipos y los altos impuestos a las compañías extranjeras, en concordancia con el lamentable estado de las estructuras indias, frenaron los planes de expansión de los fabricantes.

Los estrictos controles que el país impone a los precios de los medicamentos y su no disposición de conceder licencias a laboratorios reconocidos por la Organización Mundial de la Salud - OMS- hicieron que empresas como Rambaxi y Sun Pharma crearan solamente sistemas de fabricación alternativa para fármacos, patentados en otros países, como los Estados Unidos y la Unión Europea. Por esta razón, la India hoy en día se considera la primera productora de medicina genérica del mundo, y ocupa una fuerza laboral de 500.000 personas.

Otra de las actividades que se han venido desarrollando allí es la industria cinematográfica, como gran productora de videos y películas al estilo de Hollywood. En Hyderabad, existe el complejo de estudios cinematográficos más grande del mundo: mil hectáreas, con estudios de sonido y grabación, que conforman el Ramoji Film City, que le producen a la India miles de millones al año.

Si el gobierno decidiera mejorar las carreteras, los puentes, las redes energéticas, los sistemas de agua, los servicios sanitarios del país y exigiera a las empresas invasoras de su territorio un salario equitativo y bienestar médico para su población, este país tendría un futuro muy prometedor.

Lo que no se entiende es por qué, mientras más riqueza le entra a un Estado, a la población hay que restringirle sus beneficios sociales con el famoso y aterrador cuento de la deuda.

El premio Nobel de Economía Joseph Eugene Stiglitz, en una conferencia, decía, atribuyéndole la deuda privada a la deuda social, "que le traerá a la humanidad un futuro muy sombrío y, si es así, que se vaya al carajo tal desarrollo".

Desarrollo no es abrir suntuosas carreteras para que circulen fabulosos autos en los que viajan tremendos millonarios, dueños y amos de empresas y bancos.

No comulgamos con el desarrollo que está ocurriendo con los megáricos de la China.

Además, son un deleznable abuso y una crueldad sin límites el creer que la persona pueda vivir con un salario de US$0,70 la hora y, mucho menos, con los US$0,40 la hora, que pagan en la India.

La esclavitud nos quedó en pañales ante esta nueva forma de explotación.

Frivolidad del ser humano

La humanidad, hoy, está temerosa de muchas cosas y, por eso, cada día se apresta a reaccionar de alguna forma. Tienen miedo a los desastres venideros y anunciados, a los sistemas políticos, a la perversión de las instituciones, a la globalización, al neoliberalismo, a los sistemas bancarios y a las organizaciones del nuevo orden mundial, etc.

"Un país jamás podrá vivir tranquilamente al borde de un precipicio". Estamos viviendo peor que nuestros padres, porque ahora nos corresponde cubrir el despilfarro de nuestros gobiernos y los préstamos adquiridos por nuestros países.

Leíamos sobre la crisis económica en España y el periodista Roberto Centeno comentaba que la alcaldesa de Madrid, Manuela Cormena, tiene 1500 asesores con sueldos de 46.000 euros, cada uno, 200 automóviles oficiales a su servicio y que, recientemente, vendrían 200 más.

¿Qué diremos de nuestra querida Colombia, donde se cuentan por cientos de miles los burócratas que aumentan cada año y donde no se respeta la naturaleza? Aquí, según Gabriel Mayoy, director del Programa Presidencial para Asuntos Indígenas, el 40% de estas comunidades se encuentra aguantando física hambre, gracias a la violencia, a la tala de bosques, a los cultivos ilícitos, a los grupos irregulares y al asentamiento de las transnacionales que les han usurpado sus tierras para la explotación minera y de hidrocarburos, y los han confinado y desplazado hacia las cimas de las montañas.

Permanecen encerrados, sin poder salir a cazar o a pescar, no pueden cultivar, por miedo a las minas antipersona, para muchos la comida

Abelardo Giraldo

normal es el banano y, una que otra vez, un caldo, cuando logran conseguir un pescado de algún río que todavía no haya sido contaminado. Los indígenas del Chocó, Guainía, Vichada y Putumayo son los más afectados.

A esto, agregamos lo informado por el gobernador del Chocó, cuando asegura que más de ocho mil niños indígenas están en riesgo de morir por inanición.

Esta situación nos hace recordar la época cruel de la Conquista, cuando un verdugo español le decía a su ejército de invasores: "Matad al indio y salvaréis al rey".

Se acabó la clase media. Esa clase la representan, ahora, los narcotraficantes. Solo existen ricos y pobres. Los pequeños industriales o comerciantes de poca monta jamás podrán progresar, porque tropezarán con muchas limitaciones y barreras. Nos seguirán subiendo el IVA y los verdaderos ricos continuarán, como siempre, evadiendo impuestos y depositando sus riquezas en paraísos fiscales. Ese monstruo cuya cara son los partidos políticos nos congelará, primero, y recortará, después, el sistema de pensiones, se restringirán las prestaciones sociales, se reducirán los beneficios a la salud, se aumentará el copago de los servicios médicos, urgencias e instancias hospitalarias, y subirán el impuesto a los bienes inmuebles y a toda clase de servicios públicos.

Solzhenitsi, escritor y premio nobel ruso, afirma que la televisión, en medio siglo de existencia, ha hecho más daño que las dos guerras mundiales juntas, con sus bombas atómicas, puesto que mata el alma, y concluye: "Ser nada para la realidad de nadie es ser alguien en televisión".

La televisión rapta nuestra imagen, nos produce intoxicación intelectual, ceguera ontológica y nos hace creer en una verdad convencional, creada a través de una continua difusión de ficciones.

Muchas personas, al no querer saber nada de las necesidades del espíritu, inmersas en un nihilismo atroz, se saturan de información sobre frívolos conflictos y relaciones de personas, que no les conciernen en absoluto.

Lamartine, al referirse a esta banalidad social, expresó: "Un pueblo sin alma es solo una multitud".

En Colombia, la televisión nos transmite, con bombo y platillos, floridas campañas políticas, desfiles de reinas, partidos de fútbol, telenovelas por doquier, marchas militares y cuenta chistes, programas en que muchas personas se refugian placenteramente.

Tenemos conocimiento, además, de que existen organizaciones mundiales falsas, soberbias y prepotentes y son las que diseñan el nuevo desorden internacional. Además, creen mover los hilos de la historia. Estas, a su vez, organizan convenciones internacionales, presididas por dos o tres potencias, y el resto de los integrantes se comportan como meras comparsas.

Las esperanzas de alcanzar un mundo mejor se harán cada día más difíciles, si continuamos caminando de manera frívola, anodina y sin lógica.

Los malos gobiernos

"Estamos en un permanente amanecer, que no parece llegar al mediodía" (Naciones Unidas).

Nuestra historia está repleta de dictaduras y de malos gobiernos, que han causado un indecible sufrimiento a sus pueblos. Los que han tratado de ayudar siguen siendo muy pocos. Estamos errando al elegirlos.

Si un ser humano es imperfecto y no tiene la sabiduría ni la previsión necesarias para dirigir sus propios pasos, mucho menos podrá dirigir un pueblo.

Henry Kissinger, que negoció la paz con Vietnam, dijo en una ocasión: "La historia no es más que una sucesión de esfuerzos fallidos y aspiraciones malogradas".

Nosotros diríamos que la vida en la tierra es dura y nunca ha sido tan dura, como aquí y ahora. Hoy, se organizan marchas de protesta y manifestaciones en pro de los derechos humanos, apoyamos a organizaciones como Amnistía Internacional y Greenpeace. Hoy, cuando luchamos por los menos afortunados, los pobres y los hambrientos, encontramos que, aunque se ganan pequeñas batallas, parece como si las fuerzas del mal se hubieran tragado al mundo y a nadie le importara, lo que nos lleva, por consiguiente, a una total impotencia.

En épocas electorales, los partidos políticos presentan maravillosos programas sociales, pero no los cumplen cuando están en el poder, porque engañan, conscientemente. Además, la realidad no permite aplicarlos, porque no tienen a las personas capacitadas para hacerlo, situación que termina en un mandato imperativo y tiránico, ejercido ilegalmente.

La mayoría de la población no está segura de sentirse representada por ningún partido político, por la sencilla razón de que existen valores constitucionales que no figuran en ninguno de ellos. Además, el poder político siempre ha estado al servicio del poder económico de ciertas élites, que son los que controlan la sociedad. A menudo escuchamos en la calle: "Cuidado con la ultraderecha. Quiere gobernarnos", y otros dicen: "Todos los socialistas son iguales".

Nuestra ética personal impide identificarnos con alguna de esas castas políticas.

En una reunión de las Naciones Unidas, alguien comentaba que muchos gobiernos actuales estaban destruyendo o desperdiciando bienes que les son indispensables a los seres humanos, hiriendo la justicia y faltando a los deberes con la humanidad.

Tenemos el caso del Brasil, donde sus corruptos mandatarios, elegidos por el pueblo, han venido vendiendo la Amazonía, de una manera inmisericorde. Actualmente, están acusando al gobierno de un despilfarro de 520.000 millones de dólares y de la concesión de títulos para explotaciones mineras y tala de bosques, a las multinacionales sin ningún límite y control.

Muchos ilusos creen que el pueblo será representado por inversiones de capital del Estado, en obras públicas o sociales, durante el período que transcurra el gobierno, después de un gran triunfo en las elecciones de determinada corriente política. Nada garantiza a las masas que el partido ganador cumpla con lo prometido. Es una utopía, completamente inconcebible, irrealizable, que un grupo de personas asociadas a un partido se exprese de acuerdo con la mayoría y no con sus propios intereses.

Los partidos llamados populares arrastran a la población hasta los matices más oscuros, y allí, enceguecidos por sus ideales, dejan de lado el funcionar de la democracia.

"¿Cómo se puede lograr que la igualdad ante las urnas sea también una igualdad de oportunidades ante la vida?".

En una cartelera que portaban los indignados de Nueva York encontramos: "Cuando habla el dinero, se silencia la democracia".

Mientras la injusticia, la pobreza y la evidente desigualdad existan en nuestro mundo, nadie podrá, realmente, descansar.

Aída Abella, representante política de la UP, dijo: "¿Cómo va a haber paz en un país en el que hasta la basura se la disputan los más ricos?".

Ahora, que Colombia se encuentra adelantando un proceso de paz, citemos a Mandela, cuando consideraba que la paz no consistía simplemente en una ausencia del conflicto, sino en la creación de un entorno en el cual todos podamos progresar, independientemente de cualquier característica social que nos distinga, y que debemos sumarnos a la riqueza de la diversidad, y concluía: "Los héroes no son los que firman la paz, sino los que la construyen".

La deuda externa

Cuando hablamos de la deuda externa, nos referimos a la suma de obligaciones que un país tiene con entidades extranjeras y que constan de deuda pública, contraída por el Estado y deuda privada, contraída por particulares.

La deuda externa se adquiere, con frecuencia, a través de organismos internacionales, como el Fondo Monetario Internacional y el Banco Mundial.

Cuando un país tiene problemas para cancelar su deuda, es decir, devolverla con sus acordados intereses, sufre repercusiones graves en su desarrollo económico, incluso, en su autonomía.

Muchas personas se preguntan de dónde sale el dinero que posee el Fondo Monetario Internacional, y encontramos que es un fondo creado, inicialmente, por 181 países miembros, de los cuales solamente cinco naciones son las mayores accionistas: los Estados Unidos, el Japón, Alemania, Francia y la Gran Bretaña. Se trata de la institución financiera más grande del mundo, que cada año presta alrededor de 30.000 millones de dólares. Su misión inicial era "combatir la pobreza en el mundo", otorgando préstamos con bajo interés, lo cual se ha hecho imposible porque, a pesar de esto, 3000 millones de personas viven en el mundo con menos de dos dólares al día, y esta situación ha ido aumentando de manera vertiginosa.

¿Qué podríamos hacer en un mundo donde 40.000 personas mueren a diario por causa de enfermedades predecibles, 130 millones de niños no asisten a la escuela y 300 millones de personas carecen de agua potable para vivir?

Nos preguntamos qué motiva a los países a endeudarse, y encontramos que son muchos los factores, entre ellos, las catástrofes naturales, las inversiones en nuevos cultivos, en industrias, que pueden fracasar, por no haberse planeado técnicamente la inversión o no haberse tenido en cuenta el riesgo de cambio en los mercados, la mala administración de los fondos, la corrupción en su manejo, los cuales producen déficit, etc.

Es interesante, además, considerar el origen del Banco Mundial y encontramos que quien concibió la idea de su creación fue el banquero inglés John Maynard Keynes, quien vio la necesidad de crear un Banco Central Mundial, que condujera al crecimiento económico desde el plano global y promover el crédito, especialmente, en aquellos países de bajos ingresos.

Fue así como, teniendo en cuenta a los países devastados por la Segunda Guerra Mundial, en 1944, se creó un programa institucionalizado y vinculado a las Naciones Unidas, que se llamó Banco Internacional para la Reconstrucción y el Desarrollo -Bird-, o Banco Mundial.

En un foro realizado en Barcelona, España, en 2004, se definió la deuda indigna como aquella que se contraía, pese a que el país prestamista o receptor desconocía que este crédito le ocasionaría empobrecimiento, y a esto contribuyen los malos manejos de las políticas internas, que los llevan a profundas crisis económicas.

A finales del siglo XX, al encontrarse muchos países lastrados por la deuda, surgió una progresiva conciencia de muchos sectores sociales, y vino lo que se llamó "condonación de la deuda", en la que salieron favorecidos, incluso, varios países del Tercer Mundo.

Algunos países han perdonado a otros su deuda, generalmente, por estar el país reconstruyéndose tras una guerra, una catástrofe, etc.

Actualmente, los Estados Unidos se encuentran en deuda con la China y el Japón, y si nos preguntamos por qué los Estados Unidos se endeudan, encontramos que las administraciones anteriores han tenido que enfrentar tremendas catástrofes ambientales y sostener largas y tediosas guerras contra los enemigos del país.

Los papas Juan Pablo II y Francisco I, cuando se han referido a las deudas contraídas por los países más pobres, siempre han tenido en cuenta pedirles, a los países ricos, compasión hacia estos y que traten, por todos los medios, que los países pobres reciban educación y salud, porque no debemos olvidar que "el ser humano es el recurso más valioso de cualquier economía o nación".

A la deuda externa la han considerado "deuda odiosa", porque han considerado que un pueblo no es responsable de la deuda en que hubiesen incurrido gobernantes impuestos por la fuerza. Esto ocurre cuando la deuda externa ha sido contraída por dictaduras o gobiernos no representativos, los cuales, en general, gastan estos capitales en represión social o política, como está ocurriendo, actualmente, en algunos países latinoamericanos.

El odio árabe a los Estados Unidos

"Mal paga el diablo a quien bien le sirve". Refrán popular.

Todo empezó desde cuando los Estados Unidos, en alianza con Arabia Saudita y Pakistán, contribuyeron a hacer retirar al Ejército Rojo soviético de las tierras afganas, en 1985.

Grupos fundamentalistas con intereses económicos, políticos y territoriales han venido utilizando la religión musulmana para conseguir adeptos y entrenarlos como guerreros, contra los que ellos consideran sus enemigos.

El mismo Bin Laden, multimillonario de origen saudí, curtido en las guerras afganas contra la Unión Soviética y considerado de muy buena reputación en su patria, fue absorbido por un fanático musulmán al servicio de estas castas fundamentalistas y lo transformó en un tenebroso enemigo de los Estados Unidos.

Actualmente, residen en Norteamérica siete millones de musulmanes y tienen 1.200 mezquitas, el 80% inmigrantes y un 20% nacidos allí. Lo que hizo Al Qaeda en Libia y que terminó con el asesinato del embajador Christopher Stevens y tres funcionarios en la sede diplomática de Bengasi no es nuevo: su costumbre ha sido atacar las embajadas norteamericanas, y ya lo habían hecho en Tanzania y en Kenia, al mando del número 3 de Al Qaeda, Mohamed Atef, quien fue muerto en Kabul, durante la ofensiva norteamericana contra Afganistán.

Es una lástima que esto hubiera ocurrido, pues este embajador estaba colaborando en la reconstrucción de una nueva Libia, era portador de un gran talento democrático y, gracias a su experiencia

diplomática, era de grandes resoluciones. Además, había trabajado en Marruecos, Egipto, Israel, Siria y Arabia Saudita.

No obstante, esto hizo que se afianzaran más las relaciones entre los Estados Unidos y el gobierno libio para combatir a Al Qaeda. Se dice que este grupo terrorista cuenta con 18.000 miembros y que, a raíz de la muerte de Bin Laden, ha incrementado su accionar en los países árabes, estableciendo bases generales en Arabia Saudita, Yemen, Túnez, Argelia e Irak.

El concepto generalizado de esta organización terrorista y que fuera expresada por su extinto líder, Bin Laden, es: "Los Estados Unidos encabezan la lista de los agresores contra el pueblo musulmán".

Es cierto que un ciudadano egipcio-norteamericano irresponsable ofendió un sentimiento religioso con su película La inocencia de los musulmanes, pero se debe tener en cuenta que las naciones tienen ministerios de Justicia y Leyes, ante los cuales se puede demandar cualquier acción absurda, sin necesidad de acudir a extremismos violentos.

El mismo pueblo libio se sintió consternado, en razón de que el país y su gobierno se encuentran altamente agradecidos con los Estados Unidos por la ayuda prestada, al liberarlos del que iba a ser "un eterno dictador".

Vladimir Putin expresó, a los medios de prensa rusos, que todo homicidio es un crimen horrible y que el asesinato del embajador y sus tres diplomáticos cuya vida y salud eran protegidos por una convención internacional, se considera profundamente repudiable y que quienes no conocen estas normas del Derecho Internacional se ponen fuera de la ley y de la civilización moderna.

Varios presidentes norteamericanos se han referido al odio árabe. Roosevelt expresó, en 1958: "La campaña de odio hacia nosotros en el mundo árabe no proviene de los gobiernos, sino de los ciudadanos".

George W. Bush, después del fatídico 11 de septiembre, expresó: "Los árabes actúan así, porque odian nuestras libertades".

Kofi Annan, en la ONU, dijo, después de haber sido abucheado en Beirut, al referirse a los árabes: "Cada día nos temen menos y nos odian más".

Un congresista de la Unión Europea se refirió a los árabes, así: "Los musulmanes en Europa no son más que un hervidero de odio".
La Iglesia católica también ha atizado este odio, al contravenir el Dios de la razón católica al Dios de la yihad islámica.

En realidad, creemos que el problema del odio musulmán hacia los países de occidente y, en especial, a los Estados Unidos, se debe al trato dispensado a esos pueblos, sobre todo islámicos, el cual ha hecho que ellos se sientan degradados y humillados: se ha querido confundir al islamismo con terrorismo y no todos los islámicos son terroristas.

El embajador español ante la Unión Europea, Emilio Meléndez, decía que este odio se había acrecentado desde la partición de Palestina en 1947-1948, el cual se había consolidado con un sentimiento antibritánico, que llegó a Francia y a los Estados Unidos.

"El sentimiento de odio contra Israel también ha sido eterno".

El presidente libio, Mohammed Al-Megaryef, informó que los 50 terroristas arrestados y relacionados con el ataque a la Embajada en Bengasi eran extranjeros procedentes de Mali o Argelia, los cuales, con algunos simpatizantes libios prokadafistas, generaron inicialmente, frente a la sede diplomática norteamericana, una revuelta espontánea, para luego dar la entrada a los extremistas armados de esa organización terrorista.

El gobierno libio se comprometió, con el presidente Obama, a llevar esta investigación hasta sus últimas consecuencias.

Lo que no sabemos es qué ha pasado hasta hoy.

La situación en Siria

En 2012, en su discurso de posesión para el nuevo mandato como presidente de Rusia, Vladimir Putin dijo que "el mundo estaba cambiando y que las transformaciones en marcha podrían acarrear riesgos diversos, a menudo impredecibles".

En un mundo de convulsiones económicas, existe siempre la tentación de resolver los problemas de unos a expensas de otros, mediante la presión, la fuerza, y terminaba afirmando: "Las soberanías nacionales no se deben extender a los recursos de importancia global".

La incursión de Rusia en Siria contra el Estado Islámico empieza a tener seguidores en los Estados Unidos.

Donald Trump, candidato presidencial republicano, le expresó a Don Lemon, de CNN: "Si Vladimir Putin quiere lanzar ataques aéreos en Siria, no son ningún problema, en razón de que las medidas militares de Rusia en Siria están apuntando a Isis, y los Estados Unidos no deben interferir.

Recientemente, los terroristas paramilitares de Isis destruyeron una milenaria arquitectura de incalculable valor histórico: un arco del triunfo, que adornaba las ruinas de Palmira.

Este fascismo desproporcionado actúa abiertamente contra la cultura, la ciencia y la historia. Las destrucciones que estos terroristas han perpetrado en Irak, Siria y otros países son innumerables.

Al Manar ha dado cuenta, hoy, del saqueo sistemático de yacimientos arqueológicos. Son 25.000 antigüedades, que han acabado en manos de este grupo paramilitar fascista, llamado Isis.

El líder actual de este grupo terrorista es un mercenario, que trabajó para el Ejército estadounidense en Irak. Se trata de Ibrahim Awwad Ibrahim Ali al-Badri al-Samarrai, nacido en 1971 en Samarrai, Irak. Este mercenario se autoproclamó califa del Estado Islámico el 29 de junio de 2014, y tomó el nombre de Bakr al-Baghladi, en conmemoración del primer califa del islam, suegro de Mahoma e iniciador de los califas ortodoxos. Es considerado el sucesor de Osama bin Laden, pero, en la realidad, no es más que un simple paramilitar que actúa como agente provocador.

Rusia está investigando de dónde llega el dinero para pagar a estos mercenarios. Se ha tenido noticia de que los más connotados líderes de este grupo terrorista reciben una subvención millonaria en dólares, mensualmente, y que los soldados que se incorporan a esas irregulares tropas reciben sueldos de entre 100 y 200 dólares diarios.

Al parecer la Casa Blanca le restó importancia a la decisión de Rusia de lanzar los ataques sin coordinar con los Estados Unidos. El mismo portavoz del Departamento de Estado afirmó que esos ataques podrían ser una oportunidad para acabar con los terroristas de Isis.

Sin embargo, el Pentágono cuestionó esta acción militar, al decir que el presidente ruso lo que está tratando es de apoyar a su aliado, el presidente Bashar al-Asad que, al parecer, está perdiendo el poder en el país.

Las últimas noticias señalan que Rusia ha destruido 12 blancos del Estado Islámico, con la incursión que empezó el miércoles 30 de septiembre hasta la fecha.

El primer ministro de Irak, Haider al-Abadi, afirmó que Irak está cooperando con Rusia, Siria e Irán en asuntos de información e inteligencia. Un importante miembro del Parlamento ruso sugirió que su país podría emprender ofensivas más allá de Siria, si los extremistas a los que dirige los ataques aéreos escapan por la frontera, y afirmó: "Cuando fumigas un insecto, no es suficiente con mandarlo a la cocina del vecino". Esta fue la expresión de Konstantin Kosachyov, presidente de la Comisión de Asuntos Internacionales de la Cámara Alta, en el Parlamento ruso.

El presidente ruso fue autorizado por el Congreso de su país para emprender la ofensiva militar contra los terroristas. Más de cincuenta aviones y helicópteros están sobrevolando el espacio aéreo y están siendo coordinados por el Ejército sirio.

Varios países del Oriente Medio están expresando su deseo de unirse a la coalición dirigida por Rusia contra el Estado Islámico -Isis-.

El periodismo mediático nos tenía confundidos y nos inculcó que la injerencia rusa haría más grave la situación en Siria. Esto nos hizo recordar a un orador, ministro religioso y activista norteamericano, al que llamaron Malcolm X, valiente defensor de los afro-estadounidenses, quien expresó en una ocasión: "Si no tienes cuidado con los medios de comunicación, te harán odiar a las personas que están siendo oprimidas y amarás a los opresores".

Los políticos, vistos desde la antigüedad

"No es cierto que el poder corrompa: lo que hay es políticos que corrompen al poder". George Bernard Shaw.

"La política saca a flote lo peor del ser humano". Mario Vargas Llosa.

El historiador romano Flavio Josefo afirmaba que, en la época de Julio César, los publicanos -los que manejaban la banca, o sea, los representantes de los recaudadores de impuestos- vivían contrariados con las políticas impuestas por este, al establecer controles para sus actividades y hurtos.

Póstumo, representante de esta gente corrupta en el Senado, le dijo un día a Julio César: "Tendrás nuestra generosa contribución, pero aconseja a tus inspectores que cierren un ojo, uno solo, sobre la actividad de las empresas de los recaudadores. Considérate satisfecho si los publicanos roban menos, pero no pretendas que dejen de robar por completo".

Julio César concluía que el acuerdo era necesario para no arrojar en los brazos de la oposición aristocrática a esos insaciables chupasangres, que siempre habían apoyado a su partido.

Nos resulta paradójico que, en la actualidad, Borges hubiera considerado que los grandes negocios del mundo impiden que cualquier gobernante sea leal con su pueblo.

Jorge Volpi, quien recibió el Premio Casa de América, con la obra El insomnio de Bolívar, al analizar a la América del siglo XXI, establece el decálogo del caudillo democrático contemporáneo, así:

1.   Utilizar la palabra DEMOCRACIA en toda ocasión, cada vez quesea posible, sin importar las medidas que se adopten.

2.   Utilizar la palabra CAMBIO, en toda ocasión, cada vez que sea posible.

3.   Acusar a los adversarios de ANTIDEMOCRÁTICOS.

4.   Presentarse como una persona normal, capaz de entender los problemas de la gente, nunca como un político profesional, "por más que lleve los últimos 20 años en la política", y emplear un lenguaje coloquial con palabras altisonantes, frases populares y de doble sentido.

5.   Vituperar, una y otra vez, la política y a los políticos, denunciar con violencia las prácticas corruptas del antiguo régimen, "aunque hubiese formado parte de él".

6.   Hablar despectivamente de "lo que se decide" en México, en Lima, en La Paz, en Buenos Aires, en Bogotá, en Washington o en cualquier otra ciudad capital.

7.   Arremeter contra los privilegios de los ricos, "aunque en secreto se pacte con ellos", defender la soberanía en contra de los espurios intereses extranjeros, "mientras se hacen negocios con toda clase de empresas transnacionales" y señalar, de vez en cuando, algún intento golpista, diseñado para detener EL CAMBIO.

8.   Presentarse como la única persona del universo capaz de combatir el crimen y acabar con la impunidad, "pese a pactar en secreto con distintos grupos criminales".

9. Mandar al diablo a las instituciones y señalar su complicidad con los enemigos de la democracia.

10. Prometer un nuevo orden legal que, por fin, recogerá la voluntad democrática de la nación, "aunque, en realidad, solo busque acrecentar sus intereses personales y su propio poder".

En América Latina, después de tantas décadas de autoritarismo, encontramos que son los partidos los que compiten y se reparten el poder, pero una auténtica democracia no solo debería regir la competencia entre estos, sino su vida interna y los mecanismos que emplean para elegir a sus candidatos, pues los que figuran en listas para diputados, representantes o senadores, rara vez son conocidos por los votantes. Generalmente, son burócratas al servicio de los partidos que, en lugar de representar los intereses de los ciudadanos, se dedican a proteger los de sus respectivos grupos políticos.

De esta forma, la democracia degenera en partidocracia, "un gobierno de los partidos, para los partidos y por los partidos", que rara vez rinden cuentas a sus ciudadanos.

Los partidos son unos excelentes negocios, alimentados con los recursos de los contribuyentes, con las prebendas que obtienen al apoyar tal o cual proyecto de ley o con las tajadas que reciben de los grupos económicos que los amparan. Este fenómeno de los partidos viene acompañado de una rampante corrupción, porque carecen de transparencia.

El modelo macroeconómico de la América Latina está dando buenos resultados, pero no está mejorando la calidad de vida de sus ciudadanos, por lo cual, la región se ha venido convirtiendo en la más violenta y donde es mayor el crecimiento de la desigualdad social.

Un informe publicado por la ONG alemana Transparencia Internacional TI concluyó que los países menos corruptos de la región son Chile, Uruguay, Costa Rica, seguidos por Cuba, el Brasil y El Salvador. En el vagón de los más corruptos viajan Venezuela, Paraguay, Honduras, Nicaragua, Ecuador y Colombia.

Con respecto a Colombia, hay que destacar que se han venido aplicando reformas y cambios estructurales, gracias a que algunas instituciones de control, como la Fiscalía y la Procuraduría, han venido actuando contundentemente contra las manifestaciones de corrupción, por parte de políticos y funcionarios.

Transparencia Internacional realizó este estudio en 196 países y llegó a la conclusión de que los gobiernos deben tomar posturas más firmes contra los abusos de poder, porque el alto costo que supone la corrupción siempre cae sobre las espaldas de los ciudadanos.

De la América que soñara Bolívar queda muy poco: un conjunto de democracias llenas de problemas, el mayor de todos, la tremenda desigualdad social, por ser una democracia representativa, que solo le da garantías a la iniciativa privada, sin redistribución de la riqueza y sin derechos sociales.

La democracia, en el mundo, está siendo secuestrada por élites neoliberales y, por ahora, está mostrando su rostro más despiadado en la Europa del siglo XXI, particularmente en España y Grecia.

En los países, generalmente, se presentan turbulencias sociales, por ejemplo, en incidentes electorales, en los cambios gubernamentales,

en la formación de las coaliciones para gobernar o cuando se presentan desajustes económicos, entre otros fenómenos.

Pero una sociedad es de ciudadanía plena y de desarrollo democrático eficiente, en la medida en que los ciudadanos sean conscientes de sus deberes y responsabilidades cívicas que, además, entiendan y conozcan el sistema político electoral.

Por profesional, entendemos una administración pública, sostenida por un fuerte sistema de servicio civil, que permita la continuidad, la estabilidad social y la eficiencia en los servicios administrativos públicos, independientemente de las contingencias políticas, que los cambios electorales acarrean en las sociedades democráticas.

África y sus tiranos

Para entrar en un contexto de tanta profundidad, tendríamos que empezar por hablar de uno de los primeros y más grandes torturadores. El rey Leopoldo II de Bélgica, creador de una sanguinaria época de terror en el Congo, entre 1835 y 1909. Este señor expropiaba los pueblos, apoderándose de sus tierras y recursos y, mediante su ejército, sometía a las poblaciones a trabajos forzados. Si no cumplían, eran asesinados, violados o mutilados, les cortaban las manos, las orejas, la nariz, y a las mujeres les rebanaban los senos o las decapitaban.

Este rey redujo la población del Congo, de 30 a 9 millones de habitantes.

El sociólogo George Agttey nos confirma que, en la actualidad, existen 40 dictadores alrededor del mundo y 23 autócratas. De los 25 países más pobres del mundo, 24 son administrados por tiranos y corresponden a la madre África. Son países que han sido gobernados por dictadores, saqueadores de sus recursos naturales, que han dejado a los pueblos viviendo en absoluta pobreza, privados de agua potable, sin una educación adecuada, escasos de combustible para cocinar, sin electricidad, carentes de saneamiento, de nutrición y viviendo con menos de dos dólares al día.

Recordemos a algunos dictadores tristemente célebres en el pasado. Empecemos por Jean Bedel Bokassa quien, en 1972, se hizo nombrar presidente vitalicio y, en 1976, se proclamó emperador, rebautizando al país como Imperio Centroafricano.

La ceremonia de coronación tuvo un costo de veinte millones de dólares y a ella no fue invitado ningún mandatario extranjero. Participó, personalmente, en la matanza de miles de estudiantes que protestaron por tener que usar uniformes impresos con el rostro del dictador. Se dice que comía carne humana y, en sus neveras privadas, se encontraron pedazos de cuerpos de los estudiantes asesinados.

Tuvo 17 esposas y 50 hijos. Gozaba del apoyo de Francia, Suiza y Estados Unidos, a quienes les vendía uranio.

Idi Amín Dadá, de Uganda, fue boxeador, cocinero y militar. En 1946 se enroló en las tropas africanas del gobierno británico, en 1971 depuso al presidente Obote y se convirtió en dictador hasta 1979, se dio a sí mismo el título de su excelencia, presidente vitalicio, mariscal de campo, doctor Idi Amín, señor de todas las bestias de la tierra y de los peces del mar, conquistador de Uganda y emisario particular en el África del imperio británico y del rey de Escocia.

Se calcula que, durante su gobierno, fueron asesinadas más de quinientas mil personas, comía carne humana, asesinaba a sus adversarios e, incluso, amigos, y los arrojaba a los cocodrilos o los enterraba vivos.

Arabia Saudita le dio asilo político hasta su muerte.

Mengistu Haile Mariam derrocó al emperador Haile Selassie y gobernó a Etiopía de 1974 a 1987. En 1986 creó una constitución, que tomó como modelo de la Unión Soviética y bautizó al país como República Democrática de Etiopía.

Amnistía Internacional calcula que, durante su gobierno, murieron alrededor de medio millón de personas. Su campaña, llamada "terror rojo", fue lanzada en 1977 y es considerada como el mayor asesinato de masas jamás programado por un Estado. Una corte etíope lo encontró culpable de genocidio, vive en Zimbabue en el exilio y es protegido por el presidente Robert Mugabe.

Un líder de oposición en Uganda -director de un macabro grupo de resistencia-, llamado Joseph Kony, a quien sindican de reclutamiento de menores de edad, así como de secuestro de niñas para ser usadas como objeto de todo tipo de abuso sexual, pretende derrocar al gobierno, y los religiosos de ese país lo denominan la Encarnación del demonio. Ese tirano ha ocasionado el desplazamiento de más de un millón y medio de personas y se lo sindica de haber masacrado a más de treinta mil niños, que rehusaron incorporarse a sus regimientos de terror.

Otros escenarios de conflictos armados son Sudán, Liberia, Sierra Leona y Costa de Marfil. En estos países, existe una multiplicidad de factores, que contribuyen a la violencia generalizada, como si fuera una cotidianidad, en las fuerzas armadas, grupos armados de oposición, paramilitares, milicias, señores de la guerra, bandas criminales organizadas, fuerzas policiales, mercenarios, ejércitos privados de seguridad y organizaciones de sicarios de todas las pelambres.

A esto le agregamos el papel de las transnacionales con intereses determinados, los traficantes de armas, las fuerzas de mantenimiento de la paz, orientadas a beneficiar a organizaciones regionales o internacionales, las humanitarias, como las famosas ONG y las agencias de las Naciones Unidas, los medios de comunicación, los diplomáticos, los mediadores internacionales, etc. Todo esto contribuye a alimentar la diversidad de ciclos de violencia.

La violación sistemática de los derechos humanos se considera una auténtica arma de guerra. Las amputaciones, la colocación de minas, el saqueo, la quema de poblados, la creación deliberada de hambrunas para forzar el desplazamiento de poblaciones, los abusos y las

violaciones sexuales de niñas, el secuestro y la tortura de menores suelen ser prácticas habituales de los beligerantes.

Esta nueva forma de barbarismo salvaje e irracional está llevando al África hacia un rampante subdesarrollo. Son numerosos los recursos que se han ido esfumando en manos de empresas belgas, holandesas, alemanas y suizas.

Fuera de esto, 34 empresas de Europa, el Canadá, Malasia, la India, Rusia y Pakistán están acusadas de comercializar, de manera indiscriminada y sin control, numerosos de sus recursos, entre ellos, los más importantes petróleo, diamantes, oro, coltán, niobio, cobalto, zinc y manganeso.

La ayuda humanitaria ha entrado a formar parte de la dinámica del conflicto y, en ocasiones, ha contribuido a prolongar la violencia, en razón de que muchos actores inmersos en la contienda han manipulado las ayudas en función de sus propios intereses.

A veces, la politización de los países donantes cambia el objetivo de la ayuda que, inicialmente, viene relacionada con el respeto a los derechos humanos, contribuir al fin de las hostilidades entre las partes enfrentadas y termina siendo filtrada por la existencia de una serie de intereses políticos, económicos y geoestratégicos.

Todo esto de la ayuda humanitaria debería ser sometido a una profunda revisión, porque lo que resulta es que algunos países terminan respaldando y legitimando dictaduras y regímenes despóticos, que reciben estas ayudas y las utilizan en función de sus propios intereses.

Así ocurre en el Zaire de Mobutu y en la Guinea Ecuatorial de Teodoro Obiang, por parte de los Estados Unidos, Gabón, Chad, República Centro Africana, Francia y ni qué decir de la perniciosa

ayuda y del relevante papel que la China está desempeñando, no solo en el África, sino en el resto del mundo.

Nosotros, la vida y el mundo

Abelardo Giraldo

ayuda y del relevante papel que la China está desempeñando, no solo en el África, sino en el resto del mundo.

Corea del Norte y la dinastía Kim

"Una dictadura con juguetes nucleares es tremendamente peligrosa", y J. Wolfgang Goethe expresaba: "Es peligroso aquel que no tiene nada que perder".

La República Popular Democrática de Corea, a través de su líder, Kim Jong-un, acaba de pronunciarse sobre una prueba con la bomba de hidrógeno, realizada con éxito a las 10:00 a.m., el 6 de enero de 2016, y su líder afirma que, con esto, se pretende proteger firmemente la soberanía del país y el derecho fundamental de la nación ante la amenaza nuclear y el chantaje de fuerzas hostiles, encabezadas por los Estados Unidos.

Otro incidente protagonizado por Corea del Norte ocurrió el 26 de marzo de 2010, cuando atacó con un torpedo el barco surcoreano Cheonan, con un saldo de 46 personas muertas.

La misma semana del incidente, a la isla de Yeonpyeng, habitada por 1600 personas, le dispararon 50 obuses, y destruyeron torres de energía y casas de pescadores, con un saldo de 20 heridos y cuatro soldados surcoreanos muertos.

Corea del Sur respondió con 80 proyectiles de artillería y sobrevoló la zona con "cazas de combate" pero, debido al hermetismo con que Corea del Norte maneja sus problemas, no se conoce el alcance de los destrozos.

Lo que sí aseguró el régimen comunista es que el ataque era una respuesta a las provocaciones de la Marina surcoreana, que adelanta maniobras militares en esa zona, y expresó: "Les avisamos, varias veces, que no toleraríamos estas prácticas intimidatorias".

El gobierno surcoreano calificó este ataque como imperdonable, llamó a los reservistas a filas y puso al ejército en estado de alerta máxima.

Ese alto al fuego, firmado en 1953, al terminar la guerra entre las dos Coreas, parece esfumarse y las amenazas surgen de lado y lado. Corea del Sur hace manifiesto que la Infantería, la Marina y las Fuerzas Aéreas deberán unirse para contraatacar con fuego múltiple y hacer que Corea del Norte no vuelva a provocarlos.

Corea del Sur y los Estados Unidos tienen planes de efectuar, anualmente, maniobras militares en el mar Amarillo y, con destino a esa zona, fue enviado el imponente portaaviones nuclear George Washington.

El ministro de Relaciones Exteriores, Hong Lei, declaró que la China estaba opuesta a cualquier acción militar no autorizada, en el interior de la zona económica exclusiva de esta nación asiática. A su vez, los enemigos del norte aseguran que, si los enemigos del sur se atreven a invadir sus aguas territoriales siquiera un milímetro, el próximo objetivo sería Seúl y convertirían a esa ciudad en un mar de fuego. "La guerra nuclear empezaría en cualquier momento".

Analistas consideran que lo que quiere Kim Jong-un, una vez más, es llamar la atención de Seúl y Washington, y volver a la mesa de negociaciones, pues funcionó maravillosamente en el pasado: empezaron a negociar el desarme nuclear, y lograron conseguir 4000 millones de dólares, en recursos provenientes de los Estados Unidos, el Japón y Corea del Sur, más 3.400 millones de ayuda humanitaria de otros países.

El régimen de Corea del Norte necesita recuperarse ahora, más que nunca, ya que está pasando por un momento crucial, con una economía arruinada, sin estímulos para satisfacer a los trabajadores del campo y con una preocupante escasez de alimentos, que deja entrever nuevas hambrunas y una transición de gobierno delicadísima.

El querido líder Kim Jong-il, antes de morir, ya anciano y enfermo, quería dejarle a su hijo, Kim Jong-un, el trono, y consideraba necesario que recibiera dinero y petróleo para que se mantuviera la familia en el poder.

Sabemos que se trata de una sociedad muy cerrada. Nada se sabe sobre sus mercados, de sus calles o de la vida de sus gentes y lo único que se filtra al extranjero es información sobre instalaciones atómicas, sus misiles y sus programas balísticos.

El 25 de abril de 2007, en una parada militar ante unas cien mil personas, se filtró un video en el cual las tropas marchaban triunfantes con tambores de guerra y exhibiendo 48 misiles inmensos de cuatro tipos.

El científico norteamericano Siegfried Hecker afirmó que el régimen le había enseñado sus últimos avances y que había podido apreciar una planta nuclear para enriquecimiento de uranio, equipada con 2000 centrifugadoras.

En un artículo publicado por el diario *El Tiempo*, de Colombia, quien lo consultó, afirma que este científico "quedó pasmado", al ver la capacidad de esta planta, la cual goza de una ultramoderna sala de control, que parece de ficción.

"El régimen quiere que el mundo conozca que está desarrollando armamento atómico". Parece demostrado que disponen de misiles que pueden alcanzar a Corea del Sur, al Japón y a sus principales enemigos en el Asia. Aseguran, además, que sus últimos modelos están en condiciones de alcanzar objetivos militares norteamericanos, concretamente en Alaska y Hawái.

De todos modos, la perspectiva de que Corea del Norte inicic una guerra nuclear es muy remota, pues está siendo vigilada muy de cerca por los Estados Unidos, y el gobierno de Corea del Sur es consciente de que sería barrido de la faz de la tierra si lo intentara. Además, la China, su gran aliada, no toleraría estos desmanes de Corea del Norte, porque esto le ocasionaría un desastre para los intereses económicos y de seguridad.

La directora de la diplomacia europea, los ministros de Relaciones Exteriores de Rusia, de Alemania, de Inglaterra, lo mismo que del Japón, expresaron su inconformidad con estas pruebas, realizadas por Corea del Norte, y el Japón expresó estar preparado para contrarrestar cualquier situación inesperada.

Los extremismos

"Cuando los que mandan pierden la vergüenza, los que obedecen pierden el respeto". Anónimo.

Los atenienses nos dejaron un legado, un ideal, una forma, lo que hoy en día llamamos democracia, que consistía en que el pueblo hacía parte del gobierno directa o indirectamente. Fue allí, en Grecia, donde se practicó por primera vez.

Pericles hizo una magnífica apología de la democracia en su discurso a los muertos, después de la guerra del Peloponeso, que libraron los atenienses contra Esparta.

En Norteamérica, Abraham Lincoln consideró la democracia como un gobierno del pueblo, por el pueblo y para el pueblo. Este sistema reconoce la igualdad y la dignidad de todas las personas, sin distingos de raza, religión, sexo o condición social.

Lo contrario de la democracia son los gobiernos totalitarios.

En los países democráticos, se garantizan la libertad de expresión, las elecciones libres, el derecho al voto, a elegir y a ser elegido.

Los derechos de las personas jamás deben ser tocados, entre ellos, la libertad de expresión, la libertad de prensa, la libertad de asamblea o asociación, la libertad de religión, y son las mayorías las que les ceden derechos a las minorías.

El gobierno es constitucional y una serie de leyes que han pasado por el Parlamento quedan radicadas en una carta magna, llamada constitución.

Existieron dos hechos o circunstancias afines, que reafirmaban la democracia. Fueron la *Declaración de los derechos del hombre,* promulgada por la Asamblea Nacional de Francia en 1789 y la Constitución de los Estados Unidos en 1776.

Un editorial del diario *El Gaviero,* de Medellín, decía: "Las democracias de hoy son pseudoparticipativas y pseudorrepresentativas, que se amparan en un ideal bellamente escrito en la constitución, pero que en la práctica no son más que dictaduras democráticas en las cuales existe rebatiña por el poder del Estado, y donde, mediante la violencia se intimida, se usurpan tierras, se tortura, hay exiliados y desplazados y en el que los ciudadanos no ven ningún futuro prometedor".

Si observamos a los gobiernos democráticos de los Estados Unidos y Latinoamérica, encontramos que, en estos países, en nombre de la democracia, se han cometido los delitos más atroces contra los derechos humanos.

Albert Camus decía que la única moral capaz de hacer el mundo vivible es aquella que esté dispuesta a sacrificar las ideas todas las veces que entren en colisión con la vida.

A principios del siglo XX, los desheredados y pobres de espíritu tuvieron gran esperanza de que se fueran a abolir las desigualdades, se terminaría la explotación del hombre por el hombre, desaparecerían los nacionalismos y que la Tierra sería regida por ideales de libertad.

Se hablaba de socialismo.

Pero resultó que no era así. En nombre de esa doctrina libertaria e igualitaria, millones de hombres fueron llevados a campos de

concentración o, simplemente, exterminados, se implantaron regímenes totalitarios implacables, naciones poderosas invadían y colonizaban a naciones pequeñas y débiles, y se vivía una situación más terrible que la época de los inquisidores medievales.

Mientras Lyndon B. Johnson, en nombre de la democracia, invadía con sus infantes de Marina a República Dominicana, Breshnev hacía lo mismo y destruía con tanques a la hermosa ciudad de Praga, se creaban, en nombre del socialismo, los gulags, las purgas y los hospitales psiquiátricos para los inconformes.

En Norteamérica, con el escudo de la democracia, se prohibía el derecho a la huelga, y a quienes violaran esta prohibición, se los obligaba al trabajo forzado, al que, con sarcasmo, denominaban "trabajo voluntario".

Hoy, en los países socialistas, mientras la sociedad vive con escasez y sacrificio (excepto la clase burocrática), se fabrican armamentos con capacidad de desaparecer diez veces el planeta.

Con la tiranía, con la brutalidad, con la explotación, las democracias de hoy y el socialismo del presente han derramado tanta sangre, que sería imposible contarla. Los ejércitos de estos gobiernos solo han venido ganándoles la guerra a sus propios pueblos. No olvidemos que, en nombre del anticomunismo, el general Pinochet cometió infinidad de crímenes de lesa humanidad y, en nombre del socialismo y del islam, el coronel Gadaffi patrocinó y financió a terroristas con capacidad de volar aviones, tomar territorios y lanzar bombas.

Lo de hoy no se diferencia en nada de lo que hizo Godofredo de Bouillon, jefe de los cruzados quien, después de tantas proezas para dirigirse a Jerusalén a defender los lugares santos, culminó su viaje

pasando a cuchillo, en nombre de Dios, a todos los residentes de la Ciudad Santa, incluidos ancianos, mujeres y niños, tildándolos de impíos.

El desmesurado crecimiento
de la desigualdad social

El 21 de enero de 2016, se celebró, en Suiza, el Foro Económico Mundial, en el que se dieron cita los principales líderes empresariales del mundo, líderes y políticos internacionales, periodistas e intelectuales selectos, que analizaron los apremiantes problemas del mundo, relacionados con la salud y el medioambiente.

Encontramos que hoy, según análisis de expertos, los 62 millonarios más ricos del planeta tienen lo de 3.500 millones de pobres, la riqueza de estos poderosos ha crecido en un 44%. La mitad de estos son norteamericanos y el resto europeos.

Existen 7.600 millones de dólares en paraísos fiscales, las empresas están ocultando estos capitales y, por eso, los gobiernos no pueden invertir en infraestructura. Se necesita mucha cooperación internacional para arreglar esto, y se requiere gastar más en seguridad social, especialmente, en los más vulnerables. La gran concentración de la riqueza y la debilidad de las democracias han aumentado la desigualdad y, cada día más, se trata de desaparecer los beneficios sociales.

En los Estados Unidos, acaba de salir una ley, inspirada por los extremistas del Partido Republicano -Tea Party-, mediante la cual queda prohibido a cualquier gobierno, en un futuro, sea demócrata o republicano, invertir un solo dólar en aumentar ningún beneficio social, además de ordenar grandes recortes a la salud y a las pensiones de jubilación. Estos representantes capitalismo mundial y del neoliberalismo han propuesto establecer la edad de jubilación a los 70 años.

El auge de los nuevos monopolios ha venido generando una gran desigualdad social, y nadie quiere empresas que acumulen tanto poder, por el peligro que representan para la sociedad, amenazan el bienestar del consumidor, anulan la competencia y no dejan la opción de buscar en otras partes o comprar a precios más justos.

Este legado se lo debemos a que, a comienzos del siglo XX, se unieron Rockefeller, Morgan y Vanderbilt, con otros grandes potentados estadounidenses, para operar como todopoderosos, en sectores, como el petróleo, la banca y los ferrocarriles, y devorar a sus competencias hasta quedar sin rivales. Un ejemplo de esta fusión de compañías en una sola empresa se está gestando entre Ab-Inbev y Sab Miller, las cuales controlarán cada una de las tres cervezas más vendidas en el mundo.

Será excesivo el poder de estas dinastías industriales, porque poseerán más concentración de la propiedad, se ordenarán precios más altos y no se le dejará opción al consumidor.

Al patriarca de la industria cervecera más grande de Colombia, Bavaria, representada por el joven Alejandro Santo domingo, de 38 años de edad, el consorcio cervecero le pagó US$7.800 millones de dólares. El consorcio que compró a Bavaria controlará este mercado en el África y América Latina, además de gozar de una enorme posición en Europa, América del Norte y Asia.

La dinastía Santo domingo, que fuera una de las más poderosas de Suramérica, parece estar desapareciendo: vendieron a Avianca y ahora a Bavaria. No debemos olvidar que, para la fabricación de estas cervezas, se están utilizando el maíz transgénico y cereales, a los que se les ha manipulado el ADN, los cuales, según estudios científicos e investigaciones realizadas en ratones, afectan notoriamente el hígado, los riñones y el páncreas. Entre las cervezas

hoy tratadas con maíz transgénico, figuran la Budweiser, la Corona de México y, próximamente, la Bavaria.

Algunos informes forenses y periodísticos afirman que en México se ha incrementado la tasa de mortalidad por afecciones a estos órganos, desde que se empezaron a tratar las cervezas con productos transgénicos.

Tampoco debemos olvidar que esta brecha entre ricos y pobres y la intención de desaparecer toda clase de asistencias sociales pueden, quizá, tener relación con el "nuevo orden mundial", por el que se pretende diezmar la población en unos 3500 millones, debido a la consideración que tienen los poderosos, sobre la superpoblación del planeta que, para 2050, se estimará en 9000 millones de habitantes y el agua potable, que para esa época será más costosa que el oro y el petróleo, solo beneficiará a los más acaudalados.

Las sombras en un mundo globalizado

Una gran cantidad de intelectuales, filósofos e historiadores contemporáneos, vienen expresando su voz de alarma por el descalabro social, al que nos está llevando el famoso NUEVO ORDEN MUNDIAL, orquestado por las grandes corporaciones y el fatídico neoliberalismo que dirigen un grupo de dueños del poder, que desde las sombras actúan por encima de los gobiernos.

Entre estos intelectuales figuran SUSAN GEORGE, filósofa y analista, doctorada en Ciencias Políticas y Filosofía de la Universidad de la Sorbona de París. Trabajó con GREENPEACE INTERNACIONAL, miembro activo del GRUPO DE LISBOA y consultora de varias agencias especializadas de Naciones Unidas, como LA FAO, UNESCO, UNICEF, etc.

El año 2012, escribió, "ESTA VEZ VAMOS A LIQUIDAR LA DEMOCRACIA", refiriéndose al NEOLIBERALISMO, afirma que las corporaciones globales nos están robando nuestras conquistas sociales y están desapareciendo nuestros derechos, en el período comprendido entre 2007 y 2011, estas transnacionales y la banca se apropiaron de 17 billones del dinero público, de la salud, de las pensiones y de toda clase de beneficios sociales de las naciones y el mundo sigue igual o peor. Se les imprimió dinero público para financiar guerras y pagar deudas del sector privado, convirtiéndose la globalización en una máquina demoledora para la sociedad.

La austeridad ha hecho que el pueblo se declare en rebeldía y gire hacia la derecha, la gente está harta del sistema que tienen y como respuesta se ha generado EL BREXIT y el TRUMPISMO en Estados Unidos.

Estamos regresando a épocas medievales que han hecho que la gente pierda parte de sus ingresos, la austeridad y las ideas liberales populistas están en contra de la democracia.

Nos comenta la doctora SUSAN, que en la ciudad de DAVOS, Suiza, se reúnen cada año por los meses de Enero, las élites de las transnacionales, de los grandes bancos para establecer acuerdos entre ellos y determinar que el sector público de los países, asuman la deuda del sector privado, creando además políticas de austeridad, que hacen imposible una existencia digna para el ser humano.

Dentro de las políticas impartidas por el NEOLIBERALISMO, figura el hacer, que las pequeñas empresas no funcionen, que los negocios quiebren y que aumente el desempleo.

Es deber de todo ciudadano difundir nuestras ideas en contra del neoliberalismo, estar a favor de políticas para solucionar el cambio climático y el no rotundo contra la austeridad, teniendo en cuenta que la globalización crece muy rápido para el fortalecimiento de los que más tienen, según lo expresa NOAM CHOMSKY.

Con el NAPTA, decrecieron los salarios y la gente huye de la pobreza, es por eso que hubo que militarizar las fronteras, las empresas crecieron y el pueblo se empobreció.

Estos asesinos seriales en la sombra, como los define EDUARDO GALEANO, han convertido al mundo en un manicomio, en un matadero. "Jamás hubo un papa o un emperador con tanto poder". JEAN ZIEGLER, relator de Naciones Unidas y catedrático de grandes universidades europeas, lo mismo que EDUARDO GALEANO, respetado intelectual de la literatura hispanoamericana, se han ocupado en investigar sobre estos temas a profundidad.

Dicen ellos que el estado como tal lo conocemos, está desapareciendo, ese poder que tenían antes, de legislar sobre sus territorios ya no existe, los dueños del capital se han independizado y ya no hay policía ni ejército, ni justicia que los controle.

La globalización es una inmensa mentira, estos vampiros chupasangre, decían al implantar el neoliberalismo, vamos a crear una economía para favorecer al mundo, pero lo que crearon según lo afirma JEAN ZIEGLER, fue una economía de archipiélagos, que domina todos los acontecimientos económicos, estos son, el BANCO MUNDIAL, EL FONDO MONETARIO INTERNACIONAL Y LA ORGANIZACIÓN MUNDIAL DEL COMERCIO.

La actual organización mundial del comercio, gran filial del KILLER CAPITALISMO, nos obliga ahora a trabajar más y a ganar menos, hace 40 o 50 años creíamos en la justicia y ahora que estamos gobernados por esa élite invisible de banqueros y empresarios de sangre, la justicia ha desaparecido y este genocidio organizado a nivel internacional, nos ha venido imponiendo la pobreza como un justo castigo a una merecida ineficacia.

Hoy tenemos miedo de todo, miedo a perder el trabajo, esa inseguridad laboral nos ocasiona el pánico de vivir, le tenemos pánico a los demonios que nos inventan para asustarnos, los contratos de trabajo, desaparecen, el hombre lo han convertido en una mercancía y lo están llevando a padecer una angustia existencial prolongada.

De los 25 millones de habitantes con capacidad laboral que tiene la UNIÓN EUROPEA, existen ahora 19 millones de parados, hoy el trabajo vale menos que la basura, se trabaja cada vez más y ganamos cada vez menos, se han terminado los derechos, han convertido al hombre trabajador en un mendigo, un mendigo del empleo, un mendigo del trabajo.

Ante la tragedia de la emigración, la OMC, desarma a los estados pequeños frente al gran capital, se le margina de todo, solo se aceptan las patentes o los legalismos de los más ricos.

Las privatizaciones las patrocinan los que más tienen dejando en paro obligatorio a sus propios ciudadanos porque allí se pierden empleos.

Los que emigran por catástrofes naturales, que de naturales no tienen nada porque son provocadas, esa invasión de los invadidos, esas gentes que aspiran a ser tratados como se trata al dinero, para ellos se instalan muros de contención.

Eduardo Galeano se lamenta de esos desprestigiados jóvenes de nuestros días, a los cuales no les interesa nada y ven la política como si fuera un circo, es lo que hace que las mayorías tengamos que someternos a lo que nos impongan las minorías y terminamos sometidos a los amos del mundo.

El orden del mundo tal y como está ahora es criminal, al imperialismo lo llaman globalización, al capitalismo lo denominan países de libre mercado y a los países pobres, los llaman países en desarrollo.

Siempre tienen un satanás a mano, para decirnos que el mundo corre peligro, con el 9/11 se nos recortaron muchos derechos, que los ciudadanos habíamos adquirido a través de democráticas conquistas. ZIEGLER, nos recuerda que la mayor potencia militar del planeta emplea abiertamente la tortura y que nos la pueden aplicar a cualquiera, la tortura hace mucho tiempo se aplicaba, pero no se

publicaba, hoy la anuncian a los cuatro vientos, como dice GALEANO, "LA MAQUINA DE SEMBRAR EL MIEDO, PUBLICA LA TORTURA PARA PREVENIR EL DELITO DE LA DIGNIDAD".

191 miembros de las naciones unidas, firmaron una declaración contra la tortura, la consideraron fuera de toda legalidad internacional y está ocurriendo, que personas, a las que, por diferentes causas han sido detenidas hace 2 o 3 años, no se sabe nada de ellos.

No hay que aceptar lo que los amos del mundo dicen, tenemos que rechazar la muerte de nuestros semejantes ocasionada por este grupo criminal neoliberal, que controla y prohíbe la prensa y el debate público. Esa perversa herencia colonial de tenerle miedo a todo, esa impotencia nacida del miedo, tenemos que sacudirla, porque ese miedo puede matar nuestra esperanza.

Tenemos que desenmascarar esa diabólica organización de los amos del mundo, que con su neoliberalismo van dejando a las élites más enriquecidas y a los pueblos más empobrecidos, denunciar esa injusta distribución de la riqueza como lo han hecho, el escritor colombiano HÉCTOR MONDRAGÓN, el juez BALTAZAR GARZÓN y el fallecido escritor ERNESTO SÁBATO.

Los amos de este capitalismo mundializado no tienen controles, esta mano invisible define quien vive y quien muere, todos los días 100.000 personas mueren de hambre, lo que ÁNGEL HORAN, sociólogo etíope, considera como GENOCIDIO ORGANIZADO A NIVEL INTERNACIONAL.

Se trata de una dictadura invisible, que habla palabras lindísimas como comunidad internacional, un gran término que genera pobreza y desencanto, que acabó con los contratos colectivos de trabajo y les dio tremendo poder a los empresarios, para que impunemente decidan, quien trabaja y quien, no.

Capítulo II

Historia

La cárcel de Guantánamo

Guantánamo Emma Reverter, periodista residente en Nueva York, nos comenta, los acontecimientos ocurridos en la cárcel de Guantánamo, desde el 9-11 hasta la fecha. Según ella, Guantánamo es un terreno de la isla de Cuba, que comprende 110 kilómetros cuadrados y fue ocupada por los Estados Unidos en 1903. Desde esa fecha, el país del norte tiene jurisdicción y pleno control sobre el territorio. Allí, fue instalada una base militar naval, residen ciudadanos cubanos octogenarios y nonagenarios, quienes después de jubilarse, decidieron hacerse ciudadanos norteamericanos. También, fuera de la cárcel militar de Guantánamo, existe un hermoso campo de golf, una iglesia, teatro para películas, almacenes, tiendas, Pizza Hut, KFC, McDonald's, Taco Bell y hoteles que emplean trabajadores, la mayoría de nacionalidad jamaiquina y filipina.

La cárcel tiene capacidad para 700 prisioneros, de los cuales solo quedan 47. Desde 2011 hasta la fecha, cinco se han suicidado, uno murió de cáncer, otro por un paro cardíaco. Actualmente, ocho se encuentran en huelga de hambre.

El primer grupo llegó a Guantánamo el 11 de enero de 2002. Un avión militar llegó a la base militar con los primeros 20 prisioneros y, a lo largo de los 10 días siguientes, llegaron cinco aeronaves más, hasta reunir 160 reclusos a finales de enero. Uno de estos hombres, declarados en huelga de hambre, hace cinco años que no come y el alimento han tenido que proporcionárselo a través de una sonda nasogástrica.

Cuando hubo esa detención masiva de terroristas y la cárcel llegó a "bombas orgánicas", bolas de excremento y orina, que utilizaban atacar a los guardianes o a cualquier político que ingresara a las instalaciones.

Algunos de estos hombres, que supuestamente eran un peligro real, fueron liberados y han regresado a sus países, pero servicios de inteligencia internacionales han comprobado que hoy militan, nuevamente, en actividades terroristas.

Cerrar a Guantánamo fue una de las promesas electorales del presidente Obama y, dos días después de haberse posesionado como presidente, ordenó por decreto el cierre de la prisión, los internos siguieron la noticia por televisión con emoción, júbilo y alegría, pero desde entonces, hasta hoy, la cárcel sigue abierta y el terrorismo se ha recrudecido.

Obama no ha podido cerrar a Guantánamo, porque el Congreso y más de la mitad de los ciudadanos estadounidenses se oponen a la medida. Los 47 detenidos que quedan, al parecer, tienen fuertes vinculaciones con el acto terrorista del 9-11.

Expertos constitucionalistas consideran que pasarán muchas generaciones hasta que los Estados Unidos recuperen los derechos y las libertades que se perdieron el día en que hundieron las Torres Gemelas".

Un periodista del Miami Herald expresó: "Muchos prisioneros que aún están en Guantánamo no saldrán vivos de allí, porque los últimos que salieron lo hicieron, pero dentro de un ataúd.

Y pensar que jamás podríamos olvidar esa hermosa canción cubana La guantanamera.

Actualmente, con el nuevo compromiso de establecer relaciones, los gobiernos de los Estados Unidos y Cuba han considerado abrir embajadas y suspender, en un futuro, el embargo. La isla tiene como prioridad también, exigir que Guantánamo le sea devuelto.

A muchos gobernantes alemanes, incluido Hitler, les movía la preocupación por adquirir el libro *Germania*, del historiador romano Cornelio Tácito, porque consideraban que las tribus germanas eran sus antepasados, los denominaban los viejos alemanes, y creían, simplemente, que estos eran sus ancestros.

Himmler, jefe de la SS nazi, se valió de este argumento para acabar con la vida de millones de personas y le hizo suprimir al libro una parte donde el autor, Tácito, define a los germanos como amantes del ocio, contrarios a la paz, bárbaros y adictos al juego. Pero ¡qué tan equivocados estaban! Después, se comprobó que los alemanes vienen de otra etnia ario sajona, diferente de la germana.

El ajuar perdido de Dios
Entre estos figura el *menorah*. Se trata de un candelabro de siete brazos, encontrado en el templo de Jerusalén, lo mismo que la mesa del rey Salomón y el arca de la Alianza.

El cuarto de la resurrección
Aquí, habla el autor e investigador Javier Sierra sobre las experiencias místicas de la gran pirámide.

En un riguroso verano del siglo XVIII, se dice que Napoleón Bonaparte pernoctó en la cámara del faraón en la torre de Giza.

Anteriormente, lo habían hecho Julio César y Alejandro Magno.

La egipcianización

Napoleón era aficionado a los obeliscos, esfinges y representaciones faraónicas. El embellecimiento de París se efectuó con muchas obras traídas de Egipto. Lo mismo hicieron Luis XVI y Luis XVIII. Incluso, Carlos V hizo traer de Egipto un obelisco de 3.500 años de antigüedad y hoy figura emplazado donde alguna vez estuvo la guillotina.

En 1989, durante la administración de François Mitterrand, con motivo del bicentenario de la Revolución francesa, hizo instalar una pirámide de cristal en el Museo del Louvre. En el Museo Soane, de Inglaterra, se encuentra una de las piezas más famosas y valiosas. Se trata del sarcófago o lugar del último reposo del faraón Seti I, padre del célebre Ramsés II, y uno de los gobernantes más importantes del país del Nilo. Este museo fue fundado por el masón sir John Soane.

Las cuevas subterráneas de Capadocia

Se dice que, por estos laberintos subterráneos, anduvo el extinto jefe terrorista Osama bin Laden. Son aproximadamente doscientas cuevas, en las que habitan por lo menos diez mil personas. Quedan en Turquía y se las denomina *derinkuyu* o "pozos profundos".

Refugio para el cambio climático

Algunos consideran que las pistas de Nazca, en Chile, o la isla de Pascua, fueron obras de extraterrestres, como lo describiera el antropólogo alemán Erich von Daniken, en su obra, *La respuesta de los dioses.* Después, Andrew Collins, experto en misterios de civilizaciones perdidas, asegura que, hacia el noveno milenio a. De C., Turquía padeció una mi - era glacial, que duró 500 años y que los habitantes de estas regiones, más altos que nosotros, decidieron refugiarse de la nieve y del frío exterior, excavando ciudades en las

que la temperatura era constante y no bajaban de 10 a 12 grados centígrados.

El cambio climático de hace once mil o doce mil años hizo colapsar el curso de la historia y dio pie a leyendas, como la del diluvio universal, lo mismo que al hundimiento de la Atlántida.

El culto a Serapis

En el siglo V a. de C., el culto a Serapis nació en Egipto, con el dominio de los faraones, y se dice que los antiguos judíos fabricaron el cristianismo con base en esas exóticas leyendas, que los cautivaron.

Los fieles de Serapis abogaban por una salvación personal, que requería el arrepentimiento de los pecados. En el templo Serapeum, de Alejandría, los sacerdotes perdonaban los pecados, mediante un rito de inmersión en el agua. Veneraban a sus familias, según los dioses Osiris, Isis y Horus, recomendaban la monogamia y lo más sorprendente es que celebraban su fiesta principal cada 25 de diciembre, fecha del nacimiento de Horus. Se asegura que los libros del Nuevo Testamento se escribieron, íntegramente, en Egipto.

Otra enigmática historia es la de la existencia de un papa que no creía en Dios, Alejandro VI. Fue considerado el papa no creyente y, como dijera Mario Puzo, en su obra sobre los Borgia, este papa era adúltero, avaro, incestuoso y asesino.

Otro papa famoso fue Sixto V, coronado en 1585, último pontífice del Renacimiento. Durante su papado, rescató 42 obeliscos egipcios o agujas de piedra de 27 metros de altura.

La biblioteca de Alejandría

Tres destrucciones masivas acabaron con aquel tesoro intelectual y devolvieron a nuestra especie al infierno de la ignorancia. Fue la institución cultural más importante del mundo antiguo, albergaba 700 mil libros y rollos, y la visitaban más de 14.000 estudiantes en busca de ilustración sobre física, ingeniería, astronomía, medicina, matemáticas y biología. La sola estructura de la biblioteca abarcaba lo que hoy equivale a dos campos de fútbol.

La primera vez que se atentó contra la biblioteca fue durante el reinado de Cleopatra, en el 48 a. de C., cuando Julio César le prendió fuego. Después, 400 años más tarde, el barrio donde quedaba la biblioteca desapareció por completo. Se dice que esta tenía la primera traducción del Antiguo Testamento. Otros aseguran que esta biblioteca y otras que tenía la ciudad fueron destruidas por Teófilo, obispo cristiano que las incendió en nombre de la fe a Cristo.

Se lograron rescatar 44 obras teatrales griegas completas, pero en Alejandría se almacenaban 123 tragedias de Sófocles, 90 de Esquilo, 92 de Eurípides y 54 de Aristófanes. Casi todas perecieron.

Nada volvió a ser igual a Alejandría, hasta que apareció la familia Medici, 1500 años después, y en Italia se impulsó el Renacimiento.

La batalla de Boyacá

El 7 de agosto de 1819 se llevó a cabo uno de los enfrentamientos más importantes de la guerra de la Independencia colombiana. Dos meses y medio duró Bolívar organizándola desde Caracas, hasta que ese día decidió enviar sus tropas al mando de los generales Santander, Anzoátegui y Soublette, para cortar el paso del ejército realista a la altura del puente construido sobre el río Teatinos, de cinco metros de largo por dos de ancho, en jurisdicción de Tunja.

Ese mismo día, en las horas de la tarde, después de recios combates, fue capturado el comandante en jefe de las fuerzas enemigas, José María Barreiro y en la capital, el virrey Juan Sámano huía hacia España. Los españoles habían llegado trayendo consigo la cruz, la espada, los caballos y los arcabuces, con el fin de arrebatarle a los indios la tierra por la fuerza. Después, los criollos, con Bolívar a la cabeza, desterraban de manera violenta a los españoles.

Los pueblos creados por Bolívar no siguieron su enseñanza.

El historiador Gillette Saurant relataba que, con la muerte de Bolívar, se había acabado el tiempo de los héroes y había empezado el de los asesinos. Después, Santander, desterrado por Bolívar, sindicado de alta traición, regresó para regir los destinos de nuestro país y cambió el nombre a nuestra república de Gran Colombia por el de Nueva Granada.

Son innumerables los crímenes de lesa humanidad que se han registrado en Colombia desde la muerte de Bolívar hasta hoy. El Padre de la Patria, antes de morir, recomendó: "Os ruego que permanezcáis unidos, para que no seáis los asesinos de la patria y

vuestros propios verdugos" fue su súplica, pero, hasta ahora, hemos hecho todo lo contrario.

Se ventilaban tiempos de revolución y de cambio, y el pueblo era más proclive a la dispersión que a la unidad. Bolívar fundó nuestra identidad colectiva y estaba más allá de los partidos, era idea de libertad, su legado político y su postura republicana eran impecables y dignos de mostrar a todo el mundo. No fue por su culpa por lo que Colombia se hubiera tornado goda y santanderista.

El sueño de unión continental de Suramérica se esfumó, los pueblos recién liberados se ahogaban en la anarquía y, como expresara un historiador antioqueño, "los caudillos ambiciosos y hambrientos de poder revoloteaban, como gallinazos, esperando la muerte del Libertador."

El escenario de Colombia, plagado de asesinatos políticos, comenzaba su función. Su última morada fue la Quinta de san Pedro Alejandrino, donde exclamó, además de su última proclama, esta conmovedora oración: "Los más grandes majaderos de la humanidad hemos sido Jesucristo, don Quijote y yo".

El general Andrés de Santacruz se alejaba con Bolivia, por un camino propio; Venezuela, con el general José Antonio Páez, proclamaba su autonomía; el general Juan José Flórez unió a Guayaquil y a Quito, para crear la república independiente del Ecuador y, por último, la República de Colombia, primer embrión de una patria grande, inmensa y unánime, se reducía al antiguo virreinato de la Nueva Granada.

Dieciséis millones de americanos del sur quedaban al albedrío de los caudillos locales.

Un poco de historia

"LA CIVILIZACIÓN QUE SE PERDIÓ EN LA NOCHE DE LOS TIEMPOS"

Todo ocurría en el siglo XVIII a de C., "Entonces tuvieron lugar, violentos terremotos e inundaciones, y en un solo día y en una sola noche de completa catástrofe, la isla de la Atlántida desapareció bajo el mar" Platón.

Solón, también fue un filósofo, al que se consideró como uno de los siete sabios de Grecia, existió por el año 590 antes de Cristo, fue uno de los que afirmó que la Atlántida la hundió un horroroso cataclismo por el año de 1628 A de C., describe este hecho así: **"EN UNA SOLA Y DESAFORTUNADA NOCHE, DESAPARECIÓ LA HERMOSA ISLA DE LA ATLÁNTIDA".**

Un antropólogo llamado HENRY SLIMAN, desde hace muchos años, ha venido buscando rastros de la desaparecida Atlántida y encontró que en Turquía existió una ciudad llamada THERA, de la que suponen algunos historiadores, fuera la antigua ciudad de Troya, allí fue localizado el palacio de PRÍAMO, en cuyas habitaciones fueron encontrados, diademas, anillos y collares de oro y plata.

Después localizó una máscara espectacular en oro puro, fue cuando expresó **"HE VISTO LA CARA DE AGAMENÓN"**, luego aparecieron siete cráneos, de los que dijo: "UNO DE ELLOS PODRÍA SER EL DE CLITEMNESTRA" HOMERO, llamó micénicos al primer grupo de mortales, los que hoy no son más, que una civilización perdida. De aquí ha surgido la duda, si la Troya de Helena y las micenas de Agamenón, eran reales.

También encontró, que el sacrificio del Toro es tradición de religiones muy antiguas, la mitología griega cita mucho al toro. Es por esta razón que el rey MINOS, decretó el secreto del MINOTAURO, mitad hombre y mitad toro y, a los seguidores de Minos, se les denominó los minoicos. Se dice que el rey MINOS, gobernó sobre Creta y la isla del mar egeo, tres generaciones antes de la guerra de Troya, vivía en Gnosos y hacía sus retiros a una cueva sagrada donde recibía instrucciones de ZEUS, sobre como gobernar a su pueblo. El palacio de este rey contaba con 4.800 habitaciones.

Historiadores afirman que los palacios minoicos como el de GNOSOS y FESTOS, eran además lugares de trabajo, existían allí, fraguas, hornos, almacenes, silos, un centro administrativo, el centro de distribución y comercio, lo mismo que un centro religioso y de culto a los dioses. Ellos comercializaban con Egipto, vino, trigo y aceite.

Encontraron que en la antigua Grecia, las mujeres llevaban faldas blancas y largas, usaban blusas anchas y se arreglaban el cabello de forma muy complicada. Los hombres usaban taparrabos, tenían cintura estrecha y anchos hombros, eran guapos.

Según Platón en la isla de Creta, existió una espléndida civilización, allí se encontraron las copas de oro que el filósofo afirmaba, tenían diseños propios de lo que fue, la brillante civilización ATLÁNTIDA. El desastre de THERA, fue ocasionado por una gran explosión, la cual se consideró como la más grande en la historia de las eras, se trató de una terrible erupción volcánica que el ser humano no ha visto, ni verá, antes, ni después.

Un escriba egipcio, de nombre IRINOS MARINATOS, escribió sobre esto y afirmó: "La explosión de THERA, fue tan gigantesca que dejó ruinas de ceniza en forma de montañas".

En la ciudad sepultada bajo las cenizas se encontraron frescos en cada habitación, que mostraban campesinos sembradores de eterna paz y hermosos niños con colas de caballo, a diferencia de Egipto y Grecia, que solo mostraban frescos que representaban guerras. Aunque no sabemos absolutamente casi nada de los minoicos, si se pudo establecer que no tenían ejércitos, no se preocupaban por la guerra, había igualdad entre ambos sexos y eran una cultura idílica. Platón afirmaba, que THERA comerciaba con Egipto y se habían encontrado duchas, bañeras muy avanzadas e incluso usaban agua caliente y la extensión territorial que habitaban era muy grande.

En la isla de Creta, debido a los temblores ofrecían en sacrificio a los dioses, jóvenes que cumplían los 18 años de edad, pero allí fallecían también sacerdotes y sacerdotisas, fue una época absolutamente catastrófica, todo fue arrasado de esta forma, la primera civilización europea, LA MINOICA, desaparecía totalmente.

Visita en la casa de Ana Frank

"Algún día, esta horrible guerra habrá terminado, algún día volveremos a ser personas y no solamente judíos". Ana Frank, 11 de abril de 1944.

La casa de Ana Frank, hoy en día, es un museo, y corresponde al lugar donde ella se escondió durante la Segunda Guerra Mundial, cuando escribió su diario. Fotografías, filmaciones y objetos personales ilustran los acontecimientos que allí tuvieron lugar.

Ana Frank fue una de los millones de víctimas del nazismo. Había nacido el 12 de junio de 1929, en Fráncfort, Alemania y, cuando en 1933 Hitler llegó al poder, se desató la más grande persecución contra los judíos. Su familia, todos judíos, se trasladaron a Ámsterdam, Holanda, donde su padre, Otto, fundó una empresa.

En 1940 el ejército alemán ocupó a Holanda y se impuso la ley antijudía, situación que obligó a la familia, el 6 de julio de 1942, a pasar a la clandestinidad. Otto, Edith Frank y sus hijas, Margot y Anaj, tuvieron que abstenerse de contacto con cualquier ser humano, y más si era alemán no judío.

Los Frank se escondieron en el edificio situado en Prinsengracht 263, donde el padre tenía su empresa, y se sumaron a ellos Herman y Auguste van Pels, con sus hijos, Peter y Fritz Pfeffer. En las plantas superiores de esta casa, permanecieron los ocho, escondidos.

Al cumplir la niña 13 años, sus padres le regalaron un diario y, cuando ellos se vieron obligados a esconderse, ella inició su escritura. De los ocho que permanecieron ocultos, solo Otto Frank sobrevivió.

Después, él decidió publicar el diario de Anita, en 1960.

Estas son algunas de las anotaciones que aparecen en el diario: "Durante el día, no podemos cerrar las cortinas ni un centímetro"; además, comentaba ella que, en la sala de estar, había un pequeño radio para oír las noticias de la *BBC* y escuchar sobre el desarrollo de la guerra.

"Montar en bicicleta, bailar, silbar, mirar el mundo, sentirme joven, saber que soy libre. Eso es lo que anhelo". Ana Frank, 24 de diciembre de 1943.

Como tantas otras niñas, para alegrar su habitación pegó toda clase de imágenes en las paredes. "Gracias a papá, que ya antes había traído toda mi colección de tarjetas postales y mis fotos de estrellas de cine, pude decorar con ellas una pared entera, pegándolas con cola. Ha quedado muy, pero muy bonito". Ana Frank, 11 de julio de 1942.

Durante el día, a ellos les tocaba utilizar el retrete y el grifo lo menos posible, pues las tuberías del agua y el desagüe pasaban por un almacén, y el personal que allí trabajaba desconocía que en ese lugar hubiese gente escondida. "Chis, papá; silencio, Otto, vente ya. No puedes dejar correr el agua, no hagas ruido al andar. Así son las distintas exclamaciones dirigidas a papá en el cuarto de baño. A las ocho y media en punto, tiene que estar de vuelta en la habitación. Ni una gota de agua, no usar el retrete, no andar, silencio absoluto". Ana Frank, 23 de agosto de 1943.

"A partir de mañana, ya no habrá una pizca de manteca, mantequilla ni margarina. El almuerzo de hoy consiste en un guiso de patatas y col rizada de conserva. Es increíble el olor que despide la col rizada.

Seguramente, lleva muchos años en conserva. Ana Frank, 14 de marzo de 1944.

"La radio inglesa dice que los matan en cámaras de gas. Estoy muy confundida". Ana Frank, 9 de octubre de 1942.

El 4 de agosto de 1944 son delatados por un anónimo, el servicio de seguridad de los nazis irrumpe en el edificio y son detenidos.

Luego, el 3 de septiembre, los trasladaron al campo de exterminio de Auschwitz. De todos ellos, solo Otto Frank, padre, sobrevive y el resto encontraron la muerte en ese terrorífico y macabro campo de concentración.

Otto, el resto de su vida la pasó en Ámsterdam, a donde regresó y hasta el día en que falleció, en 1980, se había dedicado a contestar todas las cartas que le llegaban de los miles de personas que habían leído *El diario de Ana Frank*.

Dos preciosas y dignas mujeres
de la raza negra

Una era Hipólita, la nodriza del Libertador Simón Bolívar y la otra era Paulina, llamada la Madre Negra de José Martí".

La negra Hipólita era esclava de la familia Bolívar Palacios en la hacienda El Ingenio, y tenía 20 años cuando fue llevada a Caracas para servir de nodriza a un niño recién nacido en casa de sus amos. Corría 1783.

Sus amos eran el coronel don Juan Vicente Bolívar y doña María de la Concepción Palacios. La misión de Hipólita era amamantar un niño nacido en Caracas, el 24 de julio de 1783. Doña María no podía hacerlo, debido a una extraña enfermedad que padecía del pecho y que, más tarde, la llevaría a la tumba.

Hipólita, de raza negra, de escasos 20 años, alta, bien formada, de agraciada estampa y opulentos senos, en esos días también había sido madre. Bolívar perdió a sus progenitores cuando solo tenía nueve años y disfrutaba de las caricias y del regazo de su nodriza, la cual siempre estaba dispuesta a brindarle protección y apoyo en sus infantiles travesuras. Lo amaba como a su propio hijo y, al mismo tiempo, lo respetaba como a un amo.

En carta que el Libertador enviara a su hermana, María Antonia, desde Cuzco, el 10 de julio de 1825, le decía: "Te mando una carta de mi madre, Hipólita, para que le des todo lo que ella quiera. Haz por ella como si fuera tu propia madre. Su leche ha alimentado mi vida y no conozco más padre y madre que ella. Fue ella la que, en mis primeros meses, me arrulló en su seno", escribía Bolívar de la mujer que lo alimentó, bañó y vistió, le enseñó a pronunciar sus primeras palabras y a dar sus primeros pasos, con el mismo cariño y ternura con que una madre cuida de su hijo.

Esta hermosa mujer exhaló su último suspiro el 25 de junio de 1835, próxima a cumplir los 72 años, aquejada por los achaques propios de su edad y por la tormentosa amargura que padecía, después de la muerte del Libertador, ocurrida cinco años antes, el 17 de diciembre de 1830.

Otra mujer de raza negra y de grata recordación fue Paulina, llamada la Madre Negra de José Martí. Paulina Hernández nació en Pinar del Río, Cuba, el 10 de mayo de 1855 y, después de haber contraído matrimonio con Ruperto Pedroso, viajaron al estado de la Florida, y establecieron su residencia en Tampa.

El 25 de noviembre de 1891 recibieron en su hogar de Tampa a José Martí. Se la conoce como la Madre Negra, porque vivió en su casa y le prodigó esmerados cuidados, cuando el apóstol y poeta cubano padecía de serios quebrantos de salud. Además, como verdaderos patriotas, ella y su esposo le manifestaron a Martí que estaban dispuestos a hipotecar la casa para ayudar a la causa revolucionaria, promesa que cumplieron, según consta en cartas y documentos de la época.

Paulina quiso a Martí como a un hijo. Así lo demuestra en carta para el periódico *Cuba Hoy*, de Tampa, fechado el 18 de mayo de 1897, durante la conmemoración del segundo aniversario de la muerte de este ilustre hombre.

Decía Paulina: "Te quise como madre, te reverencio como cubana, te idolatro como precursor de nuestra libertad y te lloro como mártir de nuestra patria. Todos, negros y blancos, ricos o pobres, ilustrados e ignorantes te rendimos el culto de nuestro amor. Tú fuiste bueno. A ti deberá Cuba su independencia.

Las catedrales góticas

"Entrando en el templo es cuando elevo mi rostro a lo sublime". Anónimo.

"Siento la savia gótica pasar por mis venas, como los jugos de la tierra pasan por las plantas". Augusto Rodin.

Recientemente, la mayor joya arquitectónica de mi Sevilla, su iglesia, fue elevada a la categoría de basílica menor. Templos como este y las catedrales góticas son tremendas creaciones artísticas. Se consideran las más grandes huellas del arte y la arquitectura, nos recuerdan imperios, culturas, generaciones anteriores, todo esto, entrelazado con la más fina expresión medieval y allí encontramos que hay una raíz, un brote, una ramificación y, finalmente, un florecimiento.

En los pueblos católicos, cuando se trataba de contribuir con el ornato y embellecimiento de la casa de Dios, todo el mundo colaboraba y tenía como fuente de inspiración la vida de los santos, las ciencias, los vicios y las virtudes, la historia, la antigüedad clásica y el *Apocalipsis*. Estas casas de Dios han sido, al mismo tiempo, escuelas, teatros, lugares de reunión para actividades de la comunidad, en su interior se celebra la misa, se administra el bautismo, se concreta el matrimonio, se realizan funerales, es decir, "desde la infancia hasta la muerte, este lugar ha sido un paso obligado."

En las iglesias, no solamente es importante su prestancia arquitectónica, sino también el sonido de las campanas.

De Sevilla, recuerdo que el toque del *ángelus* era por la mañana, nos anunciaba los días de fiesta, llamaba a socorro cuando ocurría un accidente o incendio, y su campanario emitía un sonido lúgubre en caso de algún duelo con viaje al cementerio. Se trata de una casa muy particular. Allí, el pueblo se siente cómodo, en ella existe algo misterioso, solo inteligible a los eruditos que conocen la escritura y la teología. Además, están capacitados para interpretar los numerosos símbolos que la adornan. Los vitrales enseñan escenas heroicas de los santos. En algunos podemos apreciar la paleta del albañil, el martillo del carpintero, ocupaciones llenas de dignidad, transfiguradas en virtudes. Cuando se iniciaba la construcción de una iglesia, se acallaban los odios, desaparecían las enemistades, se perdonaban las deudas y las almas volvían a la unidad. La música también tenía su aporte, pues creaba un clima espiritual, que podría ser a través de un canto gregoriano o del pausado ritmo de un órgano, tradición que viene de los siglos XII y XIII.

El canto gregoriano es el más congruente con la catedral medieval. Mozart dijo un día: "Yo daría toda mi obra por haber escrito las melodías gregorianas al prefacio de las misas."

Víctor Hugo señalaba: "En las catedrales de Francia, los acentos corales saltan para unirse musicalmente a la bóveda arquitectónica y se juntan en elegantes y celestiales melodías".

Se dice que el estilo gótico fue inspirado en el siglo XII en prototipos mesopotámicos y sirios. Los dos modelos que imperaron en estas edificaciones fueron el románico y el gótico. El románico consistía en que los artistas tallaban sus obras sobre la misma arquitectura, mientras que el gótico fue más moderno. La ornamentación se hacía en talleres aparte y, luego, se ensamblaban, para dar más perfección o belleza a las construcciones.

Siempre se ha considerado a la escultura como hija de la gran arquitectura. Del modelo románico se heredaron los mosaicos que cubren los pisos de los santuarios, llenos de gracia y colorido, como aún existen en las catedrales romanas. El gran medio que encontró el hombre gótico para emplear el color fue el vitral. Algunos sacerdotes sostienen que, si se les quitaran los vitrales a los templos, quedaría una impresión de desnudez o de sequedad y estos se convertirían en lugares muy sombríos.

En la Edad Media, Dante escribió *La divina comedia* y, además, fue la época de las grandes summas: La *summa teológica*, de Tomás de Aquino, La *summa plástica*, que se refiere a las catedrales, La *summa poética* y La *summa filosófica*.

La violencia en Colombia y
su influencia en el Valle del Cauca

Pájaros, bandolerismo y guerrillas.

Javier Marulanda dice, en un artículo corto pero sustancioso, que en los cafés de Sevilla, Valle, los matones de otra época revisaban el tambor de sus revólveres y, allí, se les ordenaba quién estaba destinado a morir ese día.

Esto me motivó a investigar sobre la influencia que tuvo la violencia en Colombia para nuestro Departamento del Valle del Cauca.

La violencia en Colombia, hoy, se ha convertido en cátedra universitaria, especialmente, para los que estudian Derecho y Ciencias Políticas o Sociales.

El Valle del Cauca fue tremendamente impactado por este fenómeno social, y hemos llegado a la conclusión de que la violencia en el Valle fue, básicamente, conservadora, con los pájaros como sus protagonistas.

La violencia fuerte en nuestro país duró dos décadas, de 1946 a 1966, y dejó un saldo macabro de 200.000 muertos y 2'000.000 de desplazados. Se dice que las cordilleras Central y la Occidental, en las primeras décadas del siglo XX, eran deshabitadas, pero fueron llegando colonos, que establecieron asentamientos en sus laderas.

Eran ellos antioqueños, tolimenses, caldenses y caucanos, que venían buscando refugio, después de la Guerra de los Mil Días.

Posteriormente, arribaron familias de Boyacá y Nariño, que huían de sus regiones por la violencia política de los años 30. Incluso, los que acompañaban a don Heraclio Uribe Uribe, fundador de Sevilla, eran refugiados liberales de la Guerra de los Mil Días quienes, al llegar a esta región, tuvieron serios conflictos con la sociedad parceladora burila.

En Tuluá, la Hacienda Barragán se apropió de miles de hectáreas baldías y, con la complicidad de peritos, jueces, policías, gamonales y clientelistas, más influencias políticas regionales de Cali, les arrebataron la tierra a los colonos. Esto fue, igualmente, aplicado en muchas haciendas grandes de Sevilla y del "plan" del Valle.

Empezaron a gestarse conflictos regionales, que fueron calentando la situación, hasta que apareció la primera fase de la violencia (1946-1955) y empezó cuando Laureano Gómez y Mariano Ospina Pérez trataron de conservatizar al país a sangre y fuego. Esto generó un efecto local en el Valle del Cauca, cuando un gobernador, de nombre Nicolás Barrero Olano, empezó a patrocinar a los ampliamente conocidos pájaros o policía política conservadora de los Chulavitas. Se dio inicio, con una masacre. Fueron asesinados 26 hombres en la antigua Casa Liberal, situada en pleno centro de Cali cuando, simultáneamente, otra masacre de liberales se registraba en San Rafael, Tuluá, ese mismo año.

En 1947, Ceilán y Puerto Frazadas fueron poblaciones arrasadas por los pájaros, y hubo treintenas de asesinatos. Todo esto se hacía para diezmar la presencia en las urnas de los liberales, lo que dio como resultado que el Valle del Cauca, de fortín liberal en 1946, pasara a ser fortín conservador en 1949, pues 20 de sus 37 municipios eran de filiación conservadora. Muchos cambiaron de bando por el temor de ser asesinados. Esto trajo, como consecuencia, un proceso de urbanización de Cali y de algunas ciudades intermedias.

La violencia centralizada, encabezada y operada por los pájaros, tenía su sede principal en Tuluá, pues desde allí pintaron de azul toda la cordillera Occidental, desde Media Canoa hasta el Águila.

Fueron protagonistas de este proceso residentes de la Marina, Fenicia y Barragán, entre ellos, León María Lozano, alias el Cóndor, y las cuadrillas del Patillón, el Vampiro, el Indio, el Jorobado y el Loco, mientras en Trujillo alias Galope hacía de las suyas. Luego, vino Bugalagrande con sus corregimientos de Galicia, Ceilán y Primavera, donde operaban Lamparilla, Pájaro Verde, Pájaro Azul, el Pollo, Cabeza de Huevo, el Paisa, Carecebo y el Sorpresas.

En Buga, el Sargento; en Sevilla, el Montañero y en Caicedonia, Melco, el Evangélico, el Bonche, Polanco, lo mismo que Misterio, Pimienta, Piquiña y Aguililla. Estos individuos, tristemente célebres, asesinaban a sus contrarios con marcada sevicia y atrocidad.

Entre 1955 y 1957, nació una forma de resistencia a la violencia conservadora de los pájaros y, desde las sociedades campesinas victimizadas, se organizaron las famosas cuadrillas bandoleras, básicamente liberales, quienes se desdoblaron en bandolerismo social y empezaron a emplear las mismas técnicas de los pájaros conservadores.

Entre los bandoleros liberales del Valle del Cauca, se destacaron los hermanos Marín, en Tuluá; en Buga, Comino, el Diablo, Gavilán y Ardilla; en Sevilla, Paticortico, capitán Vargas, Metralla, el Mosco, Carnaval y Gasolina.

Otros grupos víctimas de los pájaros se organizaron en forma de guerrillas y encontraron apoyo en los liberales del Tolima y del Quindío.

De aquí, se concluye que el matón de los años 50 es el precursor de los actuales sicarios. Estos son los famosos hilos de la continuidad pues, aunque las contradicciones en fuego sean diferentes con el tiempo, el escenario geográfico sigue siendo el mismo.

Luego, vino la muerte del caudillo liberal Jorge Eliécer Gaitán, el 9 de abril de 1948 en Bogotá, acontecimiento que se constituyó en punto de partida de una nueva fase de la violencia política en Colombia.

El impacto del 9 de abril dejó un saldo dramático: Bogotá quedó semidestruida, las sedes de los principales diarios fueron incineradas, hubo saqueos por doquier y las enardecidas turbas le pusieron un sello a nuestra capital de 5000 muertos.

El hombre es como un afluente natural que, cuando no encuentra el cauce, se desborda. Así ocurrió con los pueblos del país: se salieron de sus cauces y, organizando juntas revolucionarias de gobierno, desarmaban a la policía, les confiscaban sus armas y estas milicias populares imponían el orden en las calles, para evitar los crímenes y los saqueos. Esto sucedió por primera vez en nuestra historia republicana.

El gobierno de Mariano Ospina Pérez rompió relaciones diplomáticas con la Unión Soviética, al argumentar que los grupos de guerrillas eran inspirados por el terrorismo internacional, cuyas extrañas influencias destruían, no solo el orden moral y religioso, sino todo el ideal patriótico.

Aquí fue cuando el clero y el conservatismo cerraron filas para desarrollar una política represiva y la Iglesia afirmaba que se trataba de una cruzada organizada contra todo lo que oliera a comunismo. Luego, los dirigentes y líderes conservadores opinaban que "era necesaria una lucha sin tregua contra los que amenazaban al país".

En Trujillo, Valle, un cura, en el púlpito, maldijo a los liberales y expresaba que "contra el liberalismo de los blandengues, había que imponer el conservatismo de los firmes".

Frente a esta situación de represión generalizada de 1950, nacieron los primeros núcleos guerrilleros y, en Villavicencio, un capitán de apellido Silva se alzó contra el establecimiento y se dirigió hacia el monte con las tropas de su ejército.

Antioquia, Tolima, los Santanderes, Cundinamarca y Boyacá fueron, sustancialmente, apoyados por el Partido Comunista, y se inició un nuevo ciclo de violencia con sus devastadores efectos.

En las riberas de los ríos colombianos y en regiones, como el Meta, Arauca y Casanare, se empezaba una guerra sin cuartel contra las instituciones del gobierno. Entre esos jefes guerrilleros regionales, se destacaba Guadalupe Salcedo, quien llegó a ser uno de los legendarios y más representativos de la época.

"La violencia llenó de puntos azules y rojos la geografía de Colombia".

Los dirigentes guerrilleros Guadalupe Salcedo, Dumar Aljure, Hernán Torres, Rafael Rangel, Juan de Jesús Franco, Julio Guerra y Juan de la Cruz Varela, entre otros, intensificaron sus actividades.

En 1959, Guadalupe Salcedo se tomó a Orocué, emboscó al ejército en el Turpial y le ocasionó 96 bajas. Luego, durante dos meses y en crudos combates, hubo más de ochocientos muertos y más de dos mil heridos.

Los periodistas publicaban en los diarios que las fuerzas se habían equilibrado entre los grupos guerrilleros y el gobierno. En ese entonces, la guerrilla contaba con 15000 combatientes y el ejército con 20000 hombres, por lo tanto, no había salida posible al conflicto. Los guerrilleros empezaron a crear sus propias normas y se promulgaron, por primera vez, las famosas "leyes del llano".

Hidalgo, Allende, Morelos y otros líderes

"Viva la independencia, viva América, muera el mal gobierno".
Miguel Hidalgo.

Cuando se escribe sobre movimientos de independencia, cierto romanticismo patriótico hace que los historiadores encuentren muy agradable el referirse a estos acontecimientos.

En 2010, se celebró el bicentenario de la Independencia de México, y generó grandes manifestaciones de alegría en casi todas sus ciudades, incluyendo la capital.

Esta historia se remonta al 16 de septiembre de 1810, cuando un párroco del pueblo de Dolores, perteneciente al estado de Guanajuato, lanzó, por primera vez, la idea de que México debería separarse de España, situación que ocasionó tan grande impacto, que se escuchó en todo el país y se conoció, en la posteridad, como el grito de Dolores. El sacerdote Miguel Hidalgo logró movilizar a gran parte del pueblo mexicano, y uno de los pretextos tomados por los criollos para reclamar la independencia de las colonias españolas fue la ocupación francesa de España a principios del siglo XIX.

El hoy llamado Padre de la Patria, cura de Dolores, fue el iniciador de la Independencia. Su imagen figura en los billetes de banco, su silueta la vemos diseñada en mármol, en bronce, adornando parques nacionales y, además, su nombre aparece en calles, ciudades y pueblos.

Quien en su época fuera hijo de una familia de la élite intelectual, culto, de refinada formación clásica, leía y traducía perfectamente el francés, y era amante de la música, el teatro y de las ideas muy avanzadas. Tenía un grupo de amigos, entre ellos, Ignacio Allende,

Juan Ignacio Aldana y José Mariano Jiménez, con quienes se reunía y, en largas y nocturnales tertulias, hablaban de cultura, de política, de literatura y de filosofía. Se analizaba la situación de España y a Europa la consideraban la conquista de América, como el encuentro de dos mundos, que le daban un nuevo aire al imperio español que, en ese momento, arrastraba su inmediato pasado medieval a través de los gobiernos de Fernando de Aragón y de Isabel de Castilla.

Concluían que, a pesar de la gran afluencia de riquezas que llegaban a España, en oro y plata, sustraídas de estas regiones, esas pésimas administraciones se las gastaban en guerras religiosas, situación que llevó a este imperio a la bancarrota.

Sucedió la Revolución francesa, la cual abrió las puertas de la liberación y sus ideas se regaron por el mundo.

Desde 1521, año de la conquista de Tenochtitlán, hasta 1821, fecha de su independencia, transcurrieron 300 años, hubo 62 virreyes y un gobernante, se abrieron 400 conventos de diferentes órdenes religiosas. Fue en ese entonces cuando José de Sumerraga trajo la imprenta.

Todo esto lo analizaba, con sus amigos, "el hombre que se atrevió a soñar con una patria libre y soberana". A esta causa se le unió un uniformado independentista, Ignacio Allende, criollo de gran familia, que había recibido una sólida formación militar, diestro en las artes de caballería y de fuerte carácter pero, a finales de 1809, el gobierno virreinal descubrió que una gran conspiración se estaba organizando en Valladolid, (hoy, Morelia), e intentó desmantelar ese movimiento.

Ignacio Allende fue avisado oportunamente y este, a su vez, le comunicó al cura de Dolores, Miguel Hidalgo. Fue así como, en la madrugada del 16 de septiembre, se convocó a todo el pueblo, mediante un intenso toque de campanas, y se lo instó a tomar las armas y a llevar como estandarte la Virgen de Guadalupe. En este plan influyeron Josefa Ortiz, el corregidor Miguel Domínguez, Ignacio Allende, Juan Aldana y el cura Miguel Hidalgo.

El grito de Dolores fue el punto cronológico con el que empezó la independencia de México. Después de tomar las armas, lograron varias victorias, como la toma de Guanajuato, Valladolid, la derrota a las tropas realistas en el cerro de las Cruces, pero allí las tropas insurgentes se retiraron hacia el occidente y las realistas, superiores en número, los apresaron y los líderes fueron fusilados para luego exhibir sus cabezas en las cuatro esquinas del pueblo llamado Alhóndiga de Granaditas, en 1821.

Luego, vino la segunda etapa: otro sacerdote, discípulo de Hidalgo -José María Morelos y Pabón-, quien había recibido la orden directa del cura Hidalgo de encabezar la revolución en la sierra madre del Sur, se alzó contra los realistas, en compañía de Mariano Matamoros, los hermanos Galeana, los hermanos Bravo y, allí, frente a una tropa grande de insurgentes, recibió el título de generalísimo, el cual rechazó, y se hizo llamar, simplemente, Siervo de la Nación.

Morelos convocó el Primer Congreso Americano de Chilpancingo, en 1813, al que acudieron diputados de todas las provincias del naciente país, los cuales firmaron el Acta de Independencia y se promulgó la primera Constitución, basada en un documento titulado *Sentimientos de la nación*.

Los realistas lograron diezmar la capacidad bélica del ejército insurgente y, finalmente, Morelos fue aprehendido en Tezmalaca, y conducido a Ciudad de México, donde fue enjuiciado, degradado y excomulgado. Finalmente, fue fusilado en San Cristóbal Ecatepec,

hoy Ecatepec de Morelos, en recuerdo del eminente sacerdote, hecho ocurrido el 22 de diciembre de 1815. Con él corrieron la misma suerte Matamoros y algunos de los Galeana; otros fueron muertos en combate.

Posteriormente, la semilla de la insurgencia dio nuevos líderes, que siguieron combatiendo, se crearon algunos frentes, como el Veracruzano, al mando de Guadalupe Victoria, al sur de México. Otro frente lo dirigía Vicente Guerrero y muchos otros que lograron, al fin, el 24 de agosto de 1821, la consumación de esta lucha, cuando el virrey de la Nueva España reconoció, oficialmente, la independencia de México.

Historia de la Constitución
Política de Colombia

La Iglesia católica, aliada de los conservadores, tuvo mucho que ver con la primera Constitución de 1986. El modelo fue impuesto por Miguel Antonio Caro, de tendencia claramente reaccionaria, amigo de un poder central fuerte, intolerable con la oposición y defensor acérrimo de la injerencia de la Iglesia en la vida civil.

Se le dio fin al federalismo, es decir, se acabó con la autonomía de las provincias y, de allí en adelante, pasaron a llamarse departamentos, cuyas autoridades serían designadas, directamente, por el presidente, y se reconoció a la Iglesia católica como única y oficial.

La Constitución de 1886 fue redactada por un Consejo Nacional, que contó con dos delegados, uno liberal moderado y uno conservador, por cada uno de los estados o provincias. Se dividió el aparato estatal en tres poderes: el ejecutivo, el legislativo y el judicial, que todos conocemos, se suprimieron ciertas libertades, como las de prensa y asociación, y se le daban al ejecutivo poderes casi absolutos con la figura del estado de sitio.

Pese a sus numerosas fallas y a las diferentes transformaciones que sufrió en sus 100 años de vigencia, logró cohesionar un país disperso, y esta Constitución reflejó un equilibrio entre el poder del Estado y las libertades individuales.

Entendemos que una constitución no es más que el compendio de la cultura jurídica de un país. La de Colombia fue reformada en 1991, cuando se consagró a nuestro país como un Estado social de derecho, organizado en forma de república, con autonomía sobre sus entidades territoriales, con un profundo respeto por la dignidad humana en el trabajo y en la sociedad.

Rafael Núñez afirmaba que la Constitución de 1886 había sido diseñada teniendo en cuenta los principios de la antigua Grecia, cuando Aristóteles y Platón esbozaron, por primera vez, los aspectos primordiales de un Estado.

Después de la Revolución francesa de 1789 fue cuando la Constitución entró en vigor y empezó a integrarse, progresivamente, la organización del gobierno.

La Constitución política de Colombia ha sido reformada en los años 1993, 1995, 1996, 1997, 1999, 2000, 2001, 2002, 2003, 2004 y 2005.

Lo que más nos gusta a los colombianos de la Constitución es el Preámbulo, que dice así: " El pueblo de Colombia, en ejercicio de su poder soberano, representado por sus delegatarios a la Asamblea Nacional Constituyente, invocando la protección de Dios y con el fin de fortalecer la unidad de la nación y asegurar a sus integrantes la vida, la convivencia, el trabajo, la justicia, la igualdad, el conocimiento, la libertad y la paz, dentro de un marco jurídico, democrático, y participativo, que garantice un orden político, económico y social justo y comprometido a impulsar la integración de la comunidad latinoamericana, decreta, sanciona y promulga la siguiente "Constitución política de Colombia"… Nuestra Constitución consta de cinco capítulos y 176 artículos.

La amante del Libertador

Manuelita Sáenz, mujer de gran belleza, apasionada por el Libertador y su causa grancolombiana, rica de nacimiento, heredera de una gran fortuna, entre ellas, una hacienda en Lima, llamada Huata pango, con dos esclavas de color ébano como sus asistentes personales, casada con un inglés, de nombre James Thurner, empresario de renombre, propietario de barcos, importador y exportador entre América y Europa, abandonó sus grandes comodidades y lujos, dejó de lado su fortuna y se enroló en las filas del Libertador.

Ella definía a Bolívar como un hombre aguerrido, cuyo único defecto era que medía dos cuartas menos de lo que, en justicia a sus muchos méritos, debería haber medido. Al parecer, compensaba su pequeña estatura con la fuerza de un toro, los reflejos de una mangosta, la resistencia de un caballo, la astucia de un zorro, la impasibilidad de un búho y la valentía de una docena de tigres. Manuelita decía que el Libertador tenía muchos enemigos que, en Quito y Lima, eran los españoles y en Bogotá, los criollos colombianos, su propia gente que, dos años antes, compartía sus ideales.

Bolívar había dejado a Manuelita en Quito, con la promesa de que volvería, pero las circunstancias en Bogotá no eran fáciles y fue ella quien tuvo que venir a buscarlo. Después de muchos meses de cabalgar, al llegar Manuelita a la Casona, conocida hoy como la Quinta de Bolívar, encontró al general muy desmejorado de salud, su cabello se le había tornado gris y se veía más viejo. Bolívar, al abrazarla, le dijo: "Los colombianos abrigan el sueño mediocre de ser ciudadanos de un insignificante país, en lugar de soñar con una poderosa nación".

El pesimismo de Bolívar se hacía manifiesto, y dice la heroína que, al estar conversando con él, empezó a convulsionar y, en medio de un ataque de tos, escupió sangre en su pañuelo y que se le veían signos inconfundibles de una tuberculosis avanzada y que los pómulos y las mejillas estaban tan hundidas, que le daban un aspecto casi de momia.

Ese hombre, considerado el más poderoso de los Andes y triunfante en muchas campañas militares, ahora, aparentaba solo una abstracción, una idea, una incertidumbre y era muy limitado el tiempo que le restaba por vivir.

Cuenta Manuelita que la belleza de la Casona contrastaba con la enfermedad del general. Los jardines estaban envueltos en una espesa oscuridad, había helechos y claveles multicolores alrededor, el jardín era como un bosque, y cada centímetro de la casa albergaba vida vegetal, florecientes plantas salvajes, que crecían a su libre albedrío y, desde las alturas del cerro de Monserrate, llegaban las cristalinas aguas. Allí, se respiraba tranquilidad. Enormes nogales, cedros, cipreses, robles, cerezos y pinos, colibríes y aves de muchas especies se alimentaban de arbustos de alcapurria, de magnolias rojas, de fucsias y de orquídeas, que crecían en forma silvestre, y adornaban las ramas de los árboles.

Manuelita llegó a la conclusión de que la felicidad que había imaginado durante todo el tiempo que esperó en Quito, antes de encontrarse con el general, se había convertido en una quimera, pero también consideraba que la tranquilidad de la Casona proporcionaba un efecto relajante para los nervios del Libertador.

Una vez, su familia y su esposo, el señor Thurner, le escribieron a Manuelita, para reclamarle su gran posición en la alta sociedad quiteña, y ella les replicó que no le importaban, en lo más mínimo, las convenciones sociales, que habían sido creadas para encontrar nuevas formas de tortura de los unos para con los otros.

A su ex le escribió, con estas palabras: "Yo amo al Libertador y su causa. Ustedes, los ingleses, caminan lentamente, se saludan con mucha reverencia, se levantan y se sientan cautelosamente, bromean sin reírse, y yo no soy de tantas formalidades o prejuicios: soy una mujer de carne y hueso. Esa es mi realidad". A partir de ese momento, Mr. Thurner jamás le volvió a pedir que regresara.

En carta que enviara a una de sus amigas, quien después fuera la esposa de José de San Martín, le hizo este conmovedor relato: "Santafé de Bogotá es una enorme población de desempleados y soldados heridos, más pobre que Lima, su gente es más sucia y maloliente, sus calles son infestadas de ratas y pulgas, en las que todo el tiempo se apretujan limosneros, lisiados, criminales y los callejones tienen hedor a orina y excrementos, la gente exhibe infelicidad en sus rostros y en las calles se respira una atmósfera venenosa y de gran peligro".

Lo triste de esta historia es que esta gran mujer terminó sus años en la indigencia y al borde de la locura, en un pueblo llamado Paita, Perú.

Remembranza bolivariana

Antes de entrar en el contexto de esta evocación histórica, abordemos el tema de la violencia, como antecedente, porque fueron estos acontecimientos los que hicieron necesario el surgimiento de un Libertador, aunque después nuestros países hubiesen vuelto a degenerar en nuevos factores de violencia, propios de nuestros días.

Encontramos que la violencia, como todo fenómeno humano, nace de nuestro ser animal. Primero, nos empezamos a matar por la posesión de la tierra y, ahora, lo hacemos por el famoso tribalismo, religión, ideologías y dominancia económica, además de la ambición de poder.

Analicemos estas situaciones, a través de la historia humana: la violencia surgió con la gran transformación que hace más de diez mil años se produjo en todos los rincones del planeta. Nos empezamos a matar por la posesión de la tierra, y seguimos lo mismo.

Situémonos en nuestro país, Colombia. Aquí, los grupos indígenas peleaban por sus territorios, se mataban entre sí, el grupo vencedor esclavizaba al otro, tenían ritos salvajes, organizaban grandes carnicerías, como descorazonar y mutilar cuerpos, en ofrenda a divinidades, como el dios trueno, la lluvia, el Sol y la Luna. Así, fueron surgiendo las creencias, las ideologías y las luchas por el poder económico. Luego, llegaron los españoles, con la cruz y la espada, los caballos y los arcabuces, con los que arrebataron a los indios la tierra por la fuerza.

Después, los criollos, con Bolívar a la cabeza, desterraron también por la fuerza a los españoles; luego, vinieron las guerras civiles, y fue cuando se crearon los partidos.

Encontramos que los pueblos creados por Simón Bolívar no siguieron su enseñanza.

Santander regresó del destierro, para regir los destinos, y cambió el nombre de Colombia por el de Nueva Granada. Luego, José Hilario López se instaló en el alto solio, como primer magistrado del país y, después, lo hizo José María Obando. Desde entonces, empezó a perfilarse el semblante de esos dos hombres en nuestra república, y surgieron, como era de esperarse, radicalismos, demagogia y crueldad. Con etiquetas diferentes, empezaron a ocupar por turnos el gobierno, surgieron los golpes de pecho en nombre de la patria y, sin recibir grandeza alguna, el legado que le iba quedando al pueblo no era más que ignorancia, miseria y servidumbre.

Desde 1830 hasta hoy, hemos estado viviendo el tiempo de los asesinos. No podríamos olvidar jamás el asesinato de Rafael Uribe Uribe, de Jorge Eliécer Gaitán, los magnicidios del doctor Galán y de Echeverri, los de tantos líderes sindicales y un sinnúmero de crímenes de lesa humanidad, que se han registrado en Colombia, desde la muerte de Bolívar hasta hoy.

Bolívar, el Padre de la Patria, antes de morir, dijo: "Os ruego que permanezcáis unidos, para que no seáis los asesinos de la patria y vuestros propios verdugos". Fue su súplica, pero hasta ahora hemos hecho todo lo contrario.

El Libertador, ilustrado en su profesión y romántico en la acción, intentó, por todos los medios, la unidad de las cinco repúblicas: él quería una Suramérica fuerte, edificada sobre su propia autoridad, pero ello no fue posible. Se ventilaban tiempos de revolución y de cambio, pero el pueblo era más proclive a la dispersión que a la unidad.

El padre que había fundado nuestra identidad colectiva estaba más allá de los partidos: Bolívar era una idea de libertad y su legado político y su postura republicana eran impecables y dignas de mostrar a todo el mundo. Si sus ideas fueron mal entendidas y viciadas, no fue su culpa. El problema era que Colombia se había hecho goda y santanderista. El sueño de la unión continental de Suramérica se esfumó, los pueblos recién liberados se ahogaban en la anarquía y el desorden era ocasionado, como dijera un historiador antioqueño, "por los caudillos ambiciosos y hambrientos de poder, que revoloteaban como gallinazos, a la espera de la muerte del Libertador".

El 1º. de julio de 1830, Bolívar emprendió su último viaje, en un lento ascenso por el río Magdalena, con un reducido número de amigos, y fue cuando recibió la infausta noticia del asesinato del general Antonio José de Sucre. Los traidores habían matado a su más fiel colaborador y amigo. ¿Qué se podría esperar de esta tierra de infieles y asesinos?

Volviendo al Libertador, cuentan que, estando en lo más crítico de su enfermedad, un señor Herrán le dijo: "Su excelencia, haga hasta lo imposible por salvar a la patria", y él, haciendo gala de su último sacrificio, con la ayuda de un herrero, trepó a su caballo, permaneció inmóvil, introdujo la bota en el estribo, se aferró a la silla con las dos manos y un diplomático inglés, que estaba presente, en el informe oficial a su gobierno, escribió: "El tiempo que le queda le alcanzará, a duras penas, para llegar a la tumba".

Vale la pena recordar la última proclama del Libertador: "Colombianos, habéis presenciado mis esfuerzos para plantear la libertad, donde reinaba antes la tiranía. He trabajado con desinterés, abandonando mi fortuna y aún mi tranquilidad. Me separé del mando, cuando me persuadí de que desconfiabais de mi desprendimiento.

Mis enemigos abusaron de vuestra credulidad y hollaron lo que me es más sagrado: mi reputación y mi amor a la libertad. He sido víctima de mis perseguidores, que me han conducido a las puertas del sepulcro. Yo los perdono.

Al desaparecer de en medio de vosotros, mi cariño me dice que debo hacer la manifestación de mis últimos deseos. No aspiro a otra gloria que a la consolidación de Colombia. Todos debéis trabajar por el bien inestimable de la unión: los pueblos, obedeciendo al actual gobierno, para libertarse de la anarquía; los ministros del santuario, dirigiendo sus oraciones al cielo, y los militares, empleando su espada en defender las garantías sociales.

Colombianos, mis últimos votos son por la felicidad de la patria. Si mi muerte contribuye para que cesen los partidos y se consolide la unión, yo bajaré tranquilo al sepulcro".

Fdo., Simón Bolívar, hacienda de San Pedro, en Santa Marta, a 10 de diciembre de 1830.

El 17 de diciembre de 1830, a las 12 meridiano, el Libertador murió y, como expresara el historiador y escritor Mario Hernández, a partir de ese momento, Bolívar entraría en los vastos espacios de la historia y de la gloria eterna.

Don Antonio Nariño

"El único medio de conservar el hombre su libertad es estar siempre dispuesto a morir por ella". Diógenes.

Uno de los grandes gestores de la independencia de Colombia se llamó don Antonio Nariño, nacido en Santafé de Bogotá, de quien se dice que fue escritor, político y militar. Su vida transcurrió de 1765 a 1823. Fue llamado Precursor de la Independencia de Colombia, después de traducir, del francés, *La declaración de los derechos del hombre*, incendiario documento aprobado por la Asamblea Nacional de Francia, el 4 de agosto de 1789.

El tribunal del Santo Oficio de la Inquisición prohibió la circulación de esta declaración por las colonias de España. El haber realizado esta traducción le ocasionó a don Antonio una vida larga y accidentada, que empezó como una especie de ruina personal: fue llevado a prisión, por primera vez, cuando apenas frisaba los 29 años de edad. Un año más tarde, llegó a considerárselo como reo de alta traición, y condenado al exilio con destino al África pero, ante un descuido de sus captores, logró escaparse cuando pasaba por Cádiz. Después de algunos meses, convino en entregarse y el virrey Pedro Mendinueta decidió mantenerlo en prisión por muchos años.

Luego de disfrutar de un corto lapso de su libertad en Europa, hizo su repentina aparición en Angostura, a mediados de febrero de 1821. Fue cuando Bolívar lo recibió amablemente y lo designó vicepresidente interino de la recién formada Unión Colombiana, con el respetable y casi obligatorio encargo de instalar el Congreso Constituyente, en Villa del Rosario de Cúcuta, ese año.

Dos meses más tarde, Nariño renunció a su alta investidura y prosiguió a Santafé. No obstante, en su ausencia, el Congreso lo nombró senador, pero su curul fue impugnada, por considerarlo indigno de ella. Fue entonces cuando, el 14 de mayo de 1823, el impugnado Nariño hizo una victoriosa defensa ante el Senado, con una documentada y emotiva exposición de argumentos, que dejaron sin piso las temerarias acusaciones en su contra.

Se lo había acusado de sustraer fuertes sumas, cuando se desempeñaba como tesorero de diezmos del arzobispado de Santafé de Bogotá, de haberse entregado en forma voluntaria y cobarde al enemigo en Pasto y de haber permanecido, por su gusto, ausente del país, meses antes de su elección como senador en Cúcuta.

Nariño resultó absuelto, de forma incondicional, y su derecho de posesionarse como senador le fue reconocido sin objeciones. Siguió asistiendo a las reuniones del Congreso con regular puntualidad pero, al ver que su salud desmejoraba, solicitó permiso para trasladarse a un mejor clima y, tras la clausura de las sesiones ordinarias, emprendió camino hacia el interior del país y decidió tomar una temporada en Ráquira. Después, se radicó en Villa de Leiva, donde falleció, el 13 de diciembre de 1823, a la edad de 58 años. Allí reposan sus restos.

Fue un gran aficionado a la lectura. Documentados biógrafos de la época, como Enrique Santos Molano, afirman que poseía en su casa una biblioteca, que constaba de más de dos mil volúmenes pues, para esa época, esa cantidad de libros la tenían solamente el virrey, el arzobispo o los oidores de la Real Audiencia.

Entre sus muchos escritos, figuran *La Gaceta de Santafé*, un semanario, llamado *Papel Periódico*, un ensayo, que llamó *Los frutos del árbol noble*, y se dice que el domingo 14 de julio de 1811, casual e intencionalmente, en coincidencia con el aniversario de la toma de la Bastilla, en 1879, Antonio Nariño empezó en Santafé un semanario de crítica política, que llamó, *La Bagatela*. En él, la pluma de Nariño resultó tan demoledora, que originó una conmoción popular, que derribó al primer presidente del estado de Cundinamarca, Jorge Tadeo Lozano, posición para la que fue nombrado el mismo Nariño y que desempeñó por espacio de dos años, hasta cuando, en septiembre de 1813, salió a la cabeza de una expedición militar al Sur.

En la Casa de Nariño, situada en la plazoleta de San Francisco, existía un salón, que estableció como sede para tertulias literarias, históricas y políticas, pulcramente decorado y al que bautizó "el arcano de la filantropía". Allí, acudía un grupo de intelectuales y personalidades de la sociedad santafereña a compartir conocimientos, entre ellos, José María Lozano, hermano mayor de Jorge Tadeo, los hermanos José Antonio y Juan Esteban Ricaurte, José Antonio de Azuola, Francisco Antonio Zea, Joaquín Camacho, Francisco Tovar, un doctor Iriarte y muchos otros.

Reproducimos el texto de la defensa, publicado por Alfredo Cruz Cárdenas, el cual reposa en los archivos del Congreso de la República de Colombia:

"Tiene 58 años, pero aparenta más. El largo encierro en calabozos españoles por haber traducido del francés y haber divulgado, en la Nueva Granada de 1793, *Los derechos del hombre y del ciudadano*, las jornadas bélicas después de 1810, el gobierno, el regreso a prisiones españolas hasta 1820 lo han arrugado y encanecido, han apagado el brillo de sus ojos y han hecho vacilantes sus pasos. Es el personaje de otro tiempo que, llevado al Congreso por Bolívar, siente íntimamente que su patria ya no lo necesita, que su ciudad, Bogotá, no lo recuerda y que las consideraciones mostradas por Bolívar para con él lo sitúan de ese lado, ante los amigos y partidarios de Santander. Es por esto por lo que diputados santanderinos, como Vicente Azuero y Diego Gómez instauran, en el Senado, una acusación contra Antonio Nariño, con el ánimo de sacarlo otra vez del juego, pero Antonio Nariño parece despertarse y crecer ante las inculpaciones: todo el ardor de sus años juveniles, su brío, el imán de su presencia, vuelven a concentrarse en este hombre prematuramente senil y realiza una apabullante defensa en el Senado.

Dijo Antonio Nariño, el 14 de mayo de 1823: "Señores de la Cámara del Senado:

Hoy, me presento, señores, como reo ante el Senado, del que he sido nombrado miembro y acusado por el Congreso que yo mismo he instalado y que ha hecho este nombramiento. Si los delitos de que se me acusa hubieran sido cometidos después de la instalación del Congreso, nada tendría de particular esta acusación; lo que tiene de admirable es ver a dos hombres, que no habrían quizá nacido, cuando yo ya padecía por la patria, haciéndome cargos de inhabilitación para ser senador, después de haber mandado en la república política y militarmente en los primeros puestos, sin que a nadie se le hubiese ocurrido hacerme tales objeciones. Pero, lejos de sentir este paso atrevido, yo les doy las gracias, por haberme proporcionado la ocasión de hablar en público sobre unos puntos que daban pábulo a mis enemigos para sus murmuraciones secretas.

Hoy, se pondrá en claro y deberé esto a mis enemigos, no mi vindicación, de la que jamás he creído tener necesidad, sino el poder hablar sin rubor de mis propias acciones.

¡Qué satisfactorio es, para mí, señores, verme hoy, como en otro tiempo Timoleón, acusado ante el Senado que el mismo había creado, acusado por dos jóvenes, acusado por malversación, después de los servicios que había hecho a la República y el poderos decir las mismas palabras al iniciar el juicio!: "Oíd a mis acusadores -decía aquel hombre-, oídlos, señores. Advertid que todo ciudadano tiene el derecho de acusarme y que, en no permitirlo, daríais un golpe a esa misma libertad que me es tan glorioso haberos dado".

Tres son los cargos que se me hacen, como lo acabáis de oír:

1.   Malversación en la Tesorería de Diezmos, ahora treinta años.
2.   De traidor a la patria, habiéndome entregado voluntariamente en Pasto al enemigo, cuando iba mandando de general en Jefe, de la Expedición del Sur.

3.   De no tener el tiempo de residencia en Colombia, que proviene de la Constitución, por haber estado ausente por mi gusto y no por causa de la República.

Suponed, señores, que en lugar de haber establecido una imprenta en mi nombre, en lugar de haber impreso *Los derechos del hombre*, en lugar de haber acopiado una exquisita librería de muchos miles de libros escogidos, en lugar de haber propagado las ideas de la libertad, hasta en los escritos de mi defensa, como se verá después, solo hubiera pensado en mi fortuna particular, en adular a los virreyes con quienes tenía amistad y en hacer la corte a los oidores, como mis enemigos se la han hecho a los expedicionarios. ¿Cuál habría sido mi caudal en los 16 años que transcurrieron hasta la revolución?, ¿cuál habría sido hasta ese día?, ...y porque todo lo he sacrificado por amor a la patria, se me acusa hoy, se me insulta, con estos mismos sacrificios, se me hace un crimen el haber dado lugar a la publicación de *Los derechos del hombre,* a que se confiscaran mis bienes, se hiciera pagar a mis fiadores, se arruinara mi fortuna y se dejara en la mendicidad a la familia y a mis tiernos hijos.

En toda otra república, en otras almas, que las de Diego Gómez y Vicente Azuero, se habría propuesto, en lugar de una acusación, que se pagasen mis deudas al tesoro público, vista la causa que las había ocasionado y los 29 años que después habrían transcurrido.

Dudar, señores, que mis sacrificios han sido por amor a la patria, es dudar del testimonio de vuestros propios ojos.

¿Hay entre las personas que hoy me escuchan, hay en esta ciudad y en toda la República una sola que ignore los sucesos de estos 29 años?, ¿hay quién no sepa que la mayoría de ellos los he pasado encerrado en el cuartel de Caballería de esta ciudad, en el Milicias de Santa Marta, en el Fijo de Cartagena, en las bóvedas de Boca chica, en el castillo del príncipe de La Habana, en Pasto, en el Callao de Lima y últimamente en los calabozos de la cárcel de Cádiz? ¿Hay quién no sepa que he sido conducido dos veces en partida de registro a España y otra hasta Cartagena? Todos lo saben, pero no saben ni pueden saber los sufrimientos, las hambres, las desnudeces, las miserias que he padecido en estos lugares de horror, por una larga serie de años.

Que se levanten hoy del sepulcro Miranda, Montúfar, el virtuoso Ordóñez y digan si pudieron resistir a solo una parte de lo que yo por tantos años he sufrido. Que los vivos y los muertos os digan si en toda la República hay otro que les pueda presentar una cadena de trabajos tan continuados y tan largos como los que yo he padecido por la patria, por esta patria por la que hoy mismo se me está haciendo padecer.

Sí, señores, hoy estamos dando al mundo el escandaloso espectáculo de un juicio al que no se atrevió el mismo gobierno español; él ha dicho, en términos claros, que se retenga el sobrante de mis bienes, después de pagado el alcance a disposición de la Real Audiencia; él ha creído que había un sobrante y, por lo mismo, nunca me juzgó fallido. Veámoslo.

El segundo cargo es el haberme entregado voluntariamente en Pasto al enemigo, cuando iba mandando la Expedición del Sur, es decir, que después de 20 años de sacrificios y servicios hechos a la causa de la libertad de mi patria, siendo presidente dictador de Cundinamarca y general en Jefe de esta expedición, siempre victoriosa, me dio la gana de entregarme al furor de los pastusos y al gobierno español, de cuyas garras había escapado milagrosamente, no una vez sino en tres ocasiones.

¿Y será preciso, señores, que yo me presente ahora, cargado de documentos para justificarme ante el Senado? Es preciso ser un Diego Gómez o un Azuero, para atreverse con tanta desvergüenza a estampar, en medio de un Congreso, semejante acusación.

¿Qué era lo que yo iba a buscar a Pasto?, ¿qué servicios los que iba a prestar al gobierno español?, ¿conduje conmigo algún tesoro, algunas personas importantes?, ¿entregué al ejército que iba a mis órdenes?, ¿llevaba conmigo documentos que justificasen mi amor y fidelidad al rey?

Y si nada de esto llevaba, ¿qué es lo que iba a buscar a Pasto? Los hombres en semejantes momentos no se mueven sino por el interés, la ambición, la gloria o el amor a la patria. Yo pregunto a mis acusadores: ¿cuál de estos móviles me conduciría a Pasto voluntariamente?, ¿iría a buscar una fortuna entre los pastusos a quienes acababa de destruir sus ganados para mantener mis tropas?, ¿iría tras unos empleos superiores a los que dejaba en el seno de mi patria, o buscaría la gloria de abandonarla, para hacerle la guerra y destruir una libertad que me costaba ya tantos años de sacrificio?...

No hablemos del último motivo, porque por cualquier lado que se lo mire siempre resulta o imposible o glorioso para mí; si el amor a la patria me obligó a hacer los sacrificios que hice y exponerme a los riesgos a los que me expuse, este paso sería un mérito y no un delito, y si se cree imposible, que en tal caso me pudiese conducir este motivo, yo no hallo cuál pudiese ser el que me condujo voluntariamente entre mis enemigos. Que lo digan mis atrevidos acusadores. ¿Sería, acaso, el miedo? Pero además de que no habrá un solo oficial ni soldado que me lo pueda echar en cara, esto sería lo mismo que correr, hacia las llamas, un hombre que tuviese miedo al fuego. Pues ¿cuál fue el motivo se me dirá, que lo condujo a usted a Pasto?...

"El tercer cargo que se me hace es la falta de residencia que exige la Constitución por haber estado ausente, dice Diego Gómez, por mi gusto y no por causa de la República.

Nada más bello, señores, nada más conforme con las ideas del señor Diego Gómez que este cargo. Sí, señores, él acaba de correr el velo de esta maldita intriga, él os descubre las intenciones, las miras, la razón y la justicia con que me han hecho los otros cargos.

Por mi gusto dejé de ser presidente dictador de Cundinamarca; por mi gusto dejé de ser general en Jefe de los ejércitos combinados de la República, por mi gusto perdí 20 años de sacrificios hechos a la libertad, las penalidades de ocho meses de marchas y el fruto de las victorias que acababa de conseguir; por mi gusto abandoné mi patria, las comodidades de mi casa, la compañía de mis amigos y mi numerosa familia, por mi gusto desprecié el amor de los pueblos que comandaba, para irme a sentar con un par de grillos entre los feroces pastusos que a cada hora pedían mi cabeza; por mi gusto permanecí allí trece meses, sufriendo toda suerte de privaciones e insultos; por mi gusto fui transportado preso entre 200 hombres hasta Guayaquil y de allí a Lima, luego por el cabo de Hornos hasta la real cárcel de Cádiz; por mi gusto permanecí cuatro años en esta cárcel, encerrado en un cuarto, desnudo, comiendo del rancho de la enfermería, sin que se me permitiese saber de mi familia.

¿No os parece, señores, que es más claro que la luz del día, que yo he estado ausente por mi gusto y no por causa de la República? Que no le dé al señor Diego Gómez y a sus ilustres compañeros de acusación un antojo semejante. ¡Cuánto ganaría la República con que tuvieran tan buen gusto!

...Y a vista de semejante escandalosa acusación, comenzada por el primer Congreso general y al abrirse la primera legislatura, ¿qué debemos presagiar de nuestra República?, ¿qué podemos esperar en lo sucesivo, si mis acusadores triunfan, o qué, si quedan impunes?

Por una de esas singularidades que no están en la previsión humana, este juicio, que a primera vista parece de poca importancia, va a ser la piedra angular de vuestra reputación.

Hoy, señores, hoy va a ver cada ciudadano lo que debe esperar para la seguridad de su honor, de sus bienes, de su persona; hoy va a ver toda la República lo que debe esperar de vosotros, para su gloria.

En vano, señores, dictaréis decretos y promulgaréis leyes llenas de sabiduría; en vano os habréis reunido en este templo augusto de la ley, si en público siguen viendo a Gómez y Azuero, sentados en los primeros tribunales de justicia o a Barrionuevo, insultando impunemente por las calles a los superiores, al pacífico ciudadano y al honrado menestral.

En vano serán vuestros trabajos y las justas esperanzas, que en vuestra sabiduría tenemos fundadas.

Si vemos ejemplos semejantes en las antiguas repúblicas, si los vemos en Roma y en Atenas, los vemos en su decadencia, en medio de la corrupción a que su misma opulencia los había conducido. En el nacimiento de la República Romana vemos a Bruto, sacrificando a su mismo hijo por el amor a la justicia y a la libertad y en su decadencia a Claudio a Catalina, a Marco Antonio, sacrificando a Cicerón por sus intereses personales.

Atenas nació bajo las espigas de Ceres, se elevó a la sombra de la justicia del Areópago y murió con Milcíades, con Sócrates y Foción.

¿Qué debemos esperar, pues, de nuestra República, si comienza por donde las otras acabaron? Al principio del reino de Tiberio, dice un célebre escritor, la complacencia, la adulación, la bajeza, la infamia se hicieron artes necesarias para todos aquellos que quisieran agradar, así, todos los motivos que hacen obrar a los hombres, los apartaban de la virtud, que cesó de tener partidarios desde el momento en que comenzó a ser peligrosa.

Si vosotros, señores, al presentaros a la faz del mundo como legisladores, como jueces, como defensores de la libertad y la virtud, no dais un ejemplo de la integridad de Bruto, del desinterés de Foción y de la justicia severa del tribunal de Atenas, nuestra libertad va a morir en su nacimiento.

Desde la hora en que triunfe el hombre atrevido, desvergonzado, intrigante, adulador, el reino de Tiberio empieza y el de la libertad acaba".

Historia de un exitoso presidente

"Cualquier poder, si no se basa en la unión, es débil". Jean de La Fontaine.

Se trata de uno de los más célebres y connotados presidentes de los Estados Unidos, verdaderamente habilidoso y afortunado. Fue hijo único. Su padre tenía 54 años cuando Franklin nació. Estudió en Harvard. Su padre, un terrateniente muy acaudalado, quien además se desempeñaba como presidente de los Ferrocarriles Nacionales, sobrino de Theodore Roosevelt, también había sido presidente de esta prestigiosa nación, desde 1901 hasta 1909, por el Partido Republicano. Fue influenciado tremendamente por un predicador episcopal, llamado Endicott Peabody, que le enseñaba sobre la obligación de todo cristiano de ayudar a los menos favorecidos y les inculcaba a los alumnos el deber del servicio público. Debido a sus continuos viajes a Europa, llegó a dominar los idiomas francés y alemán.

Esta nación atravesaba por la Gran Depresión de los años 30 y, a la vez, un fenómeno se hacía manifiesto: había nacido la radio y los grandes líderes empezaban a comunicarse con sus pueblos a través de este medio.

Franklin Delano Roosevelt fue el primero en promover las políticas de su partido, hablándoles por la radio a sus votantes. Lo mismo ocurría en Inglaterra, con Winston Churchill, quien siempre se dirigía a su pueblo a través de la Radiodifusora Nacional.

El pueblo norteamericano se sentaba, plácidamente, en la sala de sus casas para escuchar a su presidente, como si se tratara de una visita. Les exponía los temas más complejos de la nación en términos simples y fáciles de entender. Su voz era cálida, resonante y acompasada con un virtual optimismo.

El estrés emocional que producía la Gran Depresión que estaba asfixiando a los Estados Unidos era, paliativamente, tranquilizada por las exposiciones de Roosevelt. Mientras con una mano sostenía los intereses de la nación, induciendo a sus ciudadanos a invertir y a los consumidores a recobrar el valor y el ánimo, conseguía de esta forma que el pueblo disipara sus temores.

Roosevelt usó la radio para que lo eligieran, lo reeligieran y lo siguieran reeligiendo. Había otra razón por la que Roosevelt y la radio hicieran una buena pareja y era su condición física pues, tras haber sufrido de poliomielitis, en 1921, vivió en una silla de ruedas por el resto de su vida.

Se dice que Franklin se enfermó por una infección viral de las fibras nerviosas de la columna vertebral que, probablemente, contrajo nadando en el agua estancada de un lago cercano a su casa.

Al encontrarse imposibilitado para caminar, era a través de la radio como proyectaba su presencia por toda la nación, gracias a la autoridad que irradiaba su voz en la conducción.

Mientras el presidente Wilson, en 1919, hacía viajes agotadores y le tocaba pronunciar docenas de discursos, el presidente Roosevelt se sentaba cómodamente en su propio estudio y tenía la seguridad de contar con una multitud de oyentes. Ganó la nominación para la candidatura a la presidencia por el Partido Demócrata, en 1932, y pronunció cuatro discursos por la Radio Nacional, lo que le ocasionó una aplastante derrota a su adversario republicano, Herbert Hoover.

El nuevo mandatario, al asumir el cargo, se encontró con la crisis más infame que presidente alguno hubiese padecido desde el gobierno de Abraham Lincoln. La economía se había reducido a la mitad -de 100 mil millones a 55 mil millones-, el desempleo había subido del 4% a 25% y de cada cuatro estadounidenses, uno no tenía trabajo.

La debacle económica reclamaba un gran líder. Las recesiones, las depresiones, los *booms*, los flujos y los reflujos de este ciclo afectaban a una administración en la que el presidente no podía hacer gran cosa.

Sin embargo, el entusiasmo de Roosevelt logró encender la fe y engendrar un sentimiento de esperanza y optimismo, mediante sus palabras, para llevar a los Estados Unidos de vuelta a sus buenos tiempos.

El *New York Times* publicó que Franklin Delano Roosevelt, en su discurso inaugural a la audiencia nacional, les dijo: "A lo único que debemos temer es al temor mismo, al temor innominable, irracional, injustificado, que paraliza los esfuerzos necesarios para transformar la retirada en avanzada".

Mientras él pronunciaba estas palabras, el sistema bancario se derrumbaba y, desde 1929 hasta 1932, 5000 bancos quebraron y, como no había seguro para los depósitos, 9'000.000 de cuentas de ahorro se esfumaron.

Roosevelt decidió cerrar todos los bancos por cuatro días y, en menos de veinticuatro horas, logró que el Congreso aprobara una ley de emergencia bancaria, que permitía la reorganización y eventual apertura de estos en todo el país.

El 12 de marzo de 1933, su medida de gobierno tuvo un éxito asombroso: los bancos abrieron, las cuentas se reactivaron, se acabó el pánico y el sistema sobrevivió.

El historiador David Kennedy, en su libro, *Freedom from Fear*, consideró al presidente con una voz, a la vez autoritaria y protectora, imperiosa e íntima, que tranquilizó los nervios de la nación.

Edwin Hill escribió: "Fue como si un padre sabio y amable se hubiese sentado a conversar compasiva y afectuosamente con sus hijos, ansiosos y preocupados".

Eleonor Roosevelt, su esposa, decía que, mientras otros presidentes hablaban en lenguaje digno, exaltado y presuntuoso, él lo hacía en un tono familiar, amistoso y simple.

Miles de cartas llegaban a la presidencia en manifestación de agradecimiento a su mandatario. Incluso, una decía: "Usted nos llama amigos al aire, y espero que no me considere presuntuoso si yo firmo 'su amigo'".

Estableció programas, como la Preservación del medioambiente, la Ley de ajuste agrícola, la Ley nacional de relaciones industriales, reformó la economía y combatió la depresión.

Durante su campaña reelectoral de 1936, Roosevelt acusó a los republicanos de haber llevado al país "gobiernos que no veían nada, no oían nada y no hacían nada" y, con una nueva y aplastante victoria, derrotó al republicano Franklin Landon, por 11'000.000 de votos.

Entre septiembre de 1939 y octubre de 1941, en sus charlas, junto al fuego, como él las llamaba, expresaba el peligro que representaban la Alemania nazi y el Japón imperial, y atacaba insistentemente el crecimiento del fascismo en Europa. Así, fue sacando a Norteamérica del aislacionismo y la fue introduciendo en la Segunda Guerra Mundial.

Comentaba que entrar en guerra era, por supuesto, el mayor sacrificio que un gobierno puede pedir a su pueblo: implicaba, no solo el sacrificio del dinero, sino también la pérdida de vidas humanas.

Presionó al Congreso para abolir la ley de neutralidad y que se autorizara la venta de armas a los países aliados y, en un discurso a la nación, les dijo: "Hasta las 04.30 de la mañana, estuve esperando, en vano, un milagro que pudiera evitar otra guerra devastadora en Europa y poner fin a la invasión de Polonia por parte de Alemania y, por más apasionados que seamos de mantenernos al margen, estamos obligados a darnos cuenta de que cada palabra que surca el aire, cada barco que navega los mares, cada batalla librada afecta nuestro futuro. Incluso, a alguien neutral, no se le puede pedir que cierre su conciencia".

Logró asignaciones para la defensa, y se incorporaron al ejército 1'200.000 reclutas y 800.000 reservistas adicionales.

Llegó el tercer mandato y, como los Estados Unidos estaban al borde de la guerra, en un discurso a sus conciudadanos, habilidosamente expresó: "Mi conciencia no me dejará dar la espalda al llamado de la nación" y esto lo llevó a derrotar a su contrincante republicano, Wendel Eilkie.

Inauguró el tercer mandato con estas palabras: "Los amos nazis han dejado en claro que ellos pretenden, no solo manejar toda vida y pensamiento en su propio país, sino también esclavizar a toda Europa para luego usar sus recursos y esclavizar al resto del mundo".

Un destructor norteamericano se vio envuelto en un choque con un submarino alemán. Fue cuando el presidente se dirigió nuevamente a la nación, con estas palabras: "El submarino alemán disparó contra el destructor, sin previa advertencia y con el designio deliberado de hundirlo. No podemos tratar con proscriptos internacionales, que atacan nuestros barcos y matan a nuestros ciudadanos.

Cuando ves una serpiente de cascabel, erguida para atacar, no esperes que te ataque para aplastarla. Estos submarinos nazis son la serpiente de cascabel del Atlántico. Su mera presencia en aguas que los Estados Unidos consideran vitales para su defensa constituye un ataque; por lo tanto, llegó el momento de actuar".

Este incidente y el ataque japonés a Pearl Harbor, el 7 de diciembre de 1941, fueron los que obligaron a Franklin Delano Roosevelt y a los Estados Unidos a declararse en guerra contra las potencias del eje -Alemania, el Japón e Italia- y se estableció la cooperación con otros países, como Francia, Inglaterra y Rusia, con lo que se crearon los famosos ejércitos aliados, que combatieron durante la Segunda Guerra Mundial.

La muerte de un caudillo

"Cercano está el momento en que veremos si el pueblo manda, el pueblo ordena y deja de ser una multitud anónima de siervos".

Otra extraña premonición expresada por el caudillo jamás podríamos olvidarla: "Ninguna mano del pueblo se levantará contra mí, y creo que la oligarquía no me matará, porque sabe que, si lo hace, el país se vuelca y las aguas demorarán cincuenta años en regresar a su nivel normal".

El doctor Jorge Eliécer Gaitán emergió en un contexto histórico de grandes transformaciones económicas y sociales del país. Repudiado por los liberales, Gaitán organizó la Unión Nacional Izquierdista Revolucionaria (Unir), la cual se desarticuló en 1930 y regresó al Partido Liberal, organizando el movimiento gaitanista.

El historiador Herbert Braun, en su obra *Mataron a Gaitán*, publicada en 1998, dice que Gaitán todo lo volvió al revés y transformó simbólicamente a sus oyentes en actores de la historia y que los análisis consideran al caudillo, más que un disidente del liberalismo, un representante de un nuevo movimiento, que escandalizaba a los jefes tradicionales, quienes tenían que ponerse permanentemente en guardia o a la defensiva, pues para Gaitán el pueblo era el origen de su poder.

Cuando Gaitán expresaba palabras como "si avanzo, seguidme; si retrocedo, empujadme y, si muero, vengadme", esto enervaba a las masas y lo que cambiaban no eran sus ideas, sino sus tácticas políticas.

El 20 de abril de 1946, en uno de sus acostumbrados discursos en el Teatro Municipal, Gaitán hablaba de una diferencia entre país político y país nacional y establecía que país político era el que pensaba en sus empleos, en su mecánica o en su poder y que país nacional, el que pensaba en el trabajo, en la salud del pueblo y en la cultura, los cuales eran desatendidos por el poder político.

Hubo dos acontecimientos trascendentales: la extraordinaria "marcha del silencio", en la plaza de Bolívar, el 7 de febrero de 1948 y en la que multitudes nunca vistas y perfectamente organizadas llenaron de temor con su mutismo a los sectores tradicionales de ambos partidos, porque se elevaba una plegaria pública al presidente Ospina para que ayudara a cesar la violencia y dejara de conservatizar al país a sangre y fuego. La otra fue la realizada en Manizales, llamada "la oración por los humildes", como homenaje a los liberales asesinados el 15 de ese mismo mes. Durante horas de silencio, solo se veían banderas y pancartas movidas por el viento.

La organización, la disciplina y la fe de los gaitanistas hicieron que muchos lo tildaran de fascista. Afirmaban que él venía tremendamente influenciado por Benito Mussolini, en cuanto a la teatralidad empleada, incluso, en los desfiles de las antorchas pero, a pesar de todo esto, Gaitán era un liberal demócrata, reformista, que buscaba una revolución legal dentro de los marcos constitucionales. Con su asesinato, se transformó la historia de Colombia.

A pesar de su corta existencia, de 50 años, su vida fue intensa. Había nacido el 23 de enero de 1898 y fallecido el 9 de abril De 1948. Su controvertido nacimiento se lo disputan dos pueblos de Cundinamarca: Manta y Cucunubá.

En la Universidad Nacional, se graduó de doctor en Derecho y Ciencias Políticas. Su tesis se tituló *Las ideas socialistas en Colombia*.

Se especializó y obtuvo un doctorado en Jurisprudencia, en la Real Universidad de Roma. Allí, su tesis fue laureada *magna cum laude*, con el nombre de *El criterio positivo de la premeditación*, y le fue otorgada una condecoración, que llevó el nombre de su profesor más cercano, Enrico Ferri. Otro de sus grandes profesores se llamó Francisco Carrara.

En año de 1929, lideró en el Congreso de la República un debate que duró tres días, en el que denunció el asesinato de más de mil personas por parte de la United Fruit Company, matanza conocida como "la masacre de las bananeras" y se inició en respuesta a que los trabajadores exigían mejores condiciones laborales y un trato justo y humano por parte de los capataces.

El mismo García Márquez hace alusión a esto, en su obra, afirma *Wikipedia*.

Fue en esta intervención donde Gaitán expresó: "Dolorosamente, sabemos que, en este país, el gobierno tiene la metralla homicida para los hijos de la patria y la temblorosa rodilla en tierra ante el oro yanqui".

Después de esta elocuente intervención, se iniciaron acciones judiciales en contra de esta compañía, y el doctor Gaitán empezó a ostentar el título de Tribuno del Pueblo. Antes de iniciar su carrera por la presidencia, en la que compitió con Mariano Ospina y Gabriel Turbay, el caudillo había ocupado cargos muy representativos, como alcalde mayor de Bogotá, representante a la Cámara, senador de la República, miembro de la Corte Suprema de Justicia, ministro de Educación y ministro del Trabajo.

El 1º. de abril había recibido el título de doctor *honoris causa* en Ciencias Políticas y Sociales de la Universidad Libre. El día anterior a su muerte, había participado en el juicio al teniente Cortés, quien resultó absuelto y a quien sindicaban de la muerte del periodista Eudoro Galarza Ossa.

El fatídico 9 de abril de 1948, cuando el gran caudillo salía de su oficina, situada en el edificio Agustín Nieto, en pleno centro de Bogotá, un desconocido lo esperaba y le accionó los disparos que le ocasionaron la muerte, lo que dio lugar a una violenta reacción popular, conocida como el Bogotazo. El impacto de este magnicidio dejó un saldo dramático: Bogotá fue semidestruida, las sedes de los principales diarios fueron incineradas, hubo saqueos por doquier y las enardecidas turbas le pusieron un sello a nuestra capital de 5000 muertos.

Se recrudeció la violencia en Colombia y, olvidando la anterior, iniciada en los años 30, se dio comienzo a la segunda etapa.

Dos historiadores de la Universidad Nacional, los profesores César Ayala y Fabio Zambrano, aseguran que, cuando la muerte de Gaitán, había muchos intereses económicos encontrados y se aprovecharon de su muerte para arreciar la guerra. La lucha era entre las empresas de buses y el tranvía, por lo cual, los primeros que aparecieron quemados fueron los tranvías.

Aseguran, además, que a Colombia la venía gobernando una hegemonía conservadora, que llevaba 50 años, pero después hubo 14 años de gobierno liberal. Por eso, cuando asesinaron a Gaitán, la república todavía se encontraba en una especie de guerra civil.

Lo cierto es que aún la muerte de este ilustre líder, como la del presidente Kennedy y la de Martin Luther King Jr., sigue siendo un misterio.

La biblioteca de Alejandría

Para entrar en el tema, vienen a la memoria el faro de Alejandría - una de las siete maravillas del mundo antiguo-, la escuela y la biblioteca de Alejandría, el Gran Patriarca o Patriarca de Alejandría, jefe máximo de la iglesia ortodoxa y a quien se considera segundo en el rango de la iglesia imperial, después del papa.

Este es el nombre de una antigua ciudad, fundada por Alejandro Magno, cercana al delta del Nilo, durante sus campañas por los años 334-323 a. de C., la cual acogió la mayor biblioteca de la antigüedad clásica y fue considerada la librería real de Egipto y conservada por los ptolomeicos, desde la tercera centuria antes de Cristo.

Esta biblioteca sobrevivió a la desintegración del Imperio alejandrino y consiguió seguir existiendo en el Imperio romano hasta la tercera centuria. Allí, se conservaban toda la escuela helenística, su filosofía, sus ciencias biológicas, teorías de la gramática y la controversia, las revisiones homéricas y humanísticas de la época, la producción literaria de Hipócrates, la historia de la literatura e infinidad de textos del conocimiento. Tenía serias rivalidades con otras famosas bibliotecas de la época, como la de Antioquía y la de Pérgamo, en el Asia Menor.

La historia cuenta que uno de los mejores generales de Alejandro, Ptolomeo I, fue el que comenzó una dinastía griega en Egipto, fundando la biblioteca e importando, de Atenas, el pensamiento de los filósofos griegos, gracias a los consejos de dos de ellos, Eudoxio y Demetrio de Falero. Este último fue el primer director y bibliotecario, posición que después ocupó el mismo Aristóteles.

Algunos historiadores cuentan que Aristóteles donó, para esta, su biblioteca privada, que constaba de 400.000 volúmenes, y que otro filósofo, llamado Teofastro, donó 90.000 libros. Era costumbre que los manuscritos se escribieran sobre láminas de papiro, que se extraía de un vegetal muy abundante, que crecía en las riberas del Nilo y sucedió que, a causa de la rivalidad con la biblioteca de Pérgamo en el Asia Menor, Ptolomeo Filadelfos prohibió la exportación del papiro egipcio. Fue entonces cuando en Pérgamo, debido a la carencia de papiro, se dio inicio a otro gran invento, el pergamino, que se conseguía preparando la piel de cordero, de asno, de potro o de becerro, el cual resultó más resistente que el papiro y con la ventaja de poderse escribir por ambos lados.

Según el escritor latino Aulio Gelio (123-165 a. de C.), la biblioteca de Alejandría se inició con 700.000 libros. Llegó a ser la más grande, rica e importante de la antigüedad, y sobrepasaba las bibliotecas rivales de Atenas y Antioquía. Su extensión abarcaba lo que hoy son tres campos de fútbol. Allí, acudían persas, egipcios, fenicios, árabes, judíos, indios quienes, en busca de conocimiento en sus archivos, se sentaban en bancos de piedra, bajo sus pórticos, mirando el gran faro y el mar azul, que divisaban desde el más hermoso de los puertos.

Estar tan cerca del mar fue la causa accidental que ocasionó su trágico destino. Un sobrino de Séneca dejó escrito que una acción militar de Julio César, en un combate con las huestes alejandrinas ptolomeicas, ordenó prender fuego a 60 naves marítimas del enemigo. El incendio llegó a los muelles del gran puerto, pasó a la ciudad real y alcanzó los depósitos de la biblioteca. Séneca lo define así: "Las casas vecinas de los muelles prendieron fuego, el viento contribuyó al desastre, las llamas eran lanzadas por el viento furioso, como meteoros sobre los tejados".

Luego, Agneo Séneca, en su obra *De tranquillitate animi*, menciona que fueron quemados 40.000 libros.

Senadores del Imperio romano, como Cicerón, Appiano, Tigellinus, Estrabón y el mismo Julio César, callaron todo el tiempo su responsabilidad en tan desafortunado accidente, y se limitaban a hablar de la batalla, pero silenciaban el desastroso incendio.

Solamente fue en el gobierno de Claudio quien, violando la censura política, impuesta por las clases senatoriales y republicanas del Imperio, dio a conocer tan escabrosa noticia sobre la destrucción e incendio de la biblioteca. Esto conmovió al Senado y fue entonces cuando empezó a considerarse a Julio César como un gran tirano y promotor del atraso cultural del pueblo de Roma.

Luego, en el siglo IV a. de C., a la biblioteca le surgió un nuevo enemigo, el cristianismo, el cual, después de haberse establecido como la religión oficial del Imperio romano, empezó a perseguir los santuarios del conocimiento griego, por considerarlos eminentemente paganos.

La situación se tornó aún más crítica durante el reinado de Teodosio I (375-395) quien, por decreto imperial, ordenó cerrar los templos griegos al considerarlos paganos y esta magnífica biblioteca fue destruida y saqueada, a manos de los cristianos, en el 391. Las llamas arrasaron la última gran biblioteca de la antigüedad, y se llevaron consigo el 80% de la ciencia y la civilización griegas, además de importantísimos legados de las culturas asiática y africana, lo cual estancó el progreso científico y el desarrollo de la humanidad, que vivió a oscuras del conocimiento por más de cuatrocientos años.

En la actualidad, Alejandría se considera el segundo puerto más grande de Egipto y aún se conserva su biblioteca, gracias a que la Unesco y muchas entidades internacionales de la cultura lograron reinaugurarla y, hoy día, es "patrimonio de la humanidad". Allí, se conservan algunos de los rollos de papiro rescatados de su destrucción.

También fue famosa por el antiguo faro, que tenía 400 metros de alto por 120 metros de ancho y que había sido construido durante el reinado de Ptolomeo II, que se llegó a considerar una de las siete maravillas del mundo.

Podríamos concluir que los tesoros más preciados de la humanidad han padecido, a través de la historia, infinidad de riesgos. Cabe, ahora, la pregunta de cuántos más habría de los que no tenemos ni siquiera sospecha.

La Pola y su causa independentista

"Ayer, hoy y siempre, Policarpa está presente". Sueños de libertad.

Policarpa Salavarrieta fue una mujer de radiante belleza, portadora de una gran fortaleza física, mestiza, forjadora de sueños e ilusiones de libertad, que gozaba de una profunda sensibilidad natural, irradiaba vida, creaba amor, abría su corazón limpiamente, consolaba al desesperado y, sobre todo, sembraba la semilla de la esperanza a través de sus sueños de independencia.

Al llegar al patíbulo, y cuando los soldados del ejército español se disponían a fusilarla, alzó la voz y dijo: "Pueblo indolente, ¡cuán distinta sería hoy vuestra suerte si conocierais el precio de la libertad!, pero no es tarde. Ved que, aunque mujer y joven, me sobra valor para sufrir la muerte y mil muertes más. No olvidéis este ejemplo".

Estas palabras, según historiadores, generaron en la población un espíritu de identidad, que hizo que el pueblo se organizara en una gran resistencia contra el régimen de terror impuesto por Juan Sámano.

No fue su muerte, sino la de 7000 compatriotas llevados al patíbulo lo que originó el rechazo y la posterior lucha contra el régimen que creyó aplastar la insurrección con el fusilamiento de los caudillos del movimiento patriótico. Todo esto contribuía a desatar la ira contra los realistas.

Existen dudas sobre su nacimiento. Algunos historiadores dicen que nació en Guaduas, el 26 de enero de 1795 y otros afirman que fue en el barrio de Santa Bárbara, de Santafé de Bogotá. Lo que sí se sabe es que era la quinta de nueve hermanos del hogar conformado por Joaquín Salavarrieta y Mariana Ríos. Su padre era oriundo del Socorro, Santander. Había participado en la revolución de los comuneros, en 1781, que entonces dirigiera José Antonio Galán. Después de esto, se desencadenó contra su padre una tremenda persecución, de la que tuvo que huir, para luego establecerse en Guaduas.

En 1798, trasladaron su residencia a Santafé de Bogotá y se instalaron en el barrio de Santa Bárbara, pero en 1802 la epidemia de viruela negra se llevó a sus padres y a dos de sus hermanos. Dos de los que quedaron vivos, José María y Manuel, ingresaron a la comunidad agustina. Al haber tenido que abandonar la casa porque se encontraba infectada, la Pola y su hermano menor, Bibiano, fueron llevados a Guaduas por su hermana mayor, Caterina, y se residenciaron en la casa de Margarita Beltrán, hermana de otra heroína de la independencia, Manuela Beltrán.

Su hermana mayor contrajo matrimonio y se los llevó a vivir con ellos y la ingresó en el convento de la Soledad. Allí, aprendió a leer y a escribir, estudió historia española, aprendió a tocar guitarra, a cantar y cada día que transcurría se hacía una mujer más interesante. Vivía al día con los sucesos de España y del virreinato.

Conoció a los hermanos Alejo y Joaquín Sabaraín, y se enamoró profundamente del primero. Sus hermanos agustinos, José María y Manuel, eran republicanos centralistas, partidarios de Nariño y, a través de ellos, se acogió a la causa del centralismo.

Gracias a su habilidad para la costura, visitaba las más encopetadas y ricas casas de la capital, lo que le servía para esclarecer las terribles diferencias sociales que existían entre los españoles y los criollos.

Su novio se había enrolado en las milicias de Cartagena y se preparaba para atacar a Santa Marta, que se había vuelto un antro de españoles y criollos realistas, los cuales se estaban organizando para reconquistar el Nuevo Reino. Debido a esta situación, en noviembre de 1812, en plena efervescencia de las luchas intestinas entre el gobierno de Nariño y el Congreso, apareció en el periódico *La Gaceta Republicana* una noticia en la que se ensalzaba a los hermanos cadetes Leandro y Alejo Sabaraín por su valor, heroísmo y amistad con la patria.

En relación con la lucha emprendida clandestinamente por sus hermanos agustinos y dirigidos por la cabeza espiritual de su prefecto y capellán, fray Vicente Echeverri, quienes permanentemente daban información a la Pola de los movimientos del gobierno realista, el Precursor Antonio Nariño quiso estimularlos y, en ceremonia solemne, nombró generalísimo de las tropas a la imagen del Nazareno, que hoy día se venera en su iglesia.

Después, en mayo de 1816, llegó a Santafé el general Pablo Morillo, llamado por los españoles el Pacificador, y fue cuando comenzó la cruel ejecución de los criollos que habían participado en la primera república.

Los montes de Guaduas se convirtieron en refugio de los republicanos que huían del régimen de terror, pero allí estaba Policarpa Salavarrieta que, desde la clandestinidad, fue una de las más entusiastas colaboradoras de los fugitivos.

La Pola era tan inquieta, que destilaba aguardiente con doña Bárbara Romero, procedimiento que hacían en forma clandestina y llegaron a producir el mejor anisado de la región.

Regresó a Santafé, con la intención de visitar a su esposo, que había caído preso y, además, estaba enfermo. Ante los peligros que se cernían, estableció su residencia en una casucha del barrio Egipto.

Allí, un coronel de apellido Rodríguez y sus propios hermanos le insistían en que regresara a Guaduas, pero ella se negó: quería permanecer cerca de su novio.

El virrey conocía de las andanzas de la Pola y, tras un seguimiento a su hermano Bibiano, fue localizada y detenida la noche del 10 de noviembre, por un oficial español de apellido Iglesias.

El 14 de noviembre de 1817, en la plaza Mayor, frente a la Real Audiencia, se levantó el patíbulo y, en horas de la mañana, fue conducida allí y fusilada frente al pueblo, en compañía de su amado y de trece compatriotas más.

Su muerte fue fuente de inspiración para poetas, escritores y muchos dramaturgos, que inmortalizaron su historia, por su coraje y valentía.

Dicen historiadores que, cuando fue enterrada, un patriota amigo suyo, de nombre Joaquín Monsalve, redactó un famoso

anagrama y lo plasmó en su tumba: "Yace por salvar la Patria".

Historias del Lejano Oeste

Es imposible olvidar la adicción que, en nuestra juventud, sentíamos por revistas y películas relacionadas con los pistoleros del Lejano Oeste. Ir a los teatros a ver a John Wayne, a Trinity, a Django, a Clint Eastwood, a Lee van Cleef y a tantos otros, que participaron en estos filmes, era realmente apasionante.

Las escenas se desarrollaban más o menos así: En antiguos pueblos de vaqueros, generalmente durante soleados y calurosos días, cuando la máxima tranquilidad imperaba y solamente se observaba el polvo que esparcía el viento, un hombre alto, de rudo rostro y estropeado sombrero, hacía su aparición, observándolo todo a su alrededor y usando chapuzas con revólveres atadas a sus muslos por elegantes cinchas de cuero.

Amenazante, caminaba en forma lenta con las manos a los costados y prestas a cualquier movimiento. Clandestinas miradas de los pueblerinos lo observaban con gran detenimiento, tras portillos, puertas y ventanas. Un caballo relincha, una puerta se cierra de fuerte golpe rompiendo el absoluto silencio, dando la impresión de que allí, nadie existe, nadie ve, nadie oye ni nadie escucha.

Otro arrogante hombre con las mismas características, aparece de repente, caminando hacia el pistolero, se miran intensamente y en rápidos reflejos mueven sus manos hacia las culatas de los revólveres ocasionando un fuerte estruendo, quedando todo en un profundo y silencioso suspenso.

Uno de ellos sigue caminando erguido, mientras el otro, se debate lentamente entre la vida y la muerte.

Gran cantidad de personas se apoltronan en la calle estupefactos, observando de soslayo al asesino, quien, con toda tranquilidad y reflejando satisfacción en su rostro, guarda su revólver y se aleja. Los demás se agolpaban sobre la víctima, que moría después de dos o tres bruscos estertores.

Pues estas proyecciones nos recuerdan al escritor Doval no eran ficción, textualmente afirmaba: "eran el fiel reflejo de cómo se vivía en las polvorientas calles de muchos poblados, por las que caminaban transeúntes campechanos, la mayoría de ellos excombatientes de la guerra civil".

Coches tirados por caballos, casas unidas entre sí por barandillas y pasadizos de madera, donde se apreciaban negocios, como la *Barber shop* -barbería-, el *Salón*, que era popularmente el café, *The Pharmacy* -o farmacia-, además el pequeño hotel, el banco, el almacén y la herrería, que constituían el escenario perfecto para un filme que parecía de ficción, pero no era así: eran reales.

Estos pueblos eran propios de estados como, California, Nevada, Colorado, Montana, Texas, Arizona y Nuevo México, por el año 1848, en pleno siglo XIX.

Los veteranos de guerra se encontraban sin empleo, eran huérfanos de esperanza, abandonados a su suerte, sin ley, vivían en una época en que las armas no se prohibían, casi analfabetos y se destacaban solamente por su experiencia en el manejo del rifles, revólveres y cuchillos.

Eran tremendamente egoístas y mentirosos, observaban a sus víctimas con odio, considerando a los demás como obstáculos en el camino, a los que había que eliminar sin ninguna contemplación.

Eran gente solitaria que no venían de ninguna parte, rudos y de muy mal carácter. Ante la ley del revólver, la nobleza no existía en el lejano oeste, excepto cuando alguno de ellos portaba placa y revólver.

No había límites entre el orden y la anarquía, muchos de estos pistoleros, terminaban como hombres de la ley.

Cuando apareció de modo impresionante la fiebre del oro en California, multitudes de personas llegaron para la explotación de este preciado mineral, desde honrados hombres hasta una gran caterva de aventureros, malhechores, forajidos, asesinos y ladrones.

Muchos de estos hombres, fracasaron en su intento y escogieron como forma de vida, la delincuencia, robando ganado o asaltando las diligencias de la West Fargo, propias de esa época, que eran las que transportaban el oro de los mineros.

Esos pueblos que eran paraísos de impunidad se fueron acabando, gracias a que el gobierno federal se fue consolidando y, por consiguiente, restableciendo el imperio de la ley.

Muchos de estos pistoleros quedaron registrados como personajes tristemente célebres en la historia del oeste americano. Textualmente dice el Señor Doval, "Los tiroteos, los duelos y las escaramuzas que estos hombres ocasionaban, dejaron leyendas escritas con un revólver en la mano".

Como legendarios pistoleros figuran Billy el Niño, John Wesley, los hermanos James, Dalton y Younger, Cassidy, Doc Holliday, Pat Garret, Wyatt Earp, Will Bill y muchos más.

El Escritor Doval, fue quien me inspiró para reproducir esto. Además, relata con lujo de detalles, las balaceras ocurridas en el

Álamo y en el pueblo de Tombstone, historias reales que fueron llevadas a la pantalla grande.

En esa época las leyendas de muchos de estos hombres al igual que los indios, dejaron para la posteridad historias que fueron muy estimulantes y dignas de contar.

Capítulo III

Religión

Un día en la vida del papa

Estuvimos tratando de investigar sobre la hoja de ruta con que acostumbra levantarse el papa Francisco, sin resultados. No obstante, el periodista italiano Gianluigi Nuzzi, quien destapó el escándalo del Vaticano en el 2012, publicó algunos itinerarios de los papas anteriores, Juan Pablo II y Benedicto XVI.

Entendemos que todo alto funcionario debe cumplir con determinadas normas protocolarias y, con mayor razón, el padre del cristianismo en la Tierra, el papa, al cual siguen 2100 millones de católicos, cerca de un tercio de la población mundial, lo que la constituye en la religión con más seguidores del mundo.

Generalmente, los papas despiertan entre las 6.30 y las 6.45 de la mañana en el apartamento pontificio del palacio apostólico, cuyo dormitorio queda sobre la última ventana de la fachada oriental, y allí tiene una bicicleta estática para sus ejercicios físicos.

Después de su higiene personal, acostumbran recorrer el pasillo que los lleva hasta la capilla privada donde, a las 7.30, de cada día, celebran su misa. A continuación de su dormitorio, se encuentran un baño, el comedor, la cocina, la antecocina, el guardarropa y las despensas. La cocina es de diseño y fabricación alemanes, extraordinaria, con hornillas, alacenas, hornos, muchos utensilios eléctricos, luces empotradas en el techo y, en la parte de arriba, están los desvanes, donde descansan los empleados de la cocina.

En la mesa del papa, se sirven, para el desayuno, leche, café descafeinado, pan con mantequilla, mermelada y un trozo de pastel.

El estilo de vida de los sumos pontífices es casi monacal y los momentos privados los comparten con muy pocas personas.

Luego, aparece el equipo encargado de los apartamentos, el ayudante de cámara y el mayordomo, seguidos por las cuatro colaboradoras laicas. A ninguno de ellos escapan las observaciones impartidas por el Sumo Pontífice.

Posteriormente, se dirige al despacho privado, que se encuentra en la segunda ventana que domina la plaza de san Pedro, desde la cual aparece el papa cada domingo para el *ángelus*. Una vez allí, revisa los documentos que el secretario privado deja a su disposición para la firma. Esta es la persona que revisa y filtra lo que debe entregar a Su Santidad.

El papa Juan Pablo II acostumbraba desayunar con algunos de sus cardenales u obispos, mientras que al papa Benedicto XVI le gustaba hacerlo con los empleados de la cocina, los cuales se limitaban a escuchar y a reír con las ocurrencias del Pontífice.

A la hora del almuerzo, les gusta estar acompañados de sus secretarios y, generalmente, consumen macarrones, salmón y carne, excepto los viernes. No se les prepara nada de crustáceos o manjares complicados.

Existe un postre muy apetitoso para los pontífices: se trata de una magdalena aliñada con gotas de licor, al que llaman jocosamente "vírgenes borrachas".

Hay que tener en cuenta que los asesores más importantes de los papas son el director de la Oficina de Prensa Vaticana, el director del Observatorio Romano, el maestro y jefe de las Celebraciones

Litúrgicas Pontificias, el director del Banco Vaticano y el cardenal que ejerza como secretario de Estado.

Otros ejecutivos de menor rango y que también se encuentran al servicio de Su Santidad son el jefe de la Gendarmería, la directora encargada del ambiente musical y religioso del palacio Vaticano, la secretaria profesional en Lingüística e Idiomas, que revisa y corrige los escritos del papa, un médico personal, una odontóloga, una fisioterapeuta, varios sacerdotes consejeros, amos de llave y conductores.

La fe

A raíz de la visita del papa Francisco a Latinoamérica, hemos considerado importante acordarnos de dónde nos nació la fe.

Los que nacimos y crecimos en el país del Sagrado Corazón de Jesús, Colombia, desde los primeros años de escolaridad nos iniciaron en clases de religión. Empezábamos con el catecismo del padre Astete y se complementaba en casa, con la mandatoria sumisión que nos imponían nuestros padres. Ellos, antes de acostarnos, nos obligaban a apretujarnos con nuestras hermanas y hermanos, para repetir todas las noches, como loros, un interminable repertorio de oraciones. Luego, venían los estudios secundarios, y éramos recibidos por sacerdotes, laicos o seglares, que continuaban el proceso de aculturación y adoctrinamiento de nosotros que, para ese entonces, solíamos ser simplemente adolescentes ignorantes, pero ávidos de conocimiento.

En nuestro caso particular de Sevilla, fue al padre Gabriel Rivadeneira a quien le correspondió el encargo de orientarnos espiritualmente.

Nos hacía profundizar en los planteamientos filosóficos de Tomás de Aquino, autor de *La summa teológica,* pilar de gran contundencia para sostener los cimientos de la Iglesia católica, obra que consta de 17 volúmenes. Este filósofo ha sido muy criticado por materialistas, sociólogos y pensadores de izquierda, que lo han tildado de oscurantista, por tratar de sembrar una esperanza mística, ofreciéndole al hombre salvarlo y sacarlo de la orfandad en que ha nacido.

Aquí, surge el principio de la fe, como algo que no hemos visto, pero que debemos creer, porque Dios lo ha revelado.

Como dijimos antes, muchos consideran que el hombre nació huérfano de esperanza, situación que han aprovechado teólogos y filósofos escolásticos para especular sobre el tema.

A Tomás de Aquino le debemos la ley de causalidad: "Todo lo que se mueve es movido por otro, Dios. Todo sucede por una cadena de causas eficientes, pero debe haber una causa eficiente primera, Dios. Las cosas que carecen de conocimiento obran por un fin. Debe haber un ser inteligente que las dirige. El alma es inmaterial e inmortal. Al morir el cuerpo, el alma mantiene la individualidad hasta la resurrección.

Además, nos enseñaba que las virtudes son intelectuales, morales y teologales. Estas últimas las clasificaba como la fe, la esperanza y la caridad.

Martín Lutero, cuando se rebeló contra el papa Pío X, que lo excomulgó, le afirmó enfáticamente: "Dios no existe sino a través de la fe de los hombres" y que los principios universales no son más que conceptos creados por la mente con sentido lógico.

Personalmente, agregaríamos que la fe es el producto de una visión interna, que nos entusiasma, que nos transmite confianza, que hace que tengamos una vida con propósito y que nos ayuda a ser transparentes.

La fe proviene del convencimiento nato de una plena certidumbre. La fe es algo genuino, salido de los íntimos deseos de nuestro corazón.

No necesitamos adentrarnos en tratados de ética, de moral o de lógica, que nos inculcara este monje glotón y regordete, de origen napolitano, que escribía inspirado en Aristóteles y que, según sus biógrafos, era feliz, alimentándose de corderos y faisanes.

Tomás de Aquino fue beatificado por la Iglesia, con el nombre de *doctor angélicus*, y su fiesta se celebra el 7 de marzo. Su doctrina adquirió el nombre de tomismo.

CIUDAD CONSTRUIDA ANTES DE LA EDAD DE PIEDRA Y DEL GRAN DILUVIO.

ERICH VON DANIKEN, escritor e historiador suizo, nos comenta en uno de sus libros sobre una ciudad construida en lo más alto de los Andes bolivianos, a 4000 mts sobre el nivel del mar, llamada según los aborígenes aimaras, PUMA PUNKU, la cual fue construida hace 27 millones de años.

MAX UHLE, arqueólogo de Dresde (1856-1944), padre de la arqueología peruana, visitó las ruinas de Tiahuanaco en Bolivia y dejó escrito en sus memorias publicadas en Leipzig 1892, que las plataformas encontradas en PUMA PUNKU, eran una especie de bloques monumentales, dispersos entre ellos, enteros y rotos, que por su naturaleza, su tamaño y su elaboración, eran de una variedad extraordinaria, se trataba de loza volcánica trabajada uniformemente.

Otras tenían ornamentaciones en cruz, con pequeños nichos e incontables formas más.

Allí encontraron tres grandes plataformas dispuestas en línea recta, que van en sentido norte-sur, cubriendo una superficie de cuarenta y tres metros de largo, por siete de ancho, en roca volcánica antediluviana, son bloques de piedra meticulosamente tallados, que pesan miles de toneladas, ¿Cómo harían para trasladarlos allí?, es la pregunta de todos los científicos.

…Los aimaras usaban el término PACHAMAN, que quiere decir, "MADRE DEL COSMOS" y PUMA PUNKU, significa, una especie de metrópolis prehistórica, construida antes del gran diluvio según lo afirma DANIKEN.

Seres misteriosos extraterrestres, tuvieron cruce de especies o fuertes relaciones con los homínidos, dando origen a seres híbridos, poderosos y portadores de una gran tecnología, muy diferente a la usada por el hombre en la edad de piedra.

Estos bloques fueron cortados con tanta precisión que encajan perfectamente con las otras partes como si hubiesen sido prefabricadas. Además, estas rocas talladas son de un color verdoso y más fuertes que el hierro del que afirman que su dureza es de grado 4.5, la dureza o firmeza de estas rocas volcánicas, es grado 8.

Imaginemos que clase de herramientas utilizarían para tallarlas, esto queda por fuera de nuestro conocimiento. El profesor HANS SCHINDLER BELLAMI y el Dr. PAUL ALLEN, reconocidos arqueólogos internacionales, declararon que un monolito al que llamaron EL GRAN ÍDOLO, encontrado allí, tiene un diseño externo de más de mil inscripciones, entre ellas, un extraordinario calendario, jamás imaginado y las fechas astronómicas que en él aparecen, se remontan a 27.000 años antes de Cristo.

Al parecer es cierto lo que afirman muchos arqueólogos y antropólogos modernos, que antes de la civilización egipcia, existieron culturas muy desarrolladas, pero que desafortunadamente desaparecieron y los únicos rastros que dejaron son estas inmensas obras.

"Todos estamos en la fila, delante de la parca, felizmente, sin saber en qué lugar de la fila". Ernest B. Black.

"Más tarde o más temprano, ha de salir la suerte, que nos embarcará rumbo al eterno exilio". Horacio.

"A la muerte se la ha querido disfrazar de bruja famélica, desconociéndole el honor de ser la más tierna amiga, que se lleva nuestras preocupaciones, angustias y pesares, para luego dejarnos dormir placenteramente el sueño eterno". José Martí.

En el programa colombiano *Siete días*, de *Caracol Radio*, le hicieron una entrevista al señor Germán Antia, necrólogo de profesión, y le preguntaron qué se sentía después de abrir tantos cadáveres, y contestó: "La muerte siempre está con nosotros".

Hace años, en Miami, acompañamos a un amigo a su última morada. Días antes, habíamos hablado sobre los misterios de la muerte, y le recordábamos expresiones de José María Vargas Vila, cuando opinaba que lo más democrático e igualitario que podía existir eran los cementerios, porque era allí donde compartíamos habitación con individuos de todas las especies y naturalezas, que allí quedaban los despojos mortales de ricos y pobres, de empresarios, de banqueros, de intelectuales, de escritores de todas las latitudes quienes, sin protestar, compartían la misma tierra, las mismas glorias y los mismos olvidos.

Cuando al amigo lo iban a sepultar, el sacerdote, al decir la misa y al tratar de interceder ante Dios por él, equivocaba su nombre y apellido. Los dolientes, con la voz quebrada por el llanto, le pedían a este embajador celestial que corrigiera el error. Él se disculpaba, afirmando que le era difícil olvidar el nombre de otro viajero mortuorio, al que le había celebrado la misa, dos horas antes.

Otra situación que nos impresionó bastante fue una calavera que había a la entrada del camposanto y una placa en donde estaba escrito: "Soy lo que serás y yo fui lo que tú eres".

Para nosotros, es bien claro que un funeral es una ceremonia que se realiza para despedir a una persona y que la naturaleza de los ritos funerarios depende de la época, de la cultura, de la posición social y de las creencias religiosas que envuelven a la familia del difunto.

Los ritos funerarios más conocidos son el embalsamamiento, de origen egipcio, la cremación, de origen hindú y la sepultura, que viene de los romanos.

A las figuras nacionales, generalmente, se les ofrecen funerales de Estado, los cuales son acompañados con todas las pompas, bandas de guerra, asistencia de altos funcionarios, discursos fúnebres en exaltación de las virtudes del finado, que suelen acompañarse con largas y ceremoniosas misas de catedral.

A través de la historia, encontramos que los funerales han tenido diferentes formas, asociadas con los antepasados y con la diversidad de creencias que existen sobre la otra vida. En Egipto, por ejemplo, los funerales eran precedidos por un juicio público. "Si en vida el difunto se había ajustado a las reglas, se procedía a los funerales. Si no, era enterrado en una fosa común, que llamaban tártaro".

Los hindúes celebraban una ceremonia fúnebre con ofrenda de alimentos, y el cadáver se quemaba para luego esparcir sus cenizas en un río sagrado.

Los judíos demoraban los funerales, de siete a 30 días, según su importancia en vida: era diferente la ceremonia para un príncipe o rey, que para un ciudadano común. Todo el tiempo los parientes ayunaban y asistían con la cabeza descubierta y descalzos, hasta que el cadáver fuese sepultado.

En los atenienses, el cuerpo del difunto era lavado y perfumado, expuesto en el vestíbulo de la casa y se procedía a una ceremonia con gran solemnidad. Tocaban instrumentos, como la flauta y la lira, los hijos y las mujeres lanzaban agudos gritos, el cadáver era quemado en piras, se pronunciaban elogios al difunto y, luego, terminaban con banquete y vino.

En Roma, se le quitaba al cadáver la sortija, se le cerraban los ojos, la boca y, luego, se lo llamaba tres veces por su nombre. Posteriormente, el cuerpo era lavado, perfumado y revestido con los mejores atuendos y se exponía en el vestíbulo de la caja mortuoria. El entierro siempre era de noche y se acompañaba por músicos, plañideras o llorones quienes, usando lacrimatorios de barro o vidrio, hacían muy agradable la ceremonia. El cuerpo era llevado en una litera -*féretrum*-. Sus parientes usaban velos, exhalaban gritos lastimeros, se pronunciaban elogios al difunto, se incineraba, sus cenizas se depositaban en una urna y se ponían en el sepulcro de la familia, que solía llamarse *columbarium*.

Los primitivos cristianos enterraban a los difuntos como los judíos, y los cuerpos de los mártires eran inhumados en las catacumbas, pero después fue costumbre que las personas pudientes fueran enterradas en las iglesias.

Para terminar aquí la historia de los ritos funerarios, jamás olvidaremos la conferencia que un ilustre médico nos diera en el Instituto Nacional de Medicina Legal, Bogotá, siendo estudiante de tantas cosas que quisimos hacer en la vida. Este gran discípulo de

Hipócrates y maestro de la ciencia médica forense nos hablaba de la gran comilona *post mórtem* y se refería al asunto así: "En la actualidad, cuando uno se muere, lo entierran generalmente cinco metros bajo tierra, si su deseo es el de no ser cremado, claro está y, cuando el cuerpo empieza el proceso de descomposición, la madre naturaleza envía una emisaria, que no es más que la gran mosca azul o la gran mosca verde, que depositan unos huevos, los cuales, al contacto con la tierra y al hedor de tu cuerpo, se transforman en larvas, que van incursionando a través de túneles subterráneos, hasta sus despojos. Una vez allí, se transforman en peludos y anillados gusanos de color amarillo, que empiezan a engullir tan delicioso manjar de carnes blandas.

Cuando estos terminan y desaparecen, como por encanto, llegan muy folclóricos los segundos invitados a la fiesta: los arácnidos, y aquellos ligamentos que los gusanos no pudieron digerir, son pacientemente consumidos por los segundos glotones. Pero, como no hay fiesta sin terceros, aparecen los últimos invitados, los ácaros. No hay carnes ni ligamentos qué comer y su especialidad son las sobras: se ocupan de los huesos, los cuales, con un apetito voraz, empiezan a roer hasta convertirlos en polvo, con lo que se da cumplimiento al pasaje bíblico que expresa "polvo eres y en polvo te habrás de convertir".

Pero no debemos asustarnos cuando hablamos de finados, pues son muchos los escritores que se han ocupado de estos temas.

Édgar Allan Poe, en sus terroríficas historias, menciona a los muertos como protagonistas. Gabriel García Márquez escribió *El ahogado más hermoso del mundo* y **Los funerales de la Mama Grande** y Joe Hill remata con su obra, *El traje del muerto*.

Yo quisiera que el tanatopráctico al que le corresponda hacerle el último arreglo floral a mi faz, en vez de dejar que me vean la putrefacción cadavérica, que expresa la desdicha de no existir, me vistiera con estilo, elegante, como hicieron con Kennedy, sonrosado y plácido, destilando grandeza, historia, majestuosidad y que la limosina que me transporte a la necrópolis ponga música clásica en el trayecto; luego, que me sepulten en medio de celebridades, de árboles centenarios, entre antiguos mausoleos y que las únicas que perturben mi tranquilizante descanso y silencio sean las palomas.

El Halloween

"Se dice que en la noche de las brujas la línea que nos separa del mundo de los muertos, se hace más delgada."

Estas fiestas nacieron hace más de 3000 años y son originarias de un pueblo guerrero irlandés, llamado "LOS CELTAS".

Se celebra cada 31 de Octubre, fecha muy significativa para ellos, porque corresponde al fin del verano o la cosecha, al comienzo de un frio y oscuro invierno, ocasión que a su vez, asocian con la muerte de los seres humanos.

Para esta fecha, los celtas se disfrazan con pieles de animales sacrificados, para según ellos, desterrar a los demonios que visitan sus pueblos y la creencia generalizada de que los espíritus malos, acostumbran encarnarse en animales feroces para hacer daño.

Esta celebración, llegó a los Estados Unidos con la inmigración europea de irlandeses católicos, el año de 1946. Hoy, cuando hablamos de Halloween, pensamos en disfraces, maquillaje, fiestas, dulces y niños.

Al día siguiente de la noche de las brujas, o sea el 1 de Noviembre, el cristianismo lo bautizó, como el día de todos los santos y, el 2 del mismo mes, la iglesia católica, lo oficializó como el día de los difuntos, según los celtas, para estas fechas, es que los difuntos vuelven a estar entre los vivos.

El 5 de Diciembre de 1484, el papa INOCENCIO VIII a través de la BULA PAPAL, "SUMMIS DESIDERANTIS AFFECTIVUS", legitimó la persecución de las brujas, con tortura y ejecución, ardiendo en la hoguera, dándose inicio a la tenebrosa inquisición, que empezó persiguiendo la hechicería.

El personaje más famoso condenado a morir en la hoguera, fue JUANA DE ARCO, bajo la acusación de hechicería. Pero encontramos que, lejos de ser mujeres con verrugas, sucias y malolientes, que surcaban el cielo con escobas según leyendas, se trataba era, de mujeres jóvenes que utilizaban su conocimiento para hacer el bien a las comunidades en esas épocas oscuras, de pestes, de hambrunas y de guerras.

Eran BRUJAS BUENAS, que curaban a los enfermos con hierbas, atendían partos y, hacían que las parejas se juntaran y se amaran, gracias a sus famosos brebajes de amor.

Los ingleses usaban la calabaza, que significaba "Lámpara para ahuyentar los malos espíritus" y esta costumbre venía del folclor irlandés, desde el siglo XVIII.

Según una antigua leyenda, al norte de Irlanda, existió un hombre llamado JACK, según ellos tremendamente malo, a quien incluso no lo recibían en el infierno, porque le había jugado numerosos trucos al demonio, por esa razón había sido condenado a permanecer en la tierra y vagar por los caminos con una linterna a cuestas, los ingleses lo llamaban JACK OF THE LANTERN, "Jack el de la linterna".

Para ahuyentar a Jack, las personas supersticiosas colocaban una calabaza similar en las ventanas y al frente de las casas, fue cuando se popularizó esta costumbre en América del Norte.

Una de las noches favoritas para los niños, es la noche de Halloween, recorren puerta a puerta el vecindario, expresando el saludo "TRICK OR TREATING", que significa truco o trato, costumbre que empezó a popularizarse alrededor del año 1930, cuando los cristianos de esa época, iban de pueblo en pueblo, mendigando pasteles de difuntos y mientras más pasteles recibieran los mendigos, mayores serían las oraciones que rezarían por el alma de los parientes muertos.

Halloween, significa "ALL HALLOW'S EVE", del inglés antiguo, refiriéndose al 31 de Octubre, en víspera de la fiesta católica de todos los santos, que marca como lo expresé antes, el fin del verano y de las cosechas, lo mismo que la llegada de los días de frío y oscuridad, propios del invierno.

Thanksgiving, o Día de Acción de Gracias

Este día, fuera de ser la remembranza de un acontecimiento de carácter histórico y religioso, los norteamericanos lo celebran en noviembre y lo consideran el feriado más importante del año.

El nacimiento de la iglesia anglicana, en Inglaterra, y su separación de la Iglesia de Roma, generó una gran persecución contra los católicos y miembros de otras sectas religiosas. El rey Enrique VIII le había solicitado al papa Clemente VII la disolución de su matrimonio con Catalina de Aragón, para contraer nupcias con una de sus damas de honor, Ana Bolena.

El afán del rey era casarse para tener un hijo varón que lo sucediera en el trono, el cual no podía concebir con su esposa legítima, la soberana.

El papa se negó rotundamente a concederle esta petición, determinación que hizo encolerizar al soberbio rey, y fue entonces cuando secularizó los monasterios, confiscó los bienes de la Iglesia católica, hizo destruir catedrales, basílicas y acabó con todos los santuarios pertenecientes a la Iglesia romana, anexó a Gales al reino, también a Irlanda y se autoproclamó cabeza suprema de la nueva religión anglicana.

Esta nueva corriente religiosa abolía, de una vez por todas, el celibato.

Se dio inicio, en Inglaterra, a una tremenda persecución contra todos los que profesaran religión diferente de la anglicana, los cuales eran llevados a la horca o decapitados. Esta persecución continuó hasta el reinado de Jaime I de Inglaterra, quien decidió conceder una cédula para los que desearan viajar a conquistar nuevas tierras a través del mar. Fue así como un grupo de peregrinos, o *pilgrims*, como se los denomina en inglés, muy educados y de fuertes convicciones religiosas, huyeron en un barco, llamado Mayflower (Flor de Mayo), hacia el Nuevo Mundo, porque se oponían a los dictados de la iglesia anglicana y, además, temían un cruel castigo.

Fueron más de cien personas las que cruzaron el Atlántico y se instalaron en lo que hoy es el estado de Massachusetts. Una vez allí, en pleno invierno, padecieron de frío y hambre, situación que los llevó a que más de la mitad fallecieran.

En la primavera siguiente, y ayudados por los indios, aprendieron a sembrar maíz, una planta antes desconocida para ellos, los colonos. Luego, empezaron a cultivar cebada, fríjoles, calabazas y arándanos.

Después, los aborígenes los entrenaron en el difícil arte de la caza y la pesca. Se fue organizando una mezcla de costumbres y culturas, logrando que coincidieran en algunos rituales comunes para celebrar el fin de la temporada de siembra y dar gracias a los dioses por los frutos cosechados.

Dos naciones celebran el *Thanksgiving*: el Canadá, desde 1578 y los Estados Unidos, desde 1619. Esto es muy parecido a lo que rememoramos los latinoamericanos, con las famosas fiestas de la cosecha.

Una gran prosperidad les permitía recolectar generosas cosechas, y en el primer *Thanksgiving* de Norteamérica, los colonos invitaron a los indios de la tribu wampanoa y a su gran jefe, el cual concurrió a la reunión con 90 de ellos, llevando consigo ciervos y pavos en abundancia.

Los colonos, expertos en cocinar, les prepararon diversas clases de granos, los cuales eran servidos en suntuosas vajillas, las que tamb ién eran totalmente desconocidas para los aborígenes.

Esta costumbre fue establecida por siempre y, cada año, los colonos usualmente celebraban la cosecha de otoño en compañía de los indios.

Cuando los Estados Unidos consiguieron la independencia de Inglaterra, el primer presidente, George Washington, sugirió el 26 de noviembre como el gran Día de Acción de Gracias pero, en 1863, Abraham Lincoln les pidió a todos los norteamericanos celebrar esta fiesta el último jueves de noviembre.

Se considera un reconocimiento a los indios, en la primera acción de gracias de hace 350 años. Sin ellos, los primeros colonos no habrían sobrevivido.

Es un día profundamente patriótico y el aviso o antesala de las fiestas de Navidad y Año Nuevo. En cada una de estas fechas, en todas las casas, se reza esta oración: *Bless this food, oh Lord. Thank You for your many blessings this thanksgiving* ("Bendice estos alimentos, Señor. Gracias por tus muchas bendiciones en este día").

La tumba de Tutankamón

"Demasiados, demasiados enigmas pesan sobre el hombre en este mundo". Fiódor Dostoievski.

Extraordinario hallazgo, después de buscar por más de cinco años en el valle de los Reyes. El 26 de noviembre de 1922, el británico Howard Carter rompió con cuidado y suma cautela el sello de una tumba que acababa de descubrir, la de Tutankamón, en Egipto.

Por primera vez, el mundo podía apreciar la auténtica cara del faraón, representada en una máscara de oro con incrustaciones de vidrios de colores y piedras preciosas. El aspecto solemne y las riquezas que lo rodeaban eran sorprendentes.

Centenares de historiadores y arqueólogos han llegado a la conclusión de que se trataba de un joven rey, que gobernó un país inmensamente rico y de gran esplendor.

En la antigua civilización egipcia, el culto funerario era la obsesión de los vivos, y determinaba todos los aspectos de la sociedad. Las tumbas eran consideradas una casa para la eternidad. Según ellos, la tumba permitía al espíritu del difunto tener un sitio para descansar. Su interior determinaba la posición y la riqueza de su propietario.

A los egipcios no les interesaban sus casas: podrían vivir allí no más de cuarenta o cincuenta años. Sin embargo, en sus tumbas podrían vivir por miles y miles de años.

Las más suntuosas tumbas pertenecían a los reyes y a los célebres faraones, incluidas las pirámides construidas al comienzo de la

dinastía. Sus arquitectos diseñaban falsos pasillos y puertas secretas, con el fin de proteger sus preciosos contenidos.

Se dice que fueron sepultados en ese valle, al menos, cuarenta reyes o miembros de la realeza y, en una de las tumbas, la de Tutmosis I, se encontró esta inscripción: "He edificado la tumba de mi majestad. Aquí, nadie ve, nadie oye y nadie escucha".

Cuando las grandes dinastías egipcias pasaron a la historia y los guardianes del lugar desaparecieron, muchas de estas tumbas fueron violadas, hasta que apareció un nuevo tipo de saqueador: el arqueólogo moderno.

A principios del siglo XX, Egipto se encontraba bajo el control de la Gran Bretaña. Muchos extranjeros llegaban allí y se instalaban en grandes y clásicos hoteles, como el palacio de Invierno de Luxor, y llevaban a los visitantes a cruceros privados por el Nilo. Les era permitido escarbar, y las riquezas que encontraran tendrían que dividirse en dos: el gobierno se quedaba con la mitad y la otra era para el que la descubriera. Unos lo hacían por curiosidad científica y otros por codicia.

Howard Carter, hijo de un pintor inglés, de personalidad compleja y carácter enfermizo, viajó por primera vez a Alejandría y se enamoró de las antiguas ruinas. Fue cuando se dio a conocer como arqueólogo competente.

Un hombre de gran fortuna, de nacionalidad inglesa y aficionado a la aventura, lord Carnarvon, viendo el temperamento serio de Carter, lo contrató para localizar hallazgos arqueológicos. En ese entonces, Carter seguía los pasos de un millonario estadounidense -Theodore Davis-, que trabajaba en el valle de los Reyes y había encontrado

una copa de vidrio azul con una inscripción, que llevaba el nombre de Tutankamón.

La imagen del hipotético faraón obsesionaba a Carter y, en 1914, Carnarvon, a petición de Carter, obtuvo el permiso legal y la concesión para escarbar en el valle de los Reyes.

Por esa época, se libraba la Primera Guerra Mundial y Carter tuvo que esperar hasta 1917 para empezar a cavar. Cinco años más tarde, localizó lo que era su sueño: la tumba de Tutankamón. Se dice que Tutankamón vivió la época dorada de Egipto, cuando Luxor o Tebas eran la potencia hegemónica del mundo civilizado. Muchos especialistas aseguran que pudo ser hijo del faraón Amenofis III.

Gay Robins, profesor de Arte Antiguo Egipcio, de la Universidad de Emery, Atlanta, Estados Unidos, afirma que este príncipe vivió en los flamantes palacios de la ciudad nueva, que se llamaba, en ese entonces, Ajtaton y que hoy se la conoce como Tell al Amarna, que queda a 400 kilómetros de El Cairo. Dice, además, que Tutankamón es un personaje frustrante, porque no sabemos exactamente quién es, que es de sangre real, que su padre era un rey, pero no conocemos exactamente quién era ese rey. Ahí nace la gran polémica entre los egiptólogos.

Muchos historiadores coinciden en el hecho de que aproximadamente por el año de 1333 a. de C., Tutankamón fue proclamado rey cuando el país se encontraba dividido entre los sacerdotes de una antigua religión y las radicales ideas del rey antecesor.

Volvamos a Carter. Había un terreno delante de la tumba de Ramsés VI, que era difícil de excavar, porque por allí pasaban los turistas a visitar el valle de los Reyes y los trabajadores de Carter empezaban a impacientarse, pues llevaban cinco años cavando sin encontrar ningún resultado. Fue cuando Carter compró un canario, al que los trabajadores llamaban pájaro dorado, les inculcó la idea de que esa ave les traería suerte, y así fue: tres días más tarde, sus trabajadores encontraron un peldaño, que descendía por quince escalones hasta una puerta sellada con la imagen de un chacal y nueve cautivas, que era el sello real de la necrópolis.

Inmediatamente, Howard Carter llamó a su patrocinador, lord Carnarvon, que se encontraba en Inglaterra, al que esperó por dos semanas para que llegara y poder romper la puerta, hasta que, finalmente, el 22 de noviembre de 1922, el arqueólogo rompió el sello de la tumba. Tras la puerta aparecía un túnel lleno de piedras y, para consternación del equipo, habían entrado a un pasaje entre las rocas que, luego, había sido rellenado, situación que creó dudas sobre si el ajuar funerario habría sido saqueado antes.

Llegaron a una segunda puerta. Nervioso, Carter abrió un pequeño agujero en la esquina superior izquierda, encendió una vela para ver si había gases peligrosos; luego, ensanchó el agujero, introdujo la cabeza y, a sus espaldas, se encontraban Carnarvon, su hija, lady Evelyn y el ayudante Arthur Callender, que esperaban ansiosos.

Al ver que Carter no sacaba la cabeza, Carnarvon le tocó la espalda y le preguntó: "¿Qué estás viendo?" Fue cuando Carter murmuró: "Estoy viendo cosas maravillosas".

Estas palabras, ahora, son célebres, pues una vez adentro y con la luz de una vela, podían apreciar, encantados, el tesoro dorado del más importante descubrimiento arqueológico de la historia. Según Carter, mientras la luz de la vela titilaba, empezaban a surgir, de las sombras, detalles del interior de la sala, animales extraños, estatuas y por todas partes se veía el centelleo del oro. Había íconos religiosos y muchos tesoros, propios de un rey de la época remota que, por supuesto, solo era el inicio de lo que se iba a descubrir.

El tiempo parecía haberse detenido en esa pequeña recámara: dos estatuas de oro, de tamaño real, con toda la probabilidad de ser del rey, se encontraban a los dos lados de una puerta, como dos guardianas de otro tiempo.

Un desorden en la sala demostraba que la tumba había recibido la visita de salteadores y, aunque no la habían desvalijado, daba la impresión de haber sido sorprendidos por los cuidadores de la época.

En total, la tumba se componía de cuatro cámaras: el pasillo, la antecámara, la cámara mortuoria y la sala de los tesoros, donde había una preciosa estatua de Anubis que, para los egipcios, era el dios del mundo de los muertos.

Un público embelesado en todo el mundo seguía, con entusiasmo, cualquier noticia que se difundiera sobre el sarcófago del faraón.

Después de la última puerta de la sala de los tesoros, reinaba el caos, es decir, se encontraba todo, tal como lo habían dejado los ladrones, aunque, en la antecámara, habrían intentado ordenar las cosas.

Se comentó, en la época, que eran tan numerosos los objetos, que tardaron siete semanas en sacarlos. Estos objetos eran una mezcla de los que se habían fabricado específicamente para el funeral y otros que el muerto había usado en la vida cotidiana. Algunas cosas, como sus sandalias, llevaban pintados unos extraños atados, lo que indicaba que, cuando las llevaba, estaba pisando a sus enemigos.

La historia termina diciendo que el joven rey había muerto por la época en que poderosos hititas se apostaban frente a sus fronteras y una serie de plagas azotaban al país. Se embalsamó su cuerpo y se pusieron los objetos mortuorios en su tumba. Finalmente, se cerró el panteón, que no volvió a ser abierto hasta 3000 años después.

Los manuscritos del mar Muerto

"Negar un hecho histórico es lo más fácil del mundo. Mucha gente lo hace, pero el hecho sigue siendo un hecho". Isaac Asimov.

Los acontecimientos misteriosos de la historia del mundo nos han llamado mucho la atención, entre ellos, los manuscritos del mar Muerto, el manto de Turín y la lanza de Longines.

Los manuscritos del mar Muerto son una historia que comienza en 1941, cuando un pastor beduino, buscando un borrego extraviado, se topó con una cueva y, al incursionar en ella, encontró que contenía varias vasijas de barro. Este, creyendo que se trataba de tesoros, buscó y solo encontró rollos antiguos, envueltos en tela de lino muy desgastados. Rápidamente, averiguó la forma de hacer negocio con ellos, y los fue vendiendo, uno por uno, a un monasterio ortodoxo de Jerusalén. Esta noticia empezó a difundirse en serio, hacia 1947.

Encontramos que el mar Muerto se encuentra 395 metros por debajo del nivel del mar y es el más árido de la tierra, en sus aguas no habita ninguna especie a su alrededor y, en un radio de tres kilómetros, fueron localizadas 11 cuevas, de las que se extrajeron estos manuscritos, de enorme potencial cultural e histórico, según lo consideran muchos expertos.

"El desierto de Judea por el que Jesús caminó y donde Juan el Bautista habló de una voz mística".

Se dice que, en el poblado de Qumrán, cercano al mar Muerto, sus habitantes ocultaron valiosos manuscritos en cuevas. Lo hacían para protegerlos de fuerzas destructoras y punitivas de la antigua Roma.

Abelardo Giraldo

Cuando los eruditos empezaron a descifrar estos rollos, se encontraron con una historia fascinante, pues se trataba de las ideas y tradiciones de la comunidad judía, que evocaba a los primeros cristianos.

En 1949, el general de una legión árabe encontró varias cuevas y las ruinas de un pequeño pueblo, llamado Qumrán. A estos manuscritos, los denominaron "los rollos del mar Muerto", documentos auténticos de la Tierra Santa, que habían sobrevivido desde el siglo I.

Siete de ellos se encontraron, virtualmente, intactos y los demás solo eran fragmentos de cientos de esos rollos. Una secta antigua los había enterrado después de haberse sentido amenazados.

Historiadores afirman que, cuando Palestina atravesaba por infinidad de problemas de carácter político y guerras, fundaron la ciudad de Qumrán, pero descendientes de Carlo Magno y de la cultura griega empezaron a penetrar e invadir a Tierra Santa. Fue cuando, en 167 a. de C., el templo de Jerusalén se volvió centro de culto a Zeus, lo que para los judíos llegó a considerarse una abominación. Fue en esos tiempos difíciles cuando unos cuatro mil miembros de esa secta judía huyeron al desierto y se organizaron en una sociedad austera y aristocrática, conocida como los esenios.

Historiadores afirman que Qumrán fue fundado en 150 a. de C., en el desierto, por una comunidad monástica instituida por los esenios. El poblado lo conformaban un refectorio, edificios comunales, en los que se encontraban estantes para vajillas, mesas rectangulares y largas, usadas como *escriptórium*, muchos establos, talleres y bodegas. Allí, se descubrieron 1100 tumbas, cubiertas de piedra, cuyos restos analizados correspondían a varones, lo que confirma que la comunidad que imprimía los rollos pertenecía a una hermandad masculina.

El historiador Josefo (37-100) visitó una comunidad esenia y describió un día típico de estos: "Luego de orar antes del amanecer, cada miembro se dedicaba a efectuar una tarea, de acuerdo con su especialidad. Una hora antes del mediodía, la comunidad se reunía y, cada uno, se ponía un taparrabos de lino y, antes de acudir al refectorio, se bañaba con agua fría para purificarse, daba gracias a Dios, antes y después de una comida sencilla, la cual consumían sin enunciar palabra alguna.

El silencio que reinaba entre ellos era casi sepulcral, emanaba de una sobriedad permanente, y comían y bebían estrictamente lo necesario. Tenían talleres de alfarería, prensas de vino, zonas de molido, y se descubrieron muchos huesos de ovejas, de cabras y de vacas, lo que infiere que también eran pastores.

Los textos encontrados en los rollos dan la idea de que todos los miembros eran israelitas, descendientes de la tribu de Judá. Se dividían en grupos de 10 hombres, y cada uno tenía un versado en la ley bíblica.

Las creencias de los esenios no diferían mucho de las del judaísmo tradicional: se analizaba la actitud moral de cada miembro, los aspirantes a pertenecer a la secta debían jurar respeto a la ley de Moisés y todas las noches se reunían para leer y orar.

En algunos de los rollos, se prevé la llegada de un Mesías, que anunciaría el nuevo amanecer. Otros rollos hablaban de dos o tres Mesías. Los textos aún son oscuros.

Posteriormente, anexaron teorías, que consideraban a Cristo directamente con los esenios. Hay mucha coincidencia entre los esenios y los primeros cristianos: ambos grupos se veían, a sí mismos, como los elegidos, aquellos en quienes se cumplirían las profecías bíblicas, frente al umbral del reino de Dios.

Palestina fue gobernada, al fin, por los romanos en el 63 a. de C., pero en el 66, la sumisión judía se levantó en franca rebelión contra el imperio, pero al año siguiente las legiones romanas los masacraron hasta casi desaparecerlos.

Ante las matanzas, se apresuraron a ocultar, en las cuevas, los textos sagrados.

En el 68, los romanos destruyeron el pueblo y los esenios fueron diezmados en campañas de terror, como crucifixiones y empalamientos.

El historiador Josefo describió el fervor de los esenios, así: "Aunque martirizados y lacerados, quemados y mutilados, sometidos a cuanto instrumento de tortura existiera, para que blasfemaran contra su Dios… jamás nadie logró subyugarlos ni arrancarles una lágrima. Sonreían en medio del dolor y, frustrando alegremente a sus torturadores, ofrendaban sus almas a Dios".

Nota. Refectorio viene del latín *refectórium*, que quiere decir comedor común, de un colegio o convento, generalmente, con púlpito para un lector.

Capítulo IV

Literatura

El libro

Hoy, que está de moda escribir, lo hacen los secuestrados, los paramilitares, los guerrilleros reinsertados, los políticos, los catedráticos y todo el mundo escribe libros. He considerado apropiado investigar un poco sobre la palabra libro.

Encontramos que los grandes maestros de la humanidad, curiosamente, expresaban sus convicciones a través de la palabra y nunca dejaban nada escrito. Se dice que Pitágoras jamás escribió: quería que su pensamiento viviese más allá de su muerte corporal, en la mente de sus discípulos. Por tal razón, los pitagóricos, afirmaba Aristóteles, pensaban y repensaban los conceptos de su maestro y siempre solían sentenciar: *magister dixit* (el maestro lo dijo).

Platón señalaba que los libros son como efigies y, para corregir el silencio de estos, se inventó los diálogos platónicos y, cuando algún problema o duda se le presentaba, solía decir: "¿Qué habría pensado Sócrates de esto?", o sea que Sócrates jamás dejó nada escrito y también fue maestro oral.

De Cristo, sabemos que escribió una sola vez en la arena, pero después el mar borró su mensaje, y Buda también fue maestro oral.

En oriente se consideraba que "poner un libro en manos de un ignorante era tan peligroso como poner una espada en manos de un niño", o sea que, en la antigüedad, no se tenía el respeto de hoy por el libro, aunque Alejandro de Macedonia dormía, según él, con dos armas: *la Ilíada* y la espada".

Dentro de las admirables epístolas de Séneca a Lucillo, hay una en la que habla de un individuo muy vanidoso, que tenía en su biblioteca 100 volúmenes. Hoy, en cambio se aprecian las bibliotecas numerosas.

Borges, Jorge Luis, como lo definirían los chafarotes militares de la Argentina, un gran erudito y hombre de letras, decía que de los diversos instrumentos del hombre, el más asombroso es, sin duda, el libro, y concluía: el microscopio y el telescopio son extensiones de la vista, el teléfono es una extensión de la voz, el arado y su espada son extensiones del brazo, pero el libro es otra cosa: el libro es una extensión de la memoria y de la imaginación.

Se dice que los libros más antiguos son los sagrados, el *Corán*, para los musulmanes y estos, a su vez, les decían a los israelitas "la gente del libro", para referirse a la *Biblia* que, concretamente, no son más que los libros sagrados de *Torá* y el *Pentateuco*.

Después, acontece que cada país ha venido siendo representado por libros. Inglaterra eligió a William Shakespeare; Alemania, a Johann Wolfgang Goethe, a quien se considera una de las figuras más altas de las letras universales; Francia viene siendo representada por Víctor Hugo, aunque afirman que este último escritor, en sus grandes escenarios de decoraciones idiomáticas, lo mismo que sus vastas metáforas, no son propias de Francia sino de España.

España es un caso aparte. Pudo ser representada por Lope de Vega, Calderón de la Barca, Francisco de Quevedo, incluso, por Miguel del Valle Inclán, pero no fue así: hoy, lo está por Miguel de Cervantes Saavedra quien, con su *Don Quijote de La Mancha*, que no es más que una sátira de los libros de caballería, logró conquistar el espacio de ser la obra más leída, después de la *Biblia* y el *Corán*.

Sobre el libro se ha escrito mucho. Emerson decía que la lectura no es más que una forma de la alegría y que, si leemos algo con dificultad, es porque su autor ha fracasado, y se concreta en afirmar que un libro no debe requerir esfuerzo para leerlo. Confirma,

además, que releer es más importante que leer, salvo que, para hacerlo, es necesario haber leído.

Personalmente, tenemos ese culto por el libro. Seguimos comprando y llenando la casa de libros. Vemos, entre ellos y nosotros, una amistosa cooperación.

El libro es una posibilidad de felicidad que tenemos los hombres.

Heráclito decía que los libros están repletos de pasado. Esto es muy cierto: si leemos un libro antiguo, es como si viviéramos todo el tiempo que ha transcurrido desde que fue escrito hasta nuestros días.

Nuestra biblioteca es un gabinete mágico, es encantador, como el computador. Allí, reposan los mejores espíritus de la humanidad. Los abrimos, salieron de su silencio, se despertaron y nos contaron todo lo que estamos escribiendo.

Sobre el lector y el escritor

Hemos vuelto a considerar la importancia de continuar escribiendo sobre el libro, pero esta vez nos limitaremos al lector y al escritor.

Existen muchos conceptos sobre lo que significa leer, especialmente, en esta época, que es también de la informática, la cual ha traído consigo la lectura rápida y ha degradado el hábito de leer. Las universidades se han transformado en institutos politécnicos, que les dan todo trillado a los alumnos, devaluando implícitamente las posibilidades de la lectura y, por consiguiente, del pensar.

Hoy, nuestros universitarios adquieren el conocimiento a través de contextos escritos y diseñados por pedagogos especializados en toda clase de programas, lo que ocasiona que se pierda la pasión por la lectura y la investigación.

He aquí algunos conceptos de connotados escritores sobre el arte de escribir.

Empecemos con F. M. Dostoievski: "Cuando tú estás desarrollando una escena y tachas aquí y pones allá, siempre sale ganando la escena. Solo hay que tener inspiración, porque sin ella no se podrá hacer nada, pues todos los que escribimos de un tirón estamos dejando todavía verde la obra. Como ejemplo, tenemos a Gogol, que se demoró ocho años para escribir y corregir *Las almas muertas*.

"El escritor debe crear su propio estilo, para que sus lectores se familiaricen con él". Ernest Hemingway.

"El creador y el editor deben dormir en camas separadas". Judith Guess, narradora.

"Las palabras constituyen la droga más potente que hubiese inventado la humanidad". Rudyard Kipling.

"Para mí, el mayor placer de la escritura no es tanto el tema que se trate, sino el arrullo musical que dejan las palabras". Truman Capote.

"Escribir con sencillez es tan difícil como escribir bien". W. Somerset Maughan.

"Me llevó quince años descubrir que no tengo talento para escribir, pero no pude dejar de hacerlo, pues, para ese entonces, ya era demasiado famoso". Robert Benchley.

"La vida es muy traicionera, y cada uno se las ingenia para mantener a raya el horror, la tristeza y la soledad. Yo lo hago con mis libros".

Arturo Pérez Reverte.

"La cosa que tengas que decir dila y escríbela". Robert Graves.

"Una historia escrita funciona cuando contiene bombas de tiempo, dispuestas a estallar en la próxima página". Gordon R. Dickson.

"Un escritor de novela debe hacerlo como si estuviese perdido entre la multitud, observando el fin del género humano que, incluso, en el último, sangrante o moribundo de los atardeceres, tras resonar el postrer tañido del destino sobre la última y fatua roca, ahí posada y sin marca, prevalezca todavía la voz del hombre.

"Escribir estas cosas es deber del poeta y del escritor, como un privilegio de ayudar al hombre a resistir su propia existencia. A veces, la voz del poeta no necesita ser solamente un testimonio del hombre: puede constituirse en un puntal que le ayude a subsistir y a ubicarse por encima de las arideces". Estas fueron las palabras tristes y melancólicas de William Faulkner, el día en que recibió, en 1950, el Premio Nobel de Literatura.

"Yo no soy más que un desafortunado estudiante de Periodismo, colado entre los literatos, al que invitan, cada rato, a la amurallada Cartagena, para participar en mediáticos eventos literarios". Gabriel García Márquez.

"La lectura es un ejercicio que exige entrega en cuerpo y alma. Para leer, el hombre debe estar despojado de prisas y afanes, tener carácter de vaca para poder rumiar lo que se lee". F. Nietzsche.

El guatemalteco Augusto Monterroso, ganador del Premio Juan Rulfo y candidato al Nobel con su obra *Lo demás es silencio*, al escribir artículos satíricos sobre el gremio de los escritores, recomendaba: "Cuando tengas algo que decir, dilo y, si no también. No escribas nunca para tus contemporáneos y, mucho menos, para tus antepasados. Hazlo para la posteridad. Ella siempre traerá justicia y reconocimientos".

En literatura no hay nada escrito. Aunque no lo parezca, escribir es un arte; ser escritor es ser artista. El escritor lucha diariamente con el lenguaje y debe ejercitarse día y noche. A veces, nos concentramos tanto, que nos sorprende la madrugada.

Harold Bloom, en su obra *La angustia de las influencias*, manifestaba que muchos escritores se formulaban a sí mismos esta pregunta:

¿cómo se hace para escribir a la sombra de los gigantes?, algo como "¿para qué voy a decir esto sí, seguro, Borges lo haría mejor?".

Marcelo di Marco, autor de *Taller de corte y corrección*, que no es más que una guía para la producción literaria, afirma que, después de escribir un texto, viene la corrección para sacar la maleza, y asegura que, para el proceso de la corrección, es indispensable la visión de otra persona. Todos los escritores, generalmente, tienen a otra persona, que ve sus obras. Kafka tenía a Max Brod, por ejemplo.

En algún momento, uno pierde la objetividad, y la mirada de un coordinador o de un amigo puede cambiarnos el modo de ver las cosas. Hay que tratar de ser humildes y tener conciencia de los errores. Escribir y corregir un cuento no es tarea fácil. Los grandes autores enseñan, a través de sus grandes obras maestras, que el mejor estilo es aquel que expresa las ideas con las palabras más adecuadas, pero, como dijo Hemingway, "Escribir bien es imposible y difícil. Por eso, necesitamos una guía que nos enseñe a cortar y por qué".

Cree en ti, pero no tanto; duda de ti, pero no tanto; cuando sientas duda, cree y cuando creas, no olvides sentir duda. En esto estriba la verdadera filosofía del escritor.

Para iniciar la noble empresa de escribir, tenemos que acudir a modelos, a ejemplos y, si no los encontramos en los escritores contemporáneos, recurrimos al pasado, aunque Nietzsche dice que lo grande del pasado puede opacar el presente y, entonces, "Haríamos que los muertos entierren a los vivos y nos volveríamos escritores anticuarios".

A las redacciones de las grandes editoriales llegan centenares de obras, enviadas por multinacionales del libro y por autores que se costean sus ediciones con mucho sacrificio, sin el apoyo de *marketing* ni de publicidad y nos dejan, a veces, muy gratas sorpresas logrando, además, enrolarse en las corrientes literarias del momento.

Recuerdos de un talentoso escritor

Corría el año de 1821 y, en Rusia, cuarenta millones de campesinos eran maltratados o gobernados con puño de hierro, por un zar acompañado de un grupo de élite, aristocrático y terrateniente.

Fue el 11 de noviembre de ese año cuando, en la fría Moscú, vino al mundo nuestro querido y renombrado escritor Fiódor Mijáilovich Dostoyevski quien, después, fuera uno de los más grandes literatos de la humanidad, supremamente realista, como también lo fue su contemporáneo León Tolstói.

Queremos hacer una remembranza un poquito pormenorizada de lo que fue la vida y la obra de este gran hombre de letras.

Los biógrafos nos dicen que su padre, además de ser médico, era un terrateniente, duro de carácter, tremendamente irascible y que formaba parte de las clases sociales más altas y adineradas de la antigua Moscú.

Fuera del trato cruel que le infligiera su padre, Fiódor adolescente empezó su calvario. Tenía 15 años cuando falleció su madre y, en la primavera de 1839, cuando el joven solamente frisaba los 19, su progenitor fue asesinado por un grupo de campesinos, que se rebelaron contra él.

Una terrible diferenciación de clases imperaba en la Rusia de entonces, y ahí fue cuando Dostoievski empezó a analizar al hombre, y llegó a la conclusión de que "el ser humano es un misterio, poseedor de una trágica alma humana, llena de conflictos personales". Se inició como escritor y, en la década de los 40, escribió *Pobres gentes,* la cual lo convirtió en una celebridad. Muchas organizaciones campesinas empezaron a llamarlo para intercambiar criterios, corriente ideológica que lo fue conduciendo hacia el pensamiento socialista.

Esto hizo que el 23 de abril de 1849 las tropas del zar lo apresaran, con cargos de incitación a la rebelión y, cuando llevaba 11 meses de prisión, fue sacado en compañía de otros 12 prisioneros ante el pelotón de fusilamiento en la plaza Smirnoff, pero, cuando los soldados se disponían a dispararles a los primeros tres condenados anteriores a Fiódor, entró un mensajero con el mensaje de que el zar les conmutaba la pena de muerte por trabajos forzados en Siberia.

Allí, habitando en una inmunda barraca, sucia, sórdida y maloliente, le tocó convivir con 40 reos, delincuentes de verdad, la mayoría asesinos y ladrones, de los cuales el escritor dijo en sus obras: "Aquí, los presos huelen como cerdos, y somos obligados a actuar como cerdos".

Como Fiódor poseía una profunda concepción cristiana, descubrió, en aquellos hombres de dura coraza, algunos rasgos de humanidad y llegó a concluir que "el paso imprescindible para trascender la espiritualidad era el sufrimiento".

Convivió con más asesinos que cualquier otro escritor.

Durante su estadía en Siberia, empezó a sufrir de epilepsia y, al cumplir cuatro años de trabajos forzados, fue absuelto. Tenía, nuestro querido escritor, 37 años de edad, cuando le ocurrió algo extraordinario en su vida: se enamoró de una mujer que padecía de tuberculosis, María Dimitrievna, viuda de un profesor, con la que contrajo matrimonio en 1859. En esa ocasión, expresó: "Hacemos muy buena pareja: ella tuberculosa y yo, pobre y enfermo de epilepsia".

Regresó a San Petersburgo, libre y felizmente casado. Allí, residió un tiempo, hasta que le tocó salir huyendo del acoso de los acreedores y, en 1862, se dedicó a viajar por las grandes capitales europeas. Empezó a relacionarse con distinguidas e inteligentes damas. Conoció a Paulina Suslova, incesantemente deseable, como lo expresaba él; se enganchó con ella, pero encontró que era apasionada, exigente, frívola, mezquina y dominante.

Esta lo envió a conseguir dinero y, él, profundamente enamorado, se encerró en un garito de juegos de azar, a practicar lo que había aprendido estando preso: la ruleta rusa. Allí, permaneció por espacio de cinco días, recogió sus humildes ganancias y fue a encontrarse con ella, pero Paulina se cansó de esperarlo en París, y lo abandonó fugándose con un joven amante español.

Aceptando su mala fortuna, como fuente de inspiración creativa, volvió con su enferma esposa, complementó sus pensamientos para empezar a escribir y fue cuando publicó su obra *El jugador*, impresionante relato sobre los marginados y los desadaptados.

A sus 42 años, regresó a San Petersburgo. Su esposa estaba a punto de morir, lo que hizo que Fiódor, deprimido y abatido por esa problemática vida familiar, tuvo que soportar largas e insomnes noches, tomando café, cuidándola y escribiendo. Así empezó a diseñar *Memorias del subsuelo*, con tan extraña coincidencia que, al terminar de redactar el último capítulo, ella emitió el último suspiro.

Acobardado por la soledad y la enfermedad de su esposa, alcanzó a dejar plasmado en sus memorias: "En esta ciudad, todo el mundo está solo. Hemos nacido muertos, en una ciudad sin corazón y con sus calles infestadas de peligros".

Le gustaba dejar, en sus obras, la maldad, la tragedia y la fealdad de las pesadillas que acechan a las ciudades. Después, inició una de sus obras cumbre, *Crimen y castigo*, la cual es cargada del caos ocasional que ocurre en la vida de Dostoievski. Aquí, relata la historia de Raskolnikov, un asesino que pelea con su conciencia.

En 1863, se dio a la tarea de publicar una emisión mensual, que llamó *Diario de un escritor*, en la cual moldeaba la sociedad, de forma clara, franca y, en su ironía antisemita, hablaba de "detestables judíos que habían invadido a Rusia".

Finalmente, a los 60 años de edad y cuando Rusia se encontraba al borde de una revolución, salió a la luz su última obra, *Los hermanos Karamazov*, y el 9 de febrero de 1881, le dijo a su segunda esposa, la taquígrafa Ana Snitkina, que leyera *la Biblia* y, justamente antes de la medianoche, una convulsión epiléptica le produjo una hemorragia interna, que le causó la muerte.

Se dice que, en sus obras, él explora todas las profundidades del alma humana y las dejó plasmadas para la historia con todo su entramado psicológico. Una vez dijo, de sus esposas, que "a ellas las consideraba como las hijas del caos". Nos enseñó cómo el hombre puede entrar en guerra consigo mismo.

Escuchando una tertulia radial sobre este autor, uno de los foristas expresaba que sus novelas nos golpeaban con la contundencia de una tonelada de ladrillos.

Al parecer, este genio de la literatura universal, incansable con su pluma, pasó la mayor parte de su vida escribiendo, dejando para la posteridad, entre sus obras más importantes, *Los hermanos Karamazov*, 1879; *El sueño de un hombre ridículo*, 1880; *Diario de un escritor,* 1876; *El eterno adolescente*, 1875; *El eterno marido*,

1870; *El jugador*, 1867; *Crimen y castigo*, 1866, *Humillados y ofendidos*, 1861; *Pobres gentes*, 1846; *Prokharchin*, 1846, más un sinnúmero de cuentos, ensayos y majestuosas cartas, como *La mansa, La tímida, Bobok, Los demonios, El cocodrilo, Un trance desagradable, Stephanshikovo y sus habitantes, La mujer de otro, El ladrón honrado, Un árbol de Navidad y su boda, Novela en nueve cartas, El doble* y otros.

Y se nos fue Saramago

El 18 de junio de 2010, este talentoso escritor abordó el barco sin regreso, pero nos dejó su inolvidable huella humanista con la que caracterizó sus obras.

Heredero de dos culturas -la portuguesa y la española-, nació en la aldea de Azinhaga de Ribatejo, Portugal, el 16 de noviembre de 1922, donde, él mismo decía que caminaba descalzo por los campos; además, montaba y desmontaba motores de automóviles, calculaba subsidios de jubilación y de enfermedad, ayudaba a empastar libros, hasta el día en que se decidió a escribir los suyos.

Posteriormente, se trasladó con su esposa, Pilar del Río, a la desértica isla de Lanzarote, España, donde se dedicó por entero a la literatura y, empezando la década de los 70, se inició como escritor.

Tras su fallecimiento, el mundo de la cultura, la política y la sociedad internacional se encontró profundamente consternada. Su marcada posición de izquierda y las constantes críticas a la Iglesia católica le generaron muchas controversias.

Sus obras, *Ensayo sobre la ceguera* y *Caín* -la más reciente-, que volvió a generar la reacción del catolicismo, llenó los espacios de televisión y radio portuguesas, en homenajes a su memoria.

Vivió como escribió, lúcido e íntegro, como fueron los días de su vida, poseedor de firmes convicciones, siempre al lado de los que sufren y en contra de los que hacen sufrir.

En una de sus conferencias, después de haber recibido tantos títulos *honoris causa*, se limitó a decir, con su habitual modestia: "Yo no he inventado nada; solo soy alguien que, al escribir, se limita a levantar una piedra y a poner la vista en lo que hay debajo. No es culpa mía si, de vez en cuando, me salen monstruos".

Rompió en sollozos, cuando escuchó que había sido citado por el exdiputado Sigifredo López, en la rueda de prensa que ofreció, tras haber sido liberado por las Farc, en febrero del 2009.

Recibió el Premio Nobel de Literatura, en 1998, lo mismo que numerosos títulos *honoris causa*, de Universidades de Italia, Portugal, España y América Latina.

Tras su fallecimiento, hubo expresiones de despedida del Nobel de Literatura de 1997, Darío Fo, del príncipe de Asturias en ese entonces -hoy rey de España-, de Álvaro Mutis, del escritor uruguayo Eduardo Galeano y del director de cine Fernando Meirelles, que llevó a la pantalla su obra *Ensayo sobre la ceguera*.

En su juventud, lo llevaron dos veces a misa pero, cuenta él que nunca creyó lo que pasaba allí. Fue entonces cuando se declaró ateo confeso. Manifestó, además, que nunca había conocido lo que se llama crisis religiosa.

Afirmaba que Fiódor Dostoievski, en *Los hermanos Karamazov,* sembró algo emblemático: "Si Dios no existe, todo está permitido, es decir, que si Dios no existe, el mal invadirá la vida humana", lo cual consideraba como absolutamente falso.

"No se puede afirmar que, cuando he hecho mal a alguien, es por el hecho de no creer en Dios. Si deseo hacer daño y no lo hago, no es porque Dios me tome del brazo para que no lo haga: es la conciencia interior propia. Está en tu naturaleza que no puedes hacerlo. En este sentido, digo que soy ateo, pero no mala persona".

A la pregunta que le hiciera un periodista del diario *La Razón*, de Puerto Rico, de por qué se proclamaba ateo, si la religión es el tema fundamental de su obra, contestó: "Presumo estar muy atento de lo que acontece a mi alrededor. Una de las cosas que están ahí es la religión. Por el hecho de ser ateo, no puedo decir que la religión no me interese. Si no fuera por eso, no habría escrito El Evangelio, según Jesucristo. Mi guerra no es contra la religión: es contra la institución. Yo escribí, en algún lugar, lo que el lobo le dijo a San Francisco: 'Puedes llamarme hermano lobo, pero no me pidas que llame hermana a la oveja'. Es la otra perspectiva del lobo".

-Su trabajo como escritor está unido a un compromiso de denuncia social. ¿Cuál es su filosofía en este sentido?

-Que no cambiaremos la vida, si no cambiamos la nuestra, empezando por el respeto humano, seguido de un sentimiento de bondad. Hoy en día, la bondad se convirtió en algo risible: para la gente, el ser bueno es ser tonto.

En *El Evangelio, según Jesucristo*, Saramago miró lo que está por detrás y, al final, son los hombres los que dicen: "Perdónalo, porque no sabe lo que ha hecho". Dios no sabe lo que ha hecho. Si Dios pudiera recrear los hechos desde el principio de la creación, hasta el día de hoy, tendría que llegar a una sola conclusión: "No ha merecido la pena". Los seres humanos no nos merecemos la vida. Es la visión más pesimista que uno puede imaginar, y es mi convicción más profunda.

En un momento determinado, en la historia de la humanidad, no sé cuándo ni cómo llegamos hasta aquí. Nos equivocamos. Es el evangelio de la desesperanza. Resumo todo mi sentir en dos palabras: 'Estamos atrapados'. Lo digo hoy, por primera vez en mi vida, y estoy muy consciente de lo que estoy diciendo. Estamos atrapados, no tenemos salida, no hay salida".

En otra entrevista, realizada en La Habana, por Rosa Emilia Elizalde, el 19 de julio de 2005, cuando hacía el lanzamiento de su obra El Evangelio según Jesucristo, allí, la periodista le formuló esta pregunta: "Supongo que usted es un hombre muy enamorado. ¿Los diálogos de Jesús y de María Magdalena son muy apasionados?" Contestó: "Pilar y yo llevamos 19 años de casados. Se viven más años si uno está feliz, si uno está bien con la persona que vive, si se comprenden una al otro y se tiene muy claro que la felicidad, para que dure, hay que defenderla porque, si no, se cae en la rutina, en lo cotidiano. Es allí cuando empieza a perderse la felicidad".

Se vinculó al Partido Comunista en 1969, cuando tenía 39 años. Dice que, cuando la figura del Che llegó como una moda, se transformó al Che en un ícono. Las izquierdas de todo el mundo siguieron al Che y a la revolución cubana, como si fueran modas y, cuando el tiempo pasó y el Che ya había muerto, esa especie de aurora fue decayendo. La gente empezó a considerar el movimiento sin importancia. Fue cuando llegué a la conclusión de que la inestabilidad de las ideologías se debe a que, a veces, estimamos más lo superficial que lo profundo.

-En abril, usted firmó un llamamiento de intelectuales del mundo, que denunciaba las maniobras de los Estados Unidos contra Corea, en Ginebra. Ahí, se decía que los Estados Unidos no tenían autoridad moral para erigirse en jueces de los derechos humanos en Cuba.

-Absolutamente cierto. He tenido dos desprendimientos de retina y dos cataratas. Yo sé muy bien qué es todo esto. Si me hubiera ocurrido a principios del siglo pasado, estaría ciego. Muchísima gente está ciega, y podrían dejar de estarlo, si hicieran lo que Cuba con la Operación milagro, en la cual, este año, fueron operadas más de cien mil personas, que no tenían la esperanza de recuperar la visión.

Conocí, en Cuba, la Escuela Latinoamericana de Ciencias Médicas. También sentí una emoción inmensa. Allí, vi a chicos y chicas de Latinoamérica, del África, incluso, de los Estados Unidos, que estudiaban para servirle a la humanidad. Esas cosas no se encuentran con frecuencia.

Es increíble que el más puro, el más auténtico, el más desinteresado movimiento de solidaridad venga, precisamente, de uno de los países más desprotegidos, más pobres. Podríamos decir que Cuba es un foco de solidaridad internacionalista.

Cita a Noam Chomsky, cuando dice que "Cuba es, probablemente, el blanco de más terrorismo de todos los países del mundo".

El caso de Posada Carriles, como el de Bin Laden, es paradigmático. Los monstruos de la CIA terminaron practicando alegremente lo que aprendieron de sus maestros.

¿Qué dice usted al respecto?

-Los Estados Unidos están tratando de impedir que Posada Carriles hable. Jamás lo extraditarán a Venezuela y, si la situación se complica y si la presión internacional actúa sobre los Estados Unidos, para que cumplan la ley, no es raro que aparezca un loco y lo mate, en el momento en que el terrorista esté siendo trasladado de un lugar a otro.

En América Latina, hay países que, de alguna forma, optaron por la autodeterminación después de una anterior dependencia, casi canina, de los Estados Unidos.

-La decisión de la Argentina de anular dos leyes que consagraban la impunidad a los crímenes de la dictadura militar, ¿cómo la considera usted?

Esas leyes trataban de ignorar que en la Argentina hay muchos criminales impunes, incluso, activos en el ejército, pues muchos países de la región han pasado por situaciones similares, y va a ser muy difícil que, ante ese ejemplo de las instituciones, los partidos y los ciudadanos de ese país y otros Estados de Latinoamérica queden indiferentes.

Vivimos en un mundo que no tiene conciencia de sí mismo y, si alguna vez lo de la Argentina entra en la conciencia de los latinoamericanos, va a ser muy difícil detener esa ola, que será la alborada para borrar todos los criminales de guerra del continente, incluyendo a criminales como Posada Carriles.

- ¿Es cierto que usted ha decidido no viajar a los Estados Unidos ni siquiera a recibir un premio?

-Ni premio ni doctorado *honoris causa* ni presentación de libros. No estoy dispuesto a ser humillado por la policía de ese país. La fisonomía fascista de los Estados Unidos no me gusta. Es clarísimo que los Estados Unidos se están preparando para la tercera guerra mundial. No se sabe si reviente contra la China, pues hay bases norteamericanas en Uzbekistán.

El Che, en su discurso ante la ONU, en 1984 dijo: "Nuestros ojos libres, hoy, son capaces de ver lo que nuestra condición de esclavos

de ayer nos impedía observar: que la civilización occidental esconde, bajo su vistosa fachada, un cuadro de hienas y chacales".

Saramago continuaba que, aunque las palabras hiena o chacal suenen demasiado fuertes a oídos insensibles, pensándolo bien, pobres hienas y pobres chacales, que no tienen ninguna culpa de lo que hacen los dueños del mundo. La hiena no mata, la hiena aprovecha lo que está muerto, y nosotros matamos y, no solo matamos, sino que aprovechamos lo que está muerto si nos conviene y, si no nos conviene, lo tiramos a la basura, sea una cosa o persona humana. ¿Habrá algo más detestable que eso?

Uno de los grandes males que tiene nuestra época es que no tenemos ideas, los políticos de izquierda no se dan cuenta de una realidad, la derecha no necesita ideas, pero la izquierda no va a ninguna parte si no las tiene.

Sartre describía, en *La razón dialéctica* que, cuando el individuo sustituye totalmente sus intereses personales por el destino del grupo, él miraba, profundamente, el momento en que el pueblo francés se lanzó a la toma de la Bastilla. ¿Habrá posibilidades de que una fusión de esa naturaleza acontezca en la actualidad?

Creo que debemos plantearnos una fusión tal en la que se diluya completamente el ser individual, aunque aspiramos a que el ser humano no deje de tener conciencia y responsabilidades colectivas. Tampoco vamos a convertirnos todos en misioneros laicos: las personas tienen su propia vida, el derecho a su pequeño gran egoísmo personal, incluso, compartirlo con los demás, compartirlo en el sentido de que todo lo que tú quieres para ti también tienes que desearlo para el otro.

- ¿En toda su obra, el ser humano está en el centro de todas las cosas?

-Sí, aunque no hay nada en el planeta que pueda decirse que está en el centro de todas las cosas. Para estar en el centro, se necesita poder rodear, pasar la mirada; son también el entendimiento, la inteligencia, la sensibilidad, y nosotros somos los únicos que podemos hacerlo. No es que estemos en el centro de las cosas, porque seamos la cosa más importante que una vez existió y existirá en el universo; al contrario, un día todo esto se acabará.

En el centro de la vía Láctea hay un agujero negro, que va absorbiendo materia y luz. Ese será nuestro destino probable en millones de años, si antes el Sol no se apaga. Se necesitará ser muy vanidoso para seguir pensando en que uno está en el centro del universo. Ahora, en el mundo de lo inteligible, de lo que se puede entender y comprender, nosotros somos los únicos que podemos tener una visión del universo. La abeja no puede, el mosquito no puede, el chacal no puede… nadie puede, solo nosotros y, en ese sentido, sí somos el centro, pero es un centro que tiene que ser responsable de sí mismo y muy responsable con los demás.

Este escritor nos iluminó con su conocimiento, a través de sus largas y extenuantes entrevistas, a las cuales respondía con la lucidez propia de un sabio.

Dejó, entre sus obras, *Cuadernos de Lanzarote*, recopilaciones de 1993-1995 y de 1996-1997; *Poemas posibles*, 1968; *Los cinco sentidos*, 1979; *Tierra de pecado*, 1947; *Levantado del suelo*, 1980; *El año de la muerte de Ricardo Reis*, 1984; *La balsa de piedra*, 1986; *El Evangelio, según Jesucristo*, 1991; *Ensayo sobre la ceguera*, 1995; *Todos los nombres*, 1997; *La caverna*, 2000; *El hombre duplicado*, 2002; *Ensayo sobre la lucidez*, 2004; *Las intermitencias de la muerte*, 2005; *Las pequeñas memorias*, 2006; *El viaje del elefante*, 2008; *El cuaderno, una recopilación de su blog* 2009 y *Caín*, su última novela, publicada en 2009.

La maldición de la tumba
de Shakespeare

Al escribir Borges sobre Shakespeare, lo consideraba muy educado, hiperbólico, excesivo, esplendoroso y de filiación muy religiosa, y el escritor Ben Jonson decía que él no pertenecía a una sola época, sino a la eternidad.

Creemos que, por eso, después de 400 años de su muerte, releemos sus obras o las vemos representadas en el teatro y, desde su lugar de descanso eterno, nos impresiona su advertencia lapidaria.

Se encuentra enterrado en la iglesia donde fuera bautizado, en la Holy Trinity Church, de Stratford-upon-Avon y en su epitafio encontramos: "Buen amigo, por Jesús, abstente de cavar en el polvo aquí encerrado. Bendito sea el hombre que respete estas piedras y maldito el que remueva mis huesos".

Con el contenido de ese epitafio, se protegerán sus huesos hasta de la más leve de las miradas, dicen sus biógrafos.

Una antigua leyenda afirma que, en su tumba, se encuentran las obras inéditas, que se sabe que él escribió, durante lo que llamó "sus años perdidos", pero que no han llegado a nuestros días.

Algunos biógrafos dicen que su padre fue un próspero comerciante y que su madre, Mary Arden, descendía de una familia de abolengo, pero otros señalan que sus padres e hijos eran analfabetos y que el escritor asistía a una escuela local, donde aprendió a leer, a escribir y el latín.

Otros indicios apuntan a que su familia era de origen humilde y analfabeta, en gran parte. Su verdadera profesión era la de actor.

Según cuenta el historiador y arqueólogo Philip Schwyzer, el genial autor sentía horror por la idea de ser exhumado o que movieran sus restos por cualquier motivo. Por eso, con este plumazo, quiso eliminar cualquier intento de profanar su tumba.

A veces, surgen propuestas que hablan de exhumar lo que queda de su cuerpo para investigar las causas de su muerte y también para esclarecer la leyenda que existe de que, con su cuerpo, se enterraron los manuscritos, incluso, obras sin terminar, que quedaron pendientes.

Una página de internet, llamada *Sobre leyendas*, afirma que, tarde o temprano, descubriremos si la maldición sigue viva o no. Es cuestión de tiempo.

Maldiciones similares existieron, según historiadores, sobre las tumbas de Tutankamón y del Libertador Simón Bolívar.

Cuando se produjo la profanación de la tumba de Tutankamón, quien pagó esa exploración, lord Carnarvon, 10 meses después fue picado por un mosquito, debajo del lóbulo derecho. Esa picadura le infectó la garganta, el oído interno y el pulmón derecho y le dio pulmonía, además de una terrible agonía, plagada de fuertes dolores y deformaciones físicas, que incluían la caída de todos los dientes.

La inscripción en la cripta era: "La muerte vendrá con alas ligeras sobre todo aquel que se atreva a violar esta tumba". La extraña coincidencia es que, cuando le quitaron la mortaja al faraón, le encontraron una hendidura en el cráneo, debajo del lóbulo derecho, el mismo sitio de la picadura de Carnarvon. Después, Carter, el arqueólogo que abrió la tumba, al regresar a Londres y al prepararse para tomar un baño, cayó muerto, en forma fulminante, al piso de su habitación. Seguidamente, los 21 trabajadores que participaron en la excavación murieron prontamente y en circunstancias muy extrañas.

Igualmente, ocurrió con la tumba del Libertador Simón Bolívar.

Historiadores afirman que, después de escribir su última proclama, redactó su epitafio, que decía: "Todo aquel que profane mi tumba tendrá duros sufrimientos, y sus seguidores morirán en lotes".

Extrañamente, el presidente Hugo Chávez, que autorizó la exhumación de los restos mortales, resultó afectado de cáncer a los pocos días de haber ordenado abrir la tumba.

Juzguen, ustedes, sobre estos extraños acontecimientos.

Capítulo V
Filosofía

Sabias consideraciones
de Cicerón y Séneca

Cicerón opinaba que solamente existe el sumo bien o el sumo mal y afirmaba que, a un filósofo, no le quedaba bien considerar que la concupiscencia se pudiera moderar, al igual que era absurdo pensar que un hombre es avaro, pero con moderación y referirse al adúltero diciendo que este lo es, pero moderadamente. Juzgamos, de acuerdo con el criterio de los sentidos, dulce o amargo, blando o áspero, cerca o lejos, en pie o en movimiento, cuadrado o redondo, y concluye: "¿Qué sentencia pronunciará, pues, la razón?".

Así como el caballo nació para correr, el buey para arar y el perro para olfatear, así el hombre, como dice Aristóteles, nació para dos cosas: para entender y para obrar, semejante todo a un Dios inmortal.

Cicerón decía que muchos filósofos, por el contrario, opinaban que ese divino animal, llamado hombre, había nacido para la gula y para el deleite de la procreación, que proporciona esa dulce satisfacción del cuerpo, como si fuera una bestia torpe y lánguida, opinión que para él era, desde todo punto de vista, absurda.

Es obligatorio distinguir entre lo que es "una excelente salud y una gravísima enfermedad" y no tratar de señalar que no hay, entre ellas, ninguna diferencia.

Platón le escribió al senador Arquitas: "Conozca que no ha nacido para sí solo, sino para la patria y para los suyos. Un alma noble y excelsa huye de la temeridad y no ofende a nadie con acciones protervas; además, teme hacer o decir algo que parezca poco varonil. ¡Qué cosa más torpe que depender, la vida del sabio, del parecer de los ignorantes! No todo es honesto, porque cuente con el aura

popular". "Yo diría, afirma Cicerón: No todo lo que cuente con el beneplácito popular puede llegar a ser honesto".

En su obra *La república*, publicada el 51 a. de C., Cicerón exponía su pensamiento político, hablaba de un cónsul romano que concertó, con los habitantes de Numancia, una paz desventajosa para Roma.

Luego, el Senado lo llamó Malvado Astuto, y lo condenó después al destierro.

Esa personalidad la describía el filósofo como un hombre que hablaba, para que el vulgo profano lo aplaudiera, y agregaba que este falso personaje gozaba de un excelente color, íntegra su salud y era muy grande su cortesía.

Aunque el sabio pudiera ser desdichado, me guardaría yo mucho de tener en gran precio esta gloriosa y memorable virtud.

Como todo tiene su fundamento en la naturaleza, necesario es que de ella proceda también la misma sabiduría y, como así mismo sucede, que como llegamos a apreciar más al recomendado y olvidamos a aquel que nos lo recomendó, no es de admirar que, habiéndonos puesto la naturaleza en manos de la sabiduría, lleguemos, luego, a estimar la sabiduría más que a la misma naturaleza.

Solo la sabiduría es plena y perfecta en sí misma, lo cual no sucede con las demás artes. Todo lo que procede del hombre sabio debe ser perfecto en todas sus partes y, así como es pecado hacer traición a la patria, afrentar a los padres, robar los templos y otras mil acciones, así también lo son el temor, la tristeza y la liviandad.

Las perturbaciones de ánimo que hacen miserable y acervan la vida de los ignorantes son llamadas, por los griegos, pasión, y nosotros las llamaríamos enfermedad. Se consideran perturbaciones, porque no son más que un afecto vicioso. ¿Quién puede tolerar a un hombre que vive impura y afrentosamente? "Nunca he podido apreciar a los hombres sórdidos, vanos, ligeros y fútiles".

Así como las leyes anteponen la salud de todos a la de cada uno, así, el varón bueno, sabio, obediente de las leyes y no ignorante del deber civil debe atender más la salud de todos, que la de cada uno o la suya propia. Es igual de vituperable el traidor a la patria, como el que abandona la común utilidad por la suya propia. El hombre está ligado, por los vínculos del derecho, pero ningún derecho cabe entre los hombres y las bestias.

Es tal la naturaleza del hombre, que está unido a todo el resto del género humano por el Derecho Civil. Por esta razón, el que lo conserve será justo y el que lo quebrante será injusto.

Sila, que no supo regirse a sí mismo ni a los suyos, se declaró dictador y dueño del pueblo romano y fue siervo de tres pestilentes vicios: la lujuria, la avaricia y la crueldad.

Se concluye que, justamente, todas las cosas buenas son de sabios, porque son los únicos que hacen buen uso de ellas. Las llamaremos hermosas, porque las líneas del alma son más hermosas que las del cuerpo, y las llamaremos libres, porque no obedecen al dominio de nadie, ni siquiera al de sus propias pasiones, y las llamaremos invictas, porque su cuerpo puede ser encadenado, pero su alma tiene la capacidad de llegar feliz a las hogueras preparadas por Ciro.

¿Qué cosa habrá más adorable que la Filosofía o cual más divina que la virtud?

Después de esta gran caminata con Cicerón, llegamos a Séneca, que no difería mucho del pensamiento filosófico anterior.

Séneca consideraba que, entre los hombres buenos y lo divino, existe una gran amistad mediante la virtud, más aún, cierta familiaridad y semejanza. Dios no tiene en delicia al hombre bueno: lo prueba, lo endurece y lo prepara para sí.Pesado es ser precedido de honores por los más viles. Sócrates bebió la poción, mezclada con el veneno y preparada por el verdugo como bebida de inmortalidad y disputó, hasta la muerte, la muerte misma.

Platón cuenta cómo Sócrates habló de la inmortalidad del alma, hasta que se bebió la copa de cicuta.

Ser siempre feliz y pasar la vida sin ninguna mordedura en el alma es ignorar la otra mitad de la naturaleza.

Te juzgo desgraciado, porque nunca fuiste desgraciado. "Pasaste la vida sin un adversario. Nadie sabrá cuál era tu fuerza ni siquiera tú mismo".

Admitía que todos esos que andan con toga y púrpura, como si estuvieran buenos, son enfermos con colores de sanos.

A los sabios, jamás les afectarán las injurias, los daños y los dolores, las ignominias, los cambios de lugar, las orfandades, las separaciones y ni los ataques de sus enemigos los entristecerán: serán superiores a todo esto.

Haz de conocer al piloto en la tempestad y al soldado en el combate.

¿Cómo puedo saber el ánimo que tengas para soportar la pobreza, si abundas en riquezas?

"La parte más fuerte del cuerpo es la más trabajada por el frecuente ejercicio".

Los estoicos admitían que la materia origen del mal condiciona la actividad divina, eso mismo que se llama morir, por lo que el alma se separa del cuerpo. Es tan breve, que no se puede sentir tanta velocidad, ya sea que un nudo apriete la garganta, ya sea que el agua impida la respiración, ya sea que la dureza del suelo quebrante la cabeza al caer o que, sorbiendo el humo del fuego, te interrumpa el curso del aliento. Sea como fuere, la muerte es rápida. No os avergoncéis, porque tanto tiempo tenemos, lo que tan pronto se hace.

Así como las cosas celestiales escapan de las manos humanas y ningún daño padece la divinidad de los que destruyen los templos y funden las estatuas, del mismo modo cuanto se hace contra el sabio por maldad, petulancia o soberbia, queda frustrado, aunque sería mejor "que nadie quisiera injuriarlo".

Las fuerzas de un hombre sabio deben ser iguales a las de un general. La fuerza de un jefe militar en armas y en hombres es su tranquila seguridad con que da órdenes, en tierra de los enemigos.

Por los comentarios anteriores, podemos apreciar que estos dos filósofos tenían una similar forma de pensar, como lo dejó plasmado Séneca en su obra *De la tranquilidad del ánimo y del ocio*, en la cual refleja una respetuosa devoción por Marco Poncio Catón el Joven, al cual, en forma permanente cita como un gran ejemplo de la virtud estoica y quien, además, fue asesinado por orden del triunvirato conformado por César, Pompeyo y Craso.

Filosofemos un poco

"Los filósofos no han hecho más que interpretar al mundo, pero de lo que se trata ahora es de transformarlo". Karl Marx.

"El hombre ha nacido libre y en todas partes está encadenado". Jean Jacques Rousseau (1712-1778).

"El hombre es la medida de todas las cosas". Pitágoras (siglo V, a. de C.).

No sabemos exactamente cuándo empezó la filosofía, aunque, en la tradición occidental, se considera que se originó con los antiguos pensadores griegos, 500 años antes de Cristo.

Los presocráticos. Con este nombre, llamamos a un grupo de filósofos antiguos, que precedieron a Sócrates, y creemos que la más excelsa creación del mundo antiguo fue la extraordinaria filosofía griega, que fue dividida en dos grandes grupos: la escuela de Tales de Mileto y los pitagóricos.

La primera fue conformada por Tales de Mileto, Anaxágoras y Anaxímenes. De Tales de Mileto se dice que fue considerado uno de los siete sabios de Grecia. Afirmaban que era tan sabio, que tuvo la facultad de pronosticar el primer eclipse.

Quien cita mucho a Tales de Mileto es Aristóteles, y afirma que este filósofo sustentaba que el origen de todas las cosas del mundo era el agua, que además de ser alimento para los animales y humedecer las semillas, la Tierra flotaba sobre ella. Tales defendía, además, que la Tierra estaba llena de espíritus y de almas.

Tuvo como discípulos a Pitágoras, Anaximandro, Anaxímenes, Jenófanes, Heráclito, Empédocles, Leucipo, Demócrito, Meliso, Sócrates, Platón, Aristóteles, Epicuro y Lucrecio.

Tales nació en Mileto, antigua Grecia, hoy Turquía, por los años 639-547, a. de C. y, estando estudiando en Egipto, se dice que fue condiscípulo de Solón y Ferécides de Siros. Fue el primero en sostener la inmortalidad del alma, en dar una explicación científica de los eclipses y en dividir el año en estaciones y en 365 días.

Anaxágoras. Sus alumnos fueron el estadista griego Pericles, Arquelao, Protágoras de Abdera, Tucídides, Demócrito y Sócrates. Conocedor de la doctrina de Anaxímenes, Parménides, Zenón y Empédocles, enseñó en Atenas durante 30 años. Exiliado de allí, por sugerir que el Sol era una masa candente y que la Luna era una roca que reflejaba la luz del Sol, marchó a Jonia y se estableció en Lampsaco, colonia de Mileto, donde, según dicen, renunció a la vida y se dejó morir de hambre.

Había nacido en la Grecia antigua, hoy Turquía, 500 a 428 a. de C., y su legado fueron la Filosofía, la Ética, la Moral, la Física y, principalmente, la Cosmología, la Astrología, las Matemáticas y la Geometría.

Empédocles. Empédocles de Agrigento Sicilia, año 495 a. de C., filósofo y político democrático griego, al perder las elecciones, fue desterrado y se dedicó al saber. Su personalidad está envuelta en leyendas, que lo hacen aparecer como mago y profeta, autor de milagros, revelador de verdades ocultas y misterios escondidos. Este filósofo influyó mucho en Aristóteles.

Nació en el seno de una familia ilustre y llegó a ser jefe de la facción democrática de su ciudad natal. Su fama de científico y médico

taumaturgo, unida a su posición social, le permitió ocupar importantes cargos en la vida pública.

Hubo varias versiones en torno de su muerte. La más conocida de todas es aquella según la cual se habría arrojado al volcán Etna, para ser venerado como un dios, por sus conciudadanos. Después de su desaparición, aseguran que en la cima del volcán fue encontrada una de sus sandalias.

Sus escritos son: *Los políticos, Tratado sobre Medicina, Premio a Apolo, Sobre la naturaleza* y *Las purificaciones,* este último, de argumento místico.

En sus obras, se destacan la necesidad y la perennidad del ser, nos habla de las cuatro raíces eternas -fuego, agua, aire y tierra-, los cuatro elementos naturales que, después defendió Aristóteles.

Según Empédocles, el amor tiende a unir los cuatro elementos, como atracción de lo diferente, y el odio actúa como separación de los semejantes. De aquí nace la noción de elementos, y considera el amor y el odio como dos fuerzas cósmicas.

Los cuatro elementos y las dos fuerzas cósmicas, según este filósofo, explican el conocimiento de que lo semejante se conoce con lo semejante y el odio actúa como separación de lo semejante. Las cosas emanan flujos que pasan a través de los poros de los elementos y determinan el contacto y el conocimiento.

Su teoría de la metempsicosis habla de la evolución y transformación de todos los seres y defiende, además, la teoría de la reencarnación. "Yo he sido ya muchacho y muchacha, arbusto, pájaro y pez. Fui habitante del mar". Solamente los hombres que logren purificarse podrán escapar por completo del círculo de los nacimientos y volver a morar entre los dioses.

Los pitagóricos. El segundo grupo importante de la filosofía griega son los pitagóricos, que le deben su nombre al fundador, Pitágoras.

Debido a la conquista persa en el Asia Menor, a finales del siglo VI, el cultivo de la Filosofía se trasladó a Jonia, a la llamada Magna Grecia, que quedaba al sur de Italia y Sicilia.

El grupo llegó a formar la escuela pitagórica, que tuvo mucha relevancia. Tenían sus propias normas, bien originales, incluidas varias prohibiciones y restricciones, no ingerían carnes, no usaban vestidos de lana, no podían recoger lo que se había caído ni atizar el fuego con hierro.

La liga pitagórica tenía, al principio, una orientación anti aristocrática pero, con el paso del tiempo, formaron una agrupación de carácter político. Este cambio produjo una violenta reacción contra ellos, al punto de que fueron perseguidos, sus sedes y sus casas incendiadas y muchos de ellos murieron. Se dice que Pitágoras logró escapar, pero falleció al poco tiempo.

Entre las realizaciones de esa secta, tenemos que se les dio una gran importancia a las matemáticas, que las convirtieron en una ciencia exacta e independiente, relacionaban las matemáticas con la geometría, hicieron estudios y descubrimientos de astronomía, descubrieron la rotación de la Tierra, realizaron estudios muy profundos sobre biología y se ocuparon también del arte de la música.

La escuela pitagórica intenta crear una filosofía que logre explicar el universo, el papel del individuo en el mundo y clasificar, un poco, la vida humana.

Una de sus grandes preocupaciones fue el estudio del alma, con lo que llegó a crear su propia teoría sobre la transmigración o metempsicosis. Pitágoras fue el fundador de esta secta, pero son muy pocos los datos que tenemos sobre su vida. Algunos afirman que vivía en Samos, que luego se estableció en Crotona, ciudad de la Magna Grecia en Italia. Solamente se conoce sobre su nacimiento, que fue entre los años 530 y 515 a. de C. Fue considerado un filósofo muy importante entre los presocráticos. Después, creó su Escuela de Elea.

Se ha especulado que *Los diálogos de Platón* fueron inspirados en un encuentro que tuvo en Atenas con Parménides, cuando este frisaba los 65 años de edad y andaba con su discípulo Zenón de Elea. En ese entonces, Platón era muy joven.

Historiadores griegos afirman que todos los filósofos posteriores en todos sus apartes citan a Parménides. Luego, vino Heráclito, filósofo griego, conocido también como Heráclito el Oscuro, natural de Éfeso, ciudad de Jonia, actualmente Turquía, 535-484 a. de C. De sus obras no se conocen más que fragmentos. Algunos investigadores afirman que pertenecía a la familia real, que fue llamado a ser jefe de la ciudad, pero que renunció para dedicarse por entero a la filosofía. Fue sucesor de Parménides.

Heráclito criticaba y condenaba los ritos y los cultos de la religión del pueblo. Por eso y por su estilo, lo apodaron Heráclito el Oscuro.

La metafísica del filósofo contiene algunas ideas de mucha originalidad. Se refiere al movimiento, al cambio, a la variación de las cosas y sintetiza: "Todo corre, todo fluye, nadie se ha bañado dos veces en el mismo río", porque el río se mantiene, pero el agua siempre será diferente.

Siguiendo este pensamiento, se refiere también al fuego como la verdad menos consistente. Para el fuego, existen elementos que jamás podrá penetrar y que, además, puede ser vencido por el agua. Afirma que la guerra es el origen de todas las cosas; en otras palabras, el conflicto, las luchas, las contrariedades y la discordia son el comienzo de todo en el universo.

Otra de sus teorías sostiene que "es correcto confesar que todas las cosas son una". De esta teoría, Marx extrajo el concepto de sociedad. Al meditar sobre la sabiduría, sostiene que todo lo sabio es neutro y aconseja que debemos seguir lo común. Analicemos esta expresión: "Los que velan tienen un mundo común, pero los que duermen están cada uno en su mundo particular".

En nuestra opinión, esto puede aplicarse a los gobiernos.

El individuo, como integrante del mundo, está sujeto al devenir, o sea, a los movimientos que dé el mundo. El hombre jamás llegará a convertirse en Dios: solamente llegará a filósofo.

Luego, Heráclito llama la atención con esta contradicción: "El hombre es un ser perecedero". El todo fluye, incluso, su ser eterno e inmortal.

Heráclito defendía que la contradicción estaba en el principio de todas las cosas, se lamentaba de que todas las personas vivan relegadas a su propio mundo, incapaces de ver un mundo real, que siempre están engañadas por ideas y por manipuladores inescrupulosos, que hacen del conocimiento una política de arrastre corderil. Decía que había que usar nuestros sentidos y nuestra inteligencia para agregar una actitud crítica e indagadora y que la sola acumulación de saberes no es lo que forma al verdadero sabio.

Esto puede parecer contradictorio, pero Heráclito sostiene que los opuestos no se contradicen, sino que forman una armónica unidad.

Es razonable, entonces, que la otra cara del agua sea el fuego, como él mismo lo estipula en sus fragmentos. La expresión de este filósofo es lapidaria y enigmática. A él se debe la afirmación del devenir y del pensamiento dialéctico.

Platón define la teoría de Heráclito como una negación de la posibilidad del conocimiento: si nada es estable, se niega la posibilidad de un saber definitivo.

Como se puede apreciar, estos temas sobre las dos primeras escuelas de filósofos y las corrientes filosóficas de nuestro tiempo nos llevan a pensar que aún el mundo no ha sido interpretado plenamente.

Reflexiones con Max Weber

Las teorías y los conceptos de este sociólogo alemán, del siglo pasado, siguen cobrando vigencia en este siglo XXI, y un tema muy particular es el relacionado con lo que podríamos denominar "el Estado y la violencia".

Existe, en la actualidad, una relación íntima y peculiar entre estos dos elementos.

Estado es definido como la comunidad humana que, en el ámbito de determinado territorio, requiere exitosamente, como propio, el monopolio de la violencia física legítima. El Estado se nos presenta como la única fuente del "derecho" a la violencia. El que hace política ambiciona el poder, el poder como medio para el logro de otros fines (ideales o egoístas) o el poder "por el poder", para el goce del sentimiento de prestigio proporcionado por el poder.

El Estado es una relación de dominio de unos hombres sobre otros, mantenida por la violencia legítima.

Se necesita, pues, que los dominados "se sometan" a la autoridad que reclaman, como propia, los dominantes del momento.

Dice Weber que antiguos patriarcas o príncipes gozaban de una gracia personal o excepcional, que hacían que ganaran grandes adhesiones. Esto es lo que llamamos carisma. Este poder carismático es practicado, hoy, por grandes gobernantes, surgidos de plebiscitos, por grandes demagogos o por jefes de partidos políticos.

Se da que la obediencia de los adeptos viene condicionada por motivos de esperanza o de miedo a otros muy poderosos.

Las retribuciones al titular del poder son recibir honores y participar del botín, la explotación del gobernado a través del monopolio de los cargos, los beneficios desproporcionados y los placeres de una vanidad satisfecha. El titular del poder tiene, en su favor, la propiedad de los medios de administración, es decir, dinero, edificios, material de guerra, vehículos y muchas otras cosas.

El personal administrativo está separado de los medios de administración, como ocurre en la empresa capitalista, en la cual los obreros y los empleados están separados de los medios materiales de producción.

En las últimas organizaciones, el titular del poder gobierna y dirige, personalmente, la empresa que, en este caso, es el Estado y encarga su administración a servidores personales, funcionarios asalariados, favoritos o confidentes.

Este sistema administrativo se encuentra en todas las organizaciones políticas del pasado.

El señor gobierna con la ayuda de una aristocracia independiente, con la que está obligado a compartir el poder. El señor es, además, servido con la ayuda de capas sociales desposeídas, carentes de honor social propio, que son ligadas a él en lo material, y privadas de la capacidad de formar algún poder competitivo.

Este estilo no es más que el famoso Estado burocrático, cuya configuración más racional aparece, precisamente, en el Estado moderno.

Generalmente, el gran señor se convierte en expropiador de los medios políticos y es de este modo como maneja el poder político.

En conclusión, llegamos al aspecto puramente conceptual de que "el Estado moderno es una agrupación que, con éxito, institucionalmente organiza la dominación y consigue monopolizar, en determinado territorio, la "violencia física", como medio de dominio.

Capítulo VI

Temas varios

Excentricidades de los capos

Era un día cualquiera de diciembre del 2009, cuando 16 camionetas de alta gama y cuatro carros todoterreno, último modelo, con un gran número de hombres armados, llegaban a un pintoresco y lujoso rancho, cercano a Guadalajara México.

En el centro de la sala, se encontraba un personaje cómodamente sentado sobre un sillón que parecía un trono. De su cuello pendía un enorme crucifijo de oro, con incrustaciones de diamantes, esmeraldas y portaba, además, un lujoso collar de santería.

Sobre una mesa contigua, había un fusil AK-47, bañado en oro y, a lado y lado de sus costados, dos peligrosos jefes de tenebrosas organizaciones criminales, lo acompañaban.

Se trataba nada más ni nada menos que del jefe de jefes, a quien otros llamaban el Padrino, dueño de fincas, ranchos, casas de playa y ostentosos yates, que permanecían anclados en Cancún.

Su ocupación era traficar con grandes cargamentos de droga, que se medían en toneladas y cuyo comercio había extendido a los Estados Unidos, Europa y Asia.

En la cocina, de suntuosa construcción, un chef y cuatro auxiliares se ocupaban de la preparación de suculentos y nutritivos platos, dando cumplimiento al menú ordenado por el jefe.

El bar estaba surtido de finos vinos, whisky, tequilas y libras de cocaína para el consumo, además de elegantes y costosas vajillas de cristal de roca, italianas.

Veinticuatro mujeres jóvenes, trabajadoras sexuales, habían sido importadas de la Capital Federal.

La fiesta transcurría normalmente, amenizada por prestigiosos grupos, que se turnaban para interpretar melodiosas canciones y corridos.

A las 3.00 de la mañana, cuando la música alcanzaba su mayor intensidad y el capo se disponía a lanzar billetes de 100 dólares al aire, un miembro de su seguridad irrumpió violentamente y le informó: "Patrón, nos cayeron los federales y son muchos".

Le acompañó la suerte, en ese instante: este hombre de las joyas, ranchos, animales exóticos, palacios y avionetas, salió inmediatamente del lugar y logró escapar.

Pero como, no todas las historias tienen final feliz, una camioneta dorada fue localizada cerca de un pueblo llamado Sonora, con rastros de sangre en los asientos. Después, se comprobó que uno de los pasajeros de ese vehículo había sido impactado por la espalda con una bala expansiva, disparada por las autoridades, cuando se registraba una espectacular persecución.

Quienes lo acompañaban lograron huir y, al efectuarse el levantamiento del cadáver, descubrieron que se trataba del mencionado capo, jefe de jefes.

Durante la redada al rancho, informaron haber encontrado 280.000 dólares en efectivo, 25 armas y 1700 municiones.

Este fue el trágico fin de un hombre que, en su cuarto de hora, fue poderoso, compró voluntades con millones de dólares y dejó, a su paso, rastros horrorosos de tortura, sangre y muerte.

Casos como este eran cotidianos en Colombia, durante el *boom* de la droga, cuando operaban los famosos carteles de Medellín y Cali.

Una obra, publicada por la exreina Aura Rocío Restrepo y llamada Ya no quiero callar, cuenta cómo, en 1987, en Cali, siendo estudiante universitaria, llegó a ser amante y confidente del capo Gilberto Rodríguez Orejuela, correspondiéndole presenciar todo tipo de excentricidades y locuras, durante las fiestas que este señor organizaba.

El extinto capo colombiano Gonzalo Rodríguez Gacha fue propietario del caballo más costoso del planeta, llamado Tupac Amaru y avaluado en un millón de dólares. En una de sus fincas, de Pacho, Cundinamarca, se encontraron armas, grifos, chapas, sala de comedor, incluso, llaves de la propiedad, todos estos elementos, enchapados en oro.

Pablo Escobar hizo implantar, quirúrgicamente, un cuerno frontal de marfil a un caballo, para satisfacer el caprichoso requerimiento de su hija Manuela, de tener un unicornio.

Esclavitud en pleno siglo XXI

En la Edad Media, existió una institución jurídica, amparada por las leyes de la época, llamada esclavitud, que consistía en que una persona llamada esclavo era propiedad de otra, denominada amo. Este sistema tuvo sus orígenes en la antigüedad, y las primeras civilizaciones que lo utilizaron fueron los sumerios en Mesopotamia, seguidos por Grecia, Egipto y Roma.

Los esclavos eran sometidos a muchos vejámenes, tales como ser golpeados, torturados, apaleados o quemados vivos.

Los movimientos antiesclavistas empezaron a surgir a finales del siglo XVIII, y fueron exterminando este sistema, en la mayoría de las regiones del mundo, hasta que, en 1926 en la Convención de Naciones sobre la Esclavitud llegaron a considerarla crimen contra la humanidad.

En la actualidad, todavía se registran casos de esclavitud en países como la India, Sudán y Mauritania. En el sudeste asiático utilizan, con frecuencia, la obra de mano infantil esclava y, en el mundo de hoy, la trata de personas, lo mismo que la prostitución, podríamos considerarlas como determinados tipos de esclavitud.

Recientemente, en México se presentó un caso, que ha sacudido profundamente a la sociedad. Allí, en un sitio llamado Lomas de Padierna, al sur de la capital, una joven que, para proteger su identidad o posibles represalias, decidió llamarse Zunduri -que en japonés significa Niña Hermosa, logró escapar de un infierno en el que la tenían sometida, bajo un bárbaro sistema esclavista.

Cuenta ella, en sus numerosas entrevistas que, debido a una niñez terrible, ocasionada por el maltrato que le infligían sus padres, decidió abandonar su hogar y una amiga le buscó trabajo en la tintorería propiedad de la familia, integrada por sus captores –José de Jesús Sánchez Vera, Leticia Molina Ochoa, Fanny Ochoa y las hermanas Ivette y Janet Hernández Molina-.

Estos siniestros personajes utilizaron a la joven y la obligaron a realizar labores forzadas sin pago, manteniéndola cautiva por año y medio, con una sola comida al día, sin agua, trabajando sin descanso durante largas horas planchando ropa, la encadenaban, le prohibían usar el baño y sus necesidades físicas las realizaba en bolsas o en desechos plásticos, con el beneplácito de sus torturadores.

Dicen los registros médicos que, a pesar de tener 22 años, sus órganos tienen el mismo desgaste de una persona de 85.

Zunduri denuncia que, diariamente, era azotada y que los golpes para ella eran el pan de cada día. Además, la amenazaban con reportarla a las autoridades por robo si, en algún momento, intentaba escapar.

Según la Comisión Nacional de Derechos Humanos de México, son muchas las personas explotadas cada año. En el 2012, se registraron 396 casos parecidos; en el 2013, fueron 660 y en el primer semestre del 2014, ascendían a 413.

El secretario de Trabajo y Seguridad Social de México, señaló que este caso, fuera de ser un abuso laboral, se considera un secuestro, privación ilegal de la libertad y explotación de persona sometida.

Este delito, según las leyes penales mexicanas, se paga con 70 años de prisión. Resulta horroroso escuchar esta clase de infamias, en pleno siglo XXI.

Dentro de este tipo de delitos, podríamos incluir el reclutamiento forzado de menores de edad por organizaciones al margen de la ley, utilizados para la guerra por grupos paramilitares, guerrillas y bandas criminales a todo lo largo y ancho de varios países, que conforman la América Latina.

Los Habitantes de la calle

¡Hay que buscar en nosotros, cuan hondo tenemos enterrado el amor y la verdad, quizá de esta forma podríamos obtener una medida aproximada del valor de nuestras personas! Guillermo Descalzi. Escritor y periodista.

En la Cámara de Comercio de Bogotá, aparecen registradas las primeras instituciones que fueron creadas para la protección de los desamparados y habitantes de la calle. Allí se encuentra que este fenómeno se remonta al siglo XVI, y ocurrió por primera vez, cuando se le pidió al rey de España autorización para crear un refugio de madres desamparadas. Pasaron 80 años hasta que fue otorgada la licencia y se construyera "LA CASA PARA EXPÓSITOS Y RECOGIDOS", albergue que más tarde fue trasladado a SAN VICTORINO.

En 1761, ante el aumento de la población indigente, el Virrey PEDRO MECI DE LA ZERDA, creó "LA CASA DE LOS POBRES", institución que creció rápidamente y al cabo de los años se dividió en dos, una para los hombres y otra para las mujeres.

En 1810, los hechos que siguieron al grito de independencia, llevaron a que el HOSPICIO REAL, tuviera que arrojar los niños a la calle, hasta que el año de 1858, se abrió nuevamente y se crearon fábricas de betún, con el fin de capacitarlos como lustrabotas.

En 1883, el lugar pasó a manos de la BENEFICENCIA DE CUNDINAMARCA, dirigida por LAS HERMANAS DE LA CARIDAD y durante la primera mitad del siglo XX, la realidad del habitante de la calle, no varió mucho, en relación con tiempos anteriores, luego en los años 50, cuando las diferencias partidistas se polarizaron, se descuidaron las instituciones de beneficencia y el fenómeno reapareció.

En el siglo pasado, muchas fueron las instituciones que se crearon para proteger al indigente, en 1967 se construyó el instituto de protección de la niñez y la juventud, "IDIPRON", luego durante el gobierno de Carlos Lleras Restrepo, mediante la ley 75, se creó EL INSTITUTO COLOMBIANO DE BIENESTAR FAMILIAR "ICBF", entidades dispuestas a estudiar caminos terapéuticos y pedagógicos para atender a la población de la calle, según la CÁMARA DE COMERCIO DE BOGOTÁ, 1997.

Este fenómeno social es común en países de Latinoamérica y África, en donde gobiernos deshumanizados por su propio desprecio hacia los más pobres, han generado este tipo de exclusión social.

En la ciudad de Bogotá, viven en estado de indigencia o exclusión social unas 20.000 personas, las cuales han tenido que convertirse en habitantes de la calle y las consecuencias de esto, son la extremada pobreza, el abandono por parte de los gobiernos de turno y el desplazamiento ocasionado por la violencia, factores que han contribuido a, que las poblaciones rurales hubiesen tenido que emigrar a las grandes urbes.

La habitabilidad de la calle es un fenómeno producido por la marginalidad social, debido a la falta de oportunidades y el problema de la drogadicción es muy afín, en el proceso de asentamiento de las personas para vivir en la calle.

Analistas económicos consideran que la marginación, la ausencia del papel político, económico, cultural y social, ya no es un problema de clases o grupos sociales, sino que se ha convertido en una situación que afecta a zonas y países de grandes regiones del mundo, especialmente Latinoamérica.

El estilo de vida del habitante de la calle, se califica como disfuncional, carente de condiciones para una vida digna, que presenta niveles elevados de alcoholismo y drogadicción, así como prostitución, maltrato y explotación infantil, las cuales son conductas que atentan contra la tranquilidad y seguridad ciudadanas y se les denomina con despreciables apelativos, como, gamines, ñeros, desechables, drogadictos, mendigos, indigentes o desadaptados sociales.

Un periodista del NUEVO HERALD DE MIAMI, que anteriormente tocó fondo como habitante de la calle, pero que hoy es un eminente periodista, de nombre GUILLERMO DESCALZI, comenta en una de sus obras llamada "EL PRÍNCIPE DE LOS MENDIGOS", que la marihuana surgió cuando la guerra de Vietnam y que en ese tiempo era droga, era protesta, era moda y, la juventud de entonces, encontraba más fácil amar la sustancia que a ellos mismos.

Una crónica que me causó gran impresión, fue la que publicó EL TIEMPO, hace unos años, creo que en el 2011, en la que se comentaba que un campeón de lucha libre, le había ganado un combate de 20 años a la droga en la calle del cartucho, que el personaje había sobrevivido, teniendo la muerte de frente todos los días, había vuelto a vivir después de bajar al infierno, con dos balazos, cinco puñaladas y un incendio en su cambuche, que le había ocasionado quemaduras de primer grado. Terminaba el artículo, afirmando, que el Señor en mención, era en la actualidad, un luchador olímpico, porque llevaba una existencia muy organizada, se había convertido en tremendo campeón y luchador por la vida.

El estrés hídrico

"Estar preocupado es ser inteligente, aunque de un modo pasivo, solo los tontos carecen de preocupaciones". J. Wolfgang Goethe.

Nosotros, los humanos, vivimos actualmente obnubilados por la tecnología y enloquecidos por la lógica del capital, sin importarnos el deterioro ambiental y el gran nivel de contaminación que le estamos ocasionando al ecosistema.

La ONU informa que, si con 7000 millones que somos la población actual, estamos careciendo de agua potable para vivir, ¿que irá a ser de nosotros, los seres humanos, en el 2050, cuando la población supere los 9000 millones?

Fue con la Revolución industrial como se empezó a desarrollar la contaminación. Hoy, los pesticidas, los fertilizantes y demás elementos químicos que se usan en la agricultura y en la industria se escurren, desde el suelo, hasta acuíferos subterráneos y a otras fuentes de agua.

La basura depositada en los suelos es arrastrada por las aguas y, generalmente, llevan materiales que duran miles de años en degradarse. Los combustibles contaminantes de las embarcaciones, el vertimiento de las aguas residuales de los pueblos y de las ciudades han traído como consecuencia que estemos contaminando los ríos, los mares, los lagos y las represas, lo que afecta, no solo a los humanos, sino la flora, la fauna y demás seres vivos.

Si a esto le agregamos la explotación de la minería legal e ilegal, estaremos acabando, de una vez por todas, con el líquido natural que nos da la vida, el agua.

La Agencia Europea del Medioambiente, Aema, presentó un informe, que describe un panorama sombrío y desolador. Habla del estrés hídrico en los países donde ha empezado a escasear el agua. Entre estos, figuran España y Portugal, cuyos gobiernos se refieren a la peor sequía en 60 años. Lo mismo está ocurriendo en Francia, cuyo Ministerio de Ecología ordenó tomar medidas restrictivas para el uso del agua. Italia tiene sus días contados y sus reservas están en las últimas.

En el continente africano, la sequía amenaza a 38 millones de personas. La falta de agua está ocasionando una hambruna de proporciones bíblicas. En los tres extremos del continente oriental, donde se encuentran Etiopía y Eritrea; en el occidental, con Mauritania, y en el sur, con Malawi, Zimbabue, Zambia y Mozambique, la falta de este vital líquido ha golpeado duramente a las personas, al ganado y las cosechas.

En Latinoamérica, especialmente en el Perú, millones de personas han abandonado las costas por la sequía. En México, el gobierno está analizando el problema de la desbordada natalidad, o explosión demográfica, ante la futura escasez de agua, y ha creado programas para plantar más árboles. La Argentina, Chile y Bolivia tienen serios problemas, debido a la inescrupulosa explotación minera. En la Argentina, por ejemplo, el daño ecológico y medioambiental que dejó la Barrick Gold, que deshéló un páramo y está llevando a similar situación a dos páramos más, se considera una situación muy alarmante.

En los Estados Unidos, cuando se desató la fiebre del oro en el oeste, muchas ciudades, que antaño fueron verdes campiñas, hoy no son más que despiadados desiertos.

Ahora, para referirnos a nuestra patria, encontramos que una estadística publicada por el Dane, en 1905, nos mostró que Sevilla, Valle, es muy rica en aguas, porque en el flanco occidental de la cordillera Central nacen cuatro cuencas hidrográficas, que bañan nuestro pueblo, con 10 ríos y 41 quebradas. Las cuencas son las de los ríos Bugalagrande, la Vieja, Barragán y Pijao. Tiene, además, los ríos Totoró, la Paila, San Marcos y Saldaña. Al río Totoró lo surten las quebradas de San José, el Congal, la Raquelita y el Popal.

Al río Bugalagrande le tributan sus aguas las quebradas el Vergel, los Osos, Montecristo, Rincón Santo, Chorrearon, Purgatorio, Calamar, Jamaica, Ballesteros, la Sara y Santa Clara, lo mismo que los ríos la Fe y Canadá, pero circula el rumor de que la explotación aurífera llevada a cabo en Cajamarca por la multinacional empresa sudafricana Anglogold Ashanti, con un proyecto llamado la Colosa, pretende extenderlo a lo largo y ancho de las laderas y altiplanicies de la cordillera.

Este proyecto, más la indiscriminada explotación minera ilegal del páramo de las Hermosas, por parte de bandas criminales y grupos al margen de la ley, afectarán profundamente las aguas de nuestro querido municipio y de ciudades adyacentes.

Este saqueo, bautizado con el nombre de "desarrollo minero", destruye los recursos naturales y deja, solamente, devastación y ruina a nuestras elementales formas de vida.

Para extraer este mineral, se utiliza el cianuro, con el que se prepara una sopa química tóxica, que contamina el agua y los cultivos, lo que genera, en la población, enfermedades respiratorias y gastrointestinales, como cáncer, leucemia y muchas otras.

En Colombia, la ley minera viene de 1990, y establece que las multinacionales que ejercen estos proyectos solo pagan un canon del 3% de lo que se extrae en la boca de las minas, no pagan impuestos provinciales ni municipales y están autorizadas para sacar del país toda la producción. El único pretexto empleado por las compañías para justificar esta infame forma de explotación es el de que generan empleo.

En total, son cuatro empresas transnacionales y una nacional, de propiedad de Carlos Ardila Lule, a las que el gobierno del presidente Uribe les vendió miles de títulos mineros.

Las generaciones del futuro deben tener en cuenta que debemos proteger los acuíferos, los bosques y las comarcas naturales que, además de proporcionarnos agua potable y aire puro, aportan otras cosas, como alimentar el cuerpo y el espíritu.

El calentamiento global

En 2010 se llevó a cabo la muy nombrada Cumbre de Copenhague, Dinamarca, a la que asistieron 192 países, representados por 1200 delegados, para discutir el problema del cambio climático. Los países industrializados llegaron con metas firmes y agresivas para reducir significativamente la emisión de gases contaminantes, avanzar en la lucha contra la deforestación mundial y apoyar programas de adaptación a las naciones.

Ese año, el secretario general de la ONU, Ban Ki-moon, en la apertura de la sesión y siguiendo el legado de su antecesor, Kofi Annan, hizo un clamoroso llamado para que los países industrializados no basaran su crecimiento económico en la quema de combustibles fósiles, y les solicitó que, desde ahora, debían organizarse civilizadamente para evitar que el mundo siguiera siendo víctima de las catástrofes climáticas.

El arzobispo sudafricano Desmond Tutu intervino, teniendo en cuenta que el África es el segundo lugar en donde se efectúa la mayor deforestación del mundo, después del Brasil.

El calentamiento del clima global es causado por los humanos, y ya estamos en inminente peligro.

Un informe de 127 páginas y redactado por la ONU trata, con severas advertencias, sobre lo que está causando el calentamiento y cuáles serán las consecuencias para los seres humanos y el medioambiente.

En solo diez años, desde 1990 hasta el 2000, la tala indiscriminada de bosques en el Brasil alcanzaba los 22.264 kilómetros cuadrados.

Imaginémoslo ahora.

Se requiere una drástica reducción de las emisiones de gases de efecto invernadero y hay que cambiar el actual modelo energético por fuentes renovables de energía.

En la Antártida, se acaba de desprender una superficie de hielo más grande que Hawái, o sea, un total de 5404 millas cuadradas.

Como consecuencia del calentamiento global, los gigantescos icebergs en los que se fragmentó este glaciar empiezan a dispersarse por el océano austral.

Es dramática la pérdida de hielo, tanto en el Ártico, como en el Antártico. Esto tiene tremendamente impactada a la comunidad científica internacional. El más reciente desmoronamiento le ocurrió al glaciar Perito Moreno, que pudo ser apreciado, incluso, por los turistas que visitan ese lugar cada año.

En la costa norte de Chile, aparecieron más de trescientos leones marinos muertos, y este es el momento en que no se ha podido dar una explicación apropiada respecto de este fenómeno natural.

Debemos entender que el calentamiento global es el fenómeno observado como un aumento de la temperatura de la atmósfera terrestre y de los océanos en las últimas décadas. También se lo ha denominado "cambio climático antropogénico", con inconmensurable influencia en la actividad humana.

Calentamiento global y efecto invernadero son sinónimos. La temperatura del planeta ha venido elevándose desde mediados del siglo XX, cuando se le puso fin a la etapa conocida como la pequeña edad de hielo.

El primero en ocuparse de estos temas fue Svante August Arrhenius quien, en 1903, escribió *Tratado de física del cosmos* y definió que la quema de los combustibles fósiles, como el petróleo, el gas y el carbón mineral, aumentan sustancialmente la temperatura media de la Tierra.

En 1937, un señor de apellido Callendar, tecnólogo especialista en vapor, llegó a estimar que la temperatura de la Tierra se estaba incrementando en 0,013 grados centígrados por año, debido a la producción artificial de dióxido de carbono.

En 1995, Gilbert Plass observó que la luz, de manera distinta al vapor de agua, incrementaba notablemente el efecto invernadero.

Pero, pese a todos estos estudios teóricos, no existían razones científicas sobre el cambio climático. La primera evidencia científica apareció hacia 1958, cuando Charles Keeling empezó a representar el comportamiento del CO_2 atmosférico.

Posteriormente, al grupo intergubernamental sobre el cambio climático de la ONU y al excandidato presidencial de los Estados Unidos Al Gore les fue concedido el Premio Nobel de la Paz, en 2007, por sus esfuerzos en aumentar y propagar un mayor conocimiento sobre el cambio climático causado por el hombre y haber puesto, por primera vez, los cimientos para contrarrestar dicho fenómeno.

Hay que tener en cuenta que existen científicos escépticos, pagados por consorcios petroleros o por fuentes de financiación anexas al gobierno de los Estados Unidos que defienden teorías adversas y afirman que el cambio en las temperaturas no está demostrado.

Estos señores, que ponen la ciencia a los intereses del dinero, no han podido abrirse paso, porque la comunidad científica internacional no les cree. Países como Arabia Saudita, Venezuela y otros han afirmado que se trata de una política infundada en contra de las naciones petroleras.

No sobra incluir, aquí, algunas recomendaciones domésticas, que debemos tener en cuenta para reducir la emisión de CO_2:

• Cambiar las bombillas tradicionales por unas de bajo consumo.

• Poner el termostato del aire con dos grados menos en invierno y dos grados más en verano. Ajustando la calefacción y el aire acondicionado, se podrían ahorrar 900 kilos de dióxido de carbono.

• Evitar el uso de agua caliente, lavando la ropa con agua tibia o fría.

• Usar un secador tendedero, en lugar de una secadora eléctrica.

• Al comprar productos de papel reciclado, se consume el 70% o 90% menos de energía y se evita que continúe la deforestación mundial.

• Comprar alimentos frescos. Los congelados consumen 10 veces más energía.

• No comprar productos envasados. Así, reduciríamos un 10% de la basura personal y se podrían ahorrar hasta 540 kilos de dióxido de carbono al año.

• Utilizar menos los aparatos eléctricos, especialmente, los encaminados exclusivamente al ocio.

• Desconectar radio, televisión y aparatos de videojuegos, cuando no se les está prestando atención en el momento.

• Elegir un vehículo de menor consumo, que puede ser híbrido o con biocombustible, con el cual ahorraríamos hasta 1360 kilos de dióxido de carbono al año.

- Usar menos el automóvil, caminar, ir en bicicleta, compartir el vehículo cuando se trate de ir al trabajo, usar el transporte público.
- Elegir una vivienda cerca del trabajo o de la educación de los hijos.
- Plantar árboles. Recordemos que un árbol produce oxígeno para 10 familias. Un solo árbol elimina una tonelada de dióxido de carbono a lo largo de su vida.
- Cuidar nuestro planeta. Es nuestra humilde casa ante la inmensidad del universo, pues, fuera de él, nuestra vida no sería posible.

Los terremotos de Chile

"La naturaleza siempre está en acción y maldice toda negligencia".

J. Wolfgang Goethe.

"No hay Sol para los ciegos ni tormenta para los sordos".
Proverbio chino.

Este macabro barco del presente, con rumbo desconocido, nos está llevando al final de los tiempos, generándonos preocupación y alarma.

Según estadísticas, la Tierra, desde que los científicos empezaron a llevar la cuenta, ha registrado 358.215 terremotos, incluyendo este último ocurrido en Chile. Afortunadamente, este nuevo movimiento, del 16 de septiembre en horas de la noche, a pesar de su magnitud de 8,3 grados en la escala de Richter, fue menos destructivo que el ocurrido en el 2010, en el cual hubo 12 muertos, cinco desaparecidos y un millón de evacuados.

La presidenta, Michelle Bachelet, lamentó las víctimas fatales y ordenó un despliegue rápido de los equipos de evacuación y rescate, aunque fue muy grande el temor por un posible tsunami, como el ocurrido en el 2010, que dejó un saldo de 800 muertos y 2'000.000 de personas que perdieron sus hogares y quedaron, prácticamente, en la calle.

Pablo Neruda, en 1960, cuando otro sismo de 9,5 grados de Richter sacudió a su país, al que llamaron el terremoto de Valdivia y que dejo más de dos mil víctimas, escribió el siguiente poema:

Abelardo Giraldo

En el comienzo de la primavera marina,
cuando el ave asustada y hambrienta persigue la nave,
y en la sal apacible del cielo y el agua,
aparece el aroma del bosque de Europa,
el olor de la menta terrestre,
supimos que el amado Chile sufría,
quebrado por un terremoto.

Dios mío, tocó la campana, la lengua del antepasado en mi
boca, otra vez, otra vez el caballo iracundo patea el planeta
y escoge la patria delgada, la orilla del páramo andino.

La tierra que dio en su angostura la uva celeste y el cobre
absoluto, otra vez, la herradura en el rostro de la pobre familia,
que nace y padece otra vez, el espanto y la grieta.

El suelo que aparta los pies y divide el volumen del alma,
hasta hacerla un pañuelo, un pañuelo de polvo, un gemido,
por los muros caídos, el llanto en el triste hospital,
por las calles cubiertas de escombros y de miedo,
por el ave que vuela sin árbol y el perro que aúlla sin ojos,
patria de agua y de vino, hija y madre de mi alma.

Deja confundirme contigo en el viento y el llanto,
y que el mismo iracundo destino aniquile mi cuerpo y mi tierra.

¡Ay!, canta guitarra del sur en la lluvia, en el Sol lancinante,
que lame los robles quemados pintándoles alas,
¡ay!, canta racimo de selvas, la tierra empapada, los rápidos ríos,
el inabarcable silencio de la primavera mojada, y
que tu canción me devuelva la patria en peligro,
que corran las cuerdas del canto en el viento extranjero,

porque mi sangre circula en mi canto si cantas,
sí cantas, ¡oh, patria terrible!, en el centro de los terremotos,
porque así necesitas de mí, resurrecta,
porque canta tu boca en mi boca y solo el amor resucita.

Se dice que el terremoto del 2010, ocurrido en Chile, afectó el eje de la rotación de la Tierra, que el día se acortó en 1,26 microsegundos y el eje del planeta se desplazó ocho centímetros, según afirman científicos de la Nasa.

Fue considerado el segundo más fuerte en la historia de ese país y el octavo en la historia de la humanidad, con una magnitud de 8,8 grados.

El tango

En el 2010, la Unesco, en su XXXIII sesión, declaró el tango como Patrimonio de la Humanidad y nosotros, los nacidos en Sevilla, Valle del Cauca, debemos sentirnos aludidos, "pues nos hicimos en tango": ese pedacito de patria que tanto queremos fue fundado en la época en que la popularidad del tango era mundialmente famosa.

El tango, aunque influenciado por géneros musicales europeos, tiene origen propiamente rioplatense -la Argentina y el Uruguay- y su edad de oro se sitúa entre 1900 y 1945.

Sobre el tango hay dos cosas muy importantes, que influyeron profundamente en su creación: el bandoneón y la palabra lunfardo. El bandoneón es un instrumento musical que proviene de Alemania, cuya sensualidad es de origen prostibulario. Se tocaba en sitios no muy católicos, y llegó a Buenos Aires hacia 1900 en las valijas de los inmigrantes alemanes.

La palabra lunfardo se considera una expresión italiana o africana de ritmo y clima nostálgicos. Lunfardo equivale a reo, es el alma del suburbio, la voz del arrabal, originaria del siglo XIX. Se dice que es siciliana, africana, aimara, mapuche, judía, gitana, española, quechua, árabe, guaraní, polaca, portuguesa o inglesa. La palabra lunfardo proviene de un lenguaje oculto y metafórico, que no es más que una simple travesura léxica.

Ernesto Sábato manifestó que el tango no se puede confundir con ningún estilo musical en particular, porque no es más que un híbrido sociocultural.

En 1898, Ángel Villoldo, Roberto Firpo, Juan de Dios Filiberto y Francisco Canaro sacaron de la Argentina el tango y lo llevaron, por primera vez, a París. Esto trajo consigo un triunfo demoledor. La majestuosidad de las orquestas, la magistral interpretación de las canciones y el sensual y cadencioso estilo de los bailarines hicieron que se abarrotaran los teatros y se agotaran las entradas, pues se contaban por miles las personas que acudían a presenciar tan magno espectáculo.

Por los años 60 y 70, apareció Astor Piazzolla quien, en Buenos Aires, en compañía de la orquesta de Aníbal Troilo, empezó a alternar las tardes de música clásica con las famosas "noches del tango", y le anexaron instrumentos, como el bajo, el teclado, la batería y el saxo, y le pusieron corbatín a este género, para volverlo más refinado. Fue por esta época cuando aparecieron canciones, como *¡Qué falta que me hacés!, Con el corazón al sur, El último café* y *Cantata a Buenos Aires*.

En 1967, un movimiento juvenil de los Estados Unidos usó como eslogan *El verano del amor,* con lo que creó el movimiento *hippie* y, en mayo de 1968, surgió en Francia la música rock. Esto trajo, como consecuencia, una confrontación generacional y contracultural, lo que dejó al tango relegado a un segundo plano.

Se empezó a considerar el tango como la música de los viejos y el rock como la de los jóvenes.

Desde 1980, el tango empezó a ser interpretado en *jazz,* en rock, en música electrónica, pero para que el tango no fuese una especie musical en peligro de extinción, se empezaron a celebrar cumbres con la representación de los mejores artistas de este género en muchas partes del mundo.

Recordemos el Festival del Tango en Bogotá. En esa ocasión, se presentaron Armando Moreno, Andrés Falgás, Ignacio Corsini y Juan Carlos Godoy.

En 1994, la cumbre fue en Granada, España; en 1996, en Montevideo; en 1998, en Lisboa; en 2005, en Sevilla España; en 2007 en Valparaíso; en 2009 en Bariloche y en el 2011 en Seinajoki Tailandia.

El poeta amigo de Gardel Alfredo Lepera le compuso muchas de sus canciones. Gardel cantó en París, en Nueva York y filmó varias películas en los Estados Unidos. Falleció en un accidente de aviación, ocurrido en Medellín, Colombia, el 24 de junio de 1935, a la edad de 45 años.

Sería imprudente, de nuestra parte, no recordar a una encantadora mujer, que llegó a Sevilla Valle procedente de Manizales y abrió allí un *boulevard* al estilo del Moulin Rouge parisino, al que bautizó con el nombre de Luces de Buenos Aires.

Allí, además de su dueña, de singular belleza, atractivas mujeres de grandes encantos y belleza sin par engalanaban ese lugar todas las noches.

Los más encopetados señores de la época acudían, con sus mejores atuendos, a cumplir con sus nocturnales noches de amor. Se bailaba y se escuchaba el tango, el género musical de moda.

El nombre de esta maravillosa mujer era Magnolia, quien falleció en Bogotá, y el último sitio de su propiedad se llamó La Tertulia, lugar de referencia para comerciantes, políticos y despechados que acudían allí para disfrutar de melodiosas, antiguas y románticas canciones.

La fama del tango generó, en Sevilla, la creación de muchos negocios, como el Bar Real Madrid, Casablanca, La Cumparsita, El Viejo Volga, El Bar Hungría, El Bar Copas y Tangos y muchos otros.

Para terminar, citemos a Borges, en *El hacedor, diálogo sobre un diálogo,* cuando escribía: "Yo jugaba con la navaja de Macedonio, la abría y la cerraba, porque un acordeón vecino despachaba infinitamente *La cumparsita*, esa pamplina consternada que les gusta a muchas personas, porque les mintieron que es vieja".

"El tango es de un valor turbio", dijo Astor Piazzolla, el 2 de octubre de 1986.

El tango es como una secta religiosa. En la Argentina, se pueden cambiar la Constitución, la religión, las leyes, los sistemas políticos, pero jamás se podrá cambiar su patrimonio cultural, el tango.

Proyectos ultrasecretos

Vivimos en un universo cósmico de origen inteligente. En la cumbre europea de Exopolítica, celebrada en el 2009, astronautas de la Nasa y de la Agencia Espacial Rusa confirmaron haber tenido contacto con civilizaciones extraterrestres.

Jaime Nassan, periodista e investigador de estos fenómenos, entrevistó al científico Andrew Bassiago, hijo de un oficial de la CIA y quien, a sus siete años, fue enrolado en un programa secreto para niños superdotados, a los que entrenaban para ejercer de embajadores, ante razas de otros planetas.

El diálogo se centró sobre el tema de la teletransportación y la existencia de vida inteligente en Marte. Hablaron de los famosos "presupuestos negros", que los Estados Unidos dedican a proyectos de alto nivel tecnológico, y manifestaron, además, que el fenómeno de la teletransportación se había iniciado en Portland, Oregón, gracias al científico Nicolás Tesla.

En junio de 1981, circuló por el mundo la idea de que "el futuro nace en Marte", y comentaban sobre los viajeros en el tiempo, llamados crononautas, niños psíquicos, empleados en misiones a ese planeta, utilizando la física cuántica de la teletransportación.

En 1901, el *New York Times* publicó una noticia sobre una luz electromagnética que, según científicos, se desplazó desde Marte hasta la Tierra en solo 45 minutos y se posó en la cima de una montaña que los aborígenes del estado de Colorado consideran sagrada.

El robot de la Nasa Spirit identificó cierta especie de humanoides, animales y estructuras, en la superficie del planeta rojo. Además, hay tres astronautas seguros de haber visto vida extraterrestre en la superficie marciana.

Laura Magdalene Einsenhower, nieta del expresidente norteamericano del mismo apellido, confirma que, en los 50, por el temor de una posible destrucción nuclear ocasionada por los conflictos bélicos mundiales, existió un intercambio tecnológico que se habría llevado entre extraterrestres grises y habitantes de la Tierra, a través de los cuales se enviaron seres humanos a la Luna y a Marte.

Los prestigiosos físicos y cosmólogos Paul Davies y Shulze Makuch, el primero de la Universidad Estatal de Arizona y el segundo de la Universidad de Washington, en su obra, *Journal of Cosmology*, afirman que en Marte reside una misión terrestre colonizadora, que instaló su base en una cueva natural, donde tienen agua, oxígeno y los pertrechos necesarios para una larga permanencia, además de la periódica ayuda que reciben desde la Tierra.

No hay que olvidar la versión del astronauta Buzz Aldrin quien, en 1969, viajó a la Luna en el Apolo XI, en la cual nos confirmó haber visto dos naves extraterrestres que cuidaban un enorme cráter, cerca de la cápsula en la que alunizaron.

Los entrevistados, Nassan y Bassiago, fuera de hablar del Proyecto Pegasus Darpa, también comentaron sobre el Proyecto Filadelfia, que trata de un barco al que, en 1943, en un experimento de la Marina de los Estados Unidos, hicieron invisible y fue teletransportado desde un muelle de Newport hasta el puerto de Long Island.

Estos experimentos han sido confirmados por científicos, como Dave Rosenfield, Michael Seratt, Brian O'Leary, Andrew Bassiago,

Gordon Nobel y Richard Hoagland, quienes defienden la teoría de la existencia de vida inteligente en Marte.

En conclusión, entendemos que la colonización de otros mundos se ha venido convirtiendo en una necesidad, si la especie humana quiere sobrevivir en el largo plazo, y han descubierto que Marte es el más adecuado para soportar una invasión nuestra, en razón de que, en muchas de sus partes y aspectos, es muy similar a la Tierra.

La cápsula Orión acaba de realizar un exitoso viaje alrededor de nuestro planeta, vuelo de prueba con el que la Nasa proyecta el futuro de los viajes tripulados a Marte.

No podríamos negar o afirmar la veracidad de estas informaciones, pero nos dan pie para que se investigue y sean consideradas de trascendental importancia.

Los extraterrestres

Aunque el poder de la información es indiscutible, encontramos que lo que verdaderamente existe es el poder de la desinformación: si se quiere enseñar que los de Hamas son los malos, muéstrese un video con los niños y ancianos judíos que han muerto por el impacto de misiles enviados desde Gaza, y si se pretende enseñar lo contrario, mírese un video con los edificios destruidos y los muertos dispersos en el piso de palestinos que cayeron bajo la acción de misiles israelíes. Por esta razón, consideramos que toda información es condicionada a intereses políticos, económicos y sociales. Por lo tanto, el lenguaje audiovisual es muy fuerte y tremendamente perverso.

Acerca de tantos videos, audios y notas periodísticas que se han venido ocupando del tema de los extraterrestres, tendríamos que dudar mucho.

Aquí, nos limitaremos solamente a expresar o a divulgar lo que científicos y destacados blogueros de internet han pensado sobre este tema, teniendo en cuenta que la mayoría de ellos consideran que el universo podría ser el hogar de miles de civilizaciones y que no estamos solos. La misión Kepler, en marzo de 2009, encontró varios planetas idénticos al nuestro.

En 1977, la Nasa envió un CD de oro al espacio, a través de una sonda, la Voyager I, con imágenes del sonido de las olas del mar, el ruido del tráfico urbano, de las risas humanas, de la música y con saludos en 55 idiomas, por si alguna civilización alienígena se interesa en contactarnos.

Según informaciones, esta sonda, en la actualidad, se encuentra a más de cincuenta mil años luz de la Tierra y, en el mensaje incluido, no se informa nada sobre el cambio climático, la sobrepoblación o la amenaza nuclear.

¿Qué tal que civilizaciones avanzadas que han sabido utilizar los grandes recursos del universo, con los que han logrado conquistar la inmortalidad y para quienes tampoco existen el tiempo ni el espacio encontraran la forma de comunicarse con nosotros?

Ante la posibilidad de negar algo que parece tan evidente, no sabemos si se debería preparar a la humanidad ante un posible encuentro.

Podría ser benéfico, porque habría un intercambio de tecnologías o, al contrario, podrían atacarnos, destruirnos, esclavizarnos o utilizarnos como su alimento. Estas inteligencias alienígenas podrían ser, incluso, más antiguas que la humanidad.

Stephen Hawking ha expresado: "En caso de que existan civilizaciones extraterrestres, es muy probable que sean agresivas" y recomienda que los humanos debemos hacer todo lo posible por evitar ese contacto, pues podrían ser graves las consecuencias.

El cosmólogo Carl Sagan creía diferente, cuando señalaba que cualquier civilización que hubiese avanzado lo suficiente para viajar a otra estrella se habría desarrollado más allá de la guerra, y sus fines serían puramente pacíficos.

Los científicos de la Nasa Seth D. Baum, Jacob D. Haagmisra y Shaw D. Domagal-Goldman alertan sobre una posible invasión extraterrestre.

En los Estados Unidos, ya circulan manuales, en los cuales ofrecen orientación sobre lo que debemos hacer, en caso de la lucha humana por la supervivencia como especie.

En algunos audios, los conferencistas abordan el tema, y recalcan que los terrícolas consideran que gozamos de un gran talento destructivo y exterminador. Por ello, estamos exportando la maldad al cosmos.

Al parecer, existe en la galaxia "cierta ética de no interferencia", la cual han demostrado los alienígenas con su comportamiento, según el libro *Mensajes de otros mundos*. Allí, el autor manifiesta que, en una piedra roseta matemática, al parecer elaborada mediante sismología solar y ondas acústicas, en un mensaje binario que ellos dejaron impreso, figuran ideas de amor y compañerismo como una gran confraternidad universal. Sin embargo, al parecer, desde unas décadas atrás, hasta hoy, han cambiado su actitud y ahora nos tienen en estrecha vigilancia.

Han analizado que los pobladores de este planeta, llamado Tierra, hemos estado adentrándonos en el callejón de nuestra propia destrucción. Han concluido, además, que hemos venido decapitando la esperanza y que tenemos aeronaves con capacidad de transportar toda clase de materiales de carácter letal.

Según este autor, existe otro mensaje de transmisión, hablado en inglés, griego clásico e indonesio, en el que confirman que nos han estado estudiando, que no solo nos han visto, sino que nos conocen, que vienen en camino y que no están lejos. Incluso, gobiernos de algunas potencias están considerando que ellos ya se encuentran en nuestro patio trasero. Tienen la capacidad de congelar nuestro planeta o hacerlo saltar en pedazos, pero ellos, los alienígenas, no han querido interferir, porque ven en nosotros una civilización que se encuentra en desarrollo.

Países en donde reina la miseria, como la India o Corea del Norte, en lugar de tratar de solucionar la pobreza en que viven sus pueblos, se empeñan, primero, en conseguir la bomba atómica.

El transbordador ha sido observado por alienígenas de la seguridad cósmica y, al parecer, ha marcado el inicio del desafío de una guerra galáctica. Rusia, por ejemplo, estableció una base espacial de rayos láser, capaz de lanzar ataques a objetivos en tierra o en el mar y en cualquier sitio o lugar de nuestro planeta.

Ha sido muy peligrosa la imbecilidad cometida por nuestras potencias, que han surcado los espacios planetarios con intereses bélicos. Esto nos podría ocasionar serios problemas con los habitantes del cosmos.

En agosto de 2011, unos oceanógrafos suecos llegaron al mar Báltico y, en su profundidad, se encontraron con un objeto extraño: se trataba de una imagen rara, de 60 metros de ancho. Trece científicos europeos y norteamericanos tomaron muestras de toxicidad y de carbono, sin que hasta el momento se haya podido establecer el elemento o material con el que fabricaron esta imagen.

Del 8 al 12 de mayo del 2012, en archivos originales de fotografías tomadas por la Nasa aparece un ovni del tamaño del planeta Tierra, que roba energía del Sol durante más de ochenta horas. Nunca antes el telescopio espacial Sod de la Nasa había tomado una fotografía igual, en la que aparece una enorme esfera negra, que absorbe filamentos energéticos del Sol.

Esto es asombroso. Podría tratarse de otras inteligencias. Al parecer, nosotros estamos muy distantes de la perfección.

El profesor de Paleobiología Evolutiva de la Universidad de Cambridge Simon Conway Morris considera que toda la vida biológica del universo debe tener características similares a las de la Tierra.

El famoso bloguero argentino Taringa, como gran escéptico, comenta que no es raro que nos estén engañando a través de los medios y que esta supuesta invasión alienígena que se ha venido fraguando esté siendo programada desde la Luna, por una o algunas de nuestras potencias mundiales.

Existe una inmensa preocupación por parte de grandes dirigentes de nuestro planeta, debido al desmesurado crecimiento de la población que, en pocos años, podrá acercarse a los nueve mil millones de seres humanos y nuestro planeta no tendría los recursos suficientes o necesarios para satisfacer esa impresionante explosión demográfica.

Taringa se pregunta por qué a la Luna no se ha regresado, si ya fue conquistada, y no encuentra la razón de por qué no se la ha vuelto a mencionar para nada.

Según él, "tanto silencio es misterioso y, a la vez, conspirativo". Por lo tanto, una invasión robótica de alta tecnología, enviada desde la Luna, podría diezmar la población en algunos millones de habitantes y, así, se establecería un equilibrio equitativo entre la existencia humana y nuestro planeta.

El Club Bilderberg

"La usura devora a los pueblos y se extiende como una asquerosa lepra sobre el cuerpo social". Francisco Pi y Margall.

A través de las redes sociales se ha venido destapando una verdadera caja de Pandora sobre acontecimientos o circunstancias que están ocurriendo alrededor de la humanidad y de las cuales jamás teníamos un mínimo conocimiento.

Hoy, nos corresponde hablar de una organización ultrasecreta, llamada el Club Bilderberg.

Conspirar, criminalmente, contra la humanidad no es nada nuevo. Enfrentamientos bélicos, decisiones políticas y económicas, movimientos financieros y de armas, desplazamiento de tropas, la bolsa mundial, los precios del petróleo y del oro, la aparición de virus mundiales, todo esto se dice que es digitalizado, controlado y observado por un selecto grupo de personas.

En Europa y Norteamérica, cada año y por cuatro días, en algún castillo de la más alta aristocracia o en un hotel de gran lujo, se celebra una reunión a puerta cerrada de enigmáticos personajes. Allí, no se admite a curiosos, fotógrafos o periodistas y, además, los distinguidos miembros son protegidos por cientos de policías con perros, militares y agentes de servicio secreto, incluida la CIA. Acuden a tan fastuosas reuniones en modernos vehículos y limosinas con vidrios polarizados. Ostentan el nombre de Bilderberg, porque su primera reunión se llevó a cabo en un hotel con ese nombre, en la ciudad holandesa de Oosterbeeck.

Se conoce de esta reunión, porque la *Enciclopedia Británica* la define como "Una conferencia a la que asisten los 100 banqueros más influyentes de Europa y de los Estados Unidos, economistas, políticos y grandes líderes gubernamentales, en una atmósfera de la más absoluta reserva".

A estos mítines jamás son invitados africanos, asiáticos, latinoamericanos y -mucho menos- personajes del Medio Oriente.

Cada año se selecciona, rigurosamente, a quienes serán invitados, de acuerdo con los temas que se tratarán en la agenda.

De lo que sí podemos estar seguros es de que este club nunca hará obras de beneficencia.

En reunión celebrada del 9 al 12 de junio de 2011, en el gran Hotel Kempinski, de Saint Moritz, Suiza, algunos afirman que se habló de la China y de su explosión comercial, de Irán y de su plan nuclear, de la relación entre Hugo Chávez y Fidel Castro y de los tratados de libre comercio.

Cuando el pronazi príncipe Bernardo, de Holanda, creó este club, contó con el incondicional apoyo de la Banca Rothschild, de Nelson y David Rockefeller. A este último lo llaman el Príncipe de las Tinieblas.

Por la alfombra roja de esa tenebrosa organización, han desfilado personalidades, como Henry Kissinger, de quien se dice que no falta a ninguna de las reuniones anuales; de George Bush, padre, Donald Rumsfeld, Tony Blair, John Kerry, así como de Romano Prodi (primer ministro italiano), Kofi Annan (exsecretario general de la ONU), Jean Claude Trichet (Banco Central Europeo), Alan Greenspan (Reserva Federal de los Estados Unidos), Jacques

Chirac, la reina Sofía de España, José María Aznar, Javier Solana (responsable de la política exterior de la Unión Europea), Giovanni Agnelli (presidente de la Fiat), el general Peter Sutherland (presidente de la British Petroleum Company), James Walfenshu (Banco Mundial). A estos se agregan ministros del Parlamento Europeo, lo mismo que grandes jerarcas de la banca internacional y de varias multinacionales.

La información que consideran hacer pública la hacen a través del *Washington Post*, el *New York Times*, *The Wall Street Journal, Die Zeit, Corriere della Sera, Financial Times* y del diario español *El País*.

Le han querido acreditar a este club terroríficas acusaciones, como el plan para reducir la población mundial, quienes tratan de suprimir 3500 millones de los 7000 millones de habitantes que pueblan el planeta Tierra, basados en la premisa de que el planeta se está quedando sin recursos naturales para abastecer a una población tan numerosa.

Se habla, tenebrosamente, de que el virus de la llamada gripe española que, en 1918, acabó con 40 millones de habitantes, ha sido reconstruido recientemente en un laboratorio canadiense y, de ser liberado, serían incontables las víctimas en cualquier lugar donde aparezca.

Se dice que algunas multinacionales farmacéuticas cuentan con las vacunas contra el sida y el cáncer, pero que las tienen guardadas o muy seguras y que el motivo es el de la no rentabilidad al finiquitar la enfermedad, mientras que su tratamiento prolongado genera grandes dividendos.

Fomentar las guerras, crear un gobierno universal designado y no elegido, una sola economía y un ejército también universal son temas que han sido tratados por el club. Así mismo, que el posnacionalismo sea un mundo en el que no existan países, sino regiones, buscar que solo existan tres monedas, entre ellas, el dólar para el futuro mercado de las Américas, luego de extender el Tratado de Libre Comercio en todo el continente; el euro para Europa y otra moneda para el continente asiático.

Existen otros clubes, a los que podríamos llamar "primos" del primero, porque en cada uno de ellos existe afiliado un Bilderberg, como el Club de Roma, la Mesa Redonda, cuyos miembros son los dueños de las 50 compañías más grandes de Europa y la Trilateral, fundada en 1973 por David Rockefeller.

Un prestigioso economista ruso expresaba que no deberíamos tenerle tanto miedo a una revolución de los pobres y que de lo que deberíamos cuidarnos era de una revolución de los ricos.

Los agujeros negros

Cuando tratamos de incursionar en los secretos del universo, nos damos cuenta de que estamos muy ciegos o nuestro conocimiento es muy limitado sobre el tema.

No es suficiente con remontarnos a Aristóteles, el primero en descubrir la caída de los cuerpos, al observar cómo se desprendían los frutos de un árbol de manzanas. Luego, apareció Newton, con su famosa teoría de la gravitación universal y, por último, Albert Einstein, que nos dejó la más convincente de todas: la teoría general de la relatividad.

Por esta última, Albert Einstein llegó a ser considerado el más importante físico teórico del siglo XX, pues rompió con la Física de Newton y sentó las bases de la Física moderna. Era un hombre que se parecía a un profeta mesiánico venido de otra esfera y que había llegado a este mundo sin integrarse del todo a él. Además, parecía vivir en otra dimensión, y traía consigo grandes revelaciones, según aprecian algunos de sus biógrafos. Pocos entendieron el impacto que su teoría traería para la Física y, aunque no recibió el Premio Nobel, en 1905, al menos ayudó para que astrónomos modernos, como Stephen Hawking, descubrieran la existencia de los agujeros negros.

Encontramos que las estrellas envejecen y, cuando una de ellas muere, se forma un agujero negro, depredador del universo, y empieza una especie de canibalismo galáctico, que se traga la luz y hace desaparecer, además, el tiempo y el espacio, como los conocemos.

En 1990, Stephen Hawking nos habló de una espaguetización de la materia, es decir, se estira esta, antes de llegar al horizonte de los sucesos, una región en donde el tiempo y la materia se deforman de manera infinita, y agregó que allí es donde los más grandes secretos del universo se esconden.

Las cosas dejan de funcionar de acuerdo con nuestra lógica: "¿Cómo podríamos imaginarnos una distancia que no puede ser medida, todo absorbido por un disco compacto negro de varias caras, que puede llegar a ser bidimensional?".

La entropía, esa fuerza que absorbe todo en su interior, desaparecería si sucediera un colapso completo. Todo se convertiría en una singularidad desnuda de materia, expresa Hawking.

Dos teorías son las más aproximadas sobre los agujeros negros: la mecánica cuántica y la relatividad general, y es muy claro que, mientras no dispongamos de una física más avanzada, no se podrá definir realmente este fenómeno. Los agujeros negros se consideran uno de los hallazgos más sorprendentes y extremos del intelecto humano. Estos, a su vez, los astrónomos los consideran regiones del espacio y del tiempo donde la gravedad impide que cualquier cosa pueda escapar a ellos. Además, los hay de variados tamaños y formas, y han venido siendo muy observados por el telescopio espacial Hubble.

Videografías observadas a través de este telescopio, por científicos de la Nasa, han podido apreciar que la galaxia más cercana a la vía Láctea es la de Andrómeda, que viene acercándose a nosotros con una velocidad de 300 kilómetros por segundo. Según cálculos, esta colisionará con la nuestra, aproximadamente, dentro de 4000 a 5.000 millones de años.

Tony Sohn, del Space Telescope Science Institute, de Baltimore, Maryland, dice que, como las estrellas están tan retiradas unas de otras, tras el impacto inicial, aunque se cree que pueden chocar, existe la posibilidad de ser lanzadas a una órbita diferente, alrededor del nuevo centro galáctico. Al colisionar estas dos, Andrómeda y la vía Láctea, se fusionarán y formarían una galaxia elíptica gigante.

La Unión Europea también posee un observatorio gigantesco, llamado telescopio Vista, que tiene nueve gigapixeles, con el cual lograron censar el total de estrellas que tiene la vía Láctea y se logró establecer que la habitan 84 millones de ellas. Lo que a veces no entendemos es cómo logran estos cálculos, porque, según investigaciones, los discos galácticos espirales están recubiertos de polvo y gas, oscuros no iluminados, por lo cual cubren de sombra las estrellas.

La mayor parte de la masa de una galaxia, como la del sistema solar, está concentrada en su centro.

El observatorio astronómico de Harvard calcula que existe un total de 1249 galaxias y que el diámetro de una de las más pequeñas podría ser entre los 1500 millones y los 3000 millones de años luz.

También el observatorio de Monte Wilson se pronunció, y confirmó que pueden existir por el orden de un millón de galaxias. A todo este análisis anterior, debemos agregar algunos personajes, civilizaciones o pueblos que tuvieron que ver con la astronomía antigua.

Encontramos que las primeras escrituras astronómicas surgieron en el antiguo Egipto, China, Mesopotamia y América Central. En el siglo VI a. de C., Pitágoras y Tales de Mileto consideraron, por primera vez, que la Tierra era esférica.

En el 330 a. de C., Aristóteles expuso su teoría, "en los cielos". En 1543, Copérnico publicó su primer concepto del universo. En 1582, el papa Gregorio XIII introdujo el calendario gregoriano. En 1604, el alemán John Kepler descubrió las supernovas. En 1609, Galileo fue el primero en utilizar el telescopio con fines astronómicos, y descubrió cuatro lunas jóvenes, los cráteres lunares y la vía Láctea.

En 1619 Kepler publicó la tercera ley del movimiento planetario. En 1633, Galileo fue obligado, por la Iglesia, a retractarse de sus teorías. En 1668, Newton construyó el primer telescopio reflector.

Después de estos fue cuando, de manera maravillosa, entraron a funcionar los científicos modernos.

La Amazonía

Un conflicto amazónico de origen peruano nos ha traído la atención: un congresista indígena opositor del gobierno peruano reclama que hay que derogar los decretos legislativos que autorizan a las compañías nacionales e internacionales explorar y explotar indiscriminadamente el suelo y el subsuelo.

La gran mentira de nuestros gobernantes es que, a través de impuestos a las multinacionales, participaremos de la riqueza extraída y que será redistribuida al resto de la nación. Esto es mentira, ya que son las grandes compañías nacionales y extranjeras las beneficiarias. Son grandes grupos madereros, petroleros y mineros a los que nuestros gobiernos les abren las puertas, sin importar que se adueñen de las tierras, contaminen el medioambiente, arrasen los bosques y, por consiguiente, aparezca un desplazamiento forzado de las comunidades indígenas. Esto lo han bautizado depredación y arrasamiento.

En el Perú, la Iglesia católica ha demostrado su contrariedad al gobierno. Dicen ellos que, en nombre del sesgado concepto de desarrollo, además, se está permitiendo la deforestación de grandes extensiones de bosques, en favor de empresarios nacionales e internacionales, para la explotación de compañías aceiteras, caña de azúcar y otros.

Para nadie es desconocido que la contaminación de los ríos con plomo y metales pesados, además de un sinnúmero de elementos tóxicos producidos por la irresponsable explotación petrolera, lo mismo que la tala indiscriminada de los bosques para la explotación maderera, es propio de países como el Perú, el Ecuador y Colombia, sin ningún tipo de control.

Según un análisis médico-sociológico realizado en el Perú, sobre las sustancias tóxicas, descubrieron que la población indígena sobrepasa la cantidad aceptable de cadmio en la sangre y el 66%, que son los límites de plomo.

La explotación maderera y petrolera afecta, directamente, la pesca y la caza, en estas comunidades.

Científicos y geólogos predicen que el agua, en el futuro, será más importante que el petróleo. Se considera que, para el 2025, más de dos mil ochocientos millones de personas morirán de sed, porque, para esa época, el agua será privilegio de ricos y acaudalados.

Esto nos lleva a preguntarnos qué pasará con la agricultura, la industria, el uso doméstico, la energía y el medioambiente.
El área amazónica del Brasil es mucho mayor que la del Perú, Ecuador y Colombia, pero allí existen leyes que restringen la tala indiscriminada de árboles. A pesar de tener una multinacional, llamada Petrobras, prefieren explorar en otros países del mundo.

Treinta años tiene la explotación petrolera en el Perú, y las comunidades indígenas en donde se registraron esos megaproyectos viven en la absoluta pobreza.

Nuestros Estados son permisivos y complacientes. Solamente importa engrosar el caudal económico.

Si quiere ver la pobreza absoluta en Colombia, viaje a los departamentos del Arauca y Casanare, donde existen más de trescientos pozos petroleros, de los cuales, dice el gobierno central que producen maravillosos dividendos por concepto de regalías.

¿Dónde están esos dineros? Las escuelas se caen y otras son abandonadas por falta de maestros. Además, estos pueblos carecen de agua. Los gobernadores de estos departamentos están siendo investigados por corrupción.

Los peruanos descubrieron que el lugar donde se bañan, el agua que beben y el aire que respiran ya no existe. Están siendo víctimas de un ambiente fuertemente contaminado.

Un Estado complaciente jamás comprenderá la definición de las palabras etnocidio o destrucción de la tierra.

En un artículo sobre las reservas indias en Colombia, Blanche Petrich describe que nuestros indígenas siempre han hecho resistencia a la colonización, al despojo, al sometimiento de conquistadores, hacendados, madereros, esmeralderos, mineros, petroleros, multinacionales y de saqueadores de toda clase pero, debido al flagelo del narcotráfico, estas comunidades se han venido convirtiendo en objetivos estratégicos para muchos sectores armados, militares, paramilitares, narcotraficantes, delincuencia común, guerrillas y contraguerrillas. Incluso, el Pentágono ha tomado cartas en el asunto y ha organizado una guerra bactericida contra estas plantaciones, a través del Plan Colombia.

El glifosato, o *Fusarium oxisporum*, como lo denomina el autor del informe, es un hongo que se empezó a utilizar durante el gobierno del presidente Pastrana, para fumigar los cultivos de coca y amapola, pero esto trae como consecuencia que es letal para la salud humana, pues causa alteraciones en la piel, llamada por los médicos queratitis onicomicosis y micetomas. Además, produce artritis con alta incidencia de mortalidad, así como marchitamiento vascular en plantaciones de café, banano, algodón, maíz y otros.

Todas estas situaciones han traído como consecuencia que muchas familias indígenas se desplacen a la hermana república del Ecuador o a zonas urbanas de la Amazona o a Bogotá, donde empiezan a depender de organizaciones pobres de asistencia social, a formar parte de casas de refugiados o a la mendicidad.

¡Qué triste es la historia de nuestros pueblos indígenas!

La avaricia corporativa

Las corporaciones: instituciones o psicópatas.

Es de público conocimiento que los dueños de las grandes corporaciones son los que promueven las guerras. Con la caída de las torres, en Nueva York, subió el oro; cuando los Estados Unidos atacaron a Irak, el petróleo subió, el precio del barril se puso fuera de control y se disparó la venta de armas.

Las guerras aumentan el consumo de las materias primas.

Durante los siglos XIV, XV y XVI, la tierra era pública, para beneficio de todos. Actualmente, se ha privatizado la riqueza, dejando sin importancia la asistencia social y la supervivencia del planeta, como lo expresa Noam Chomsky.

Hoy, con la privatización, lo que se pretende, aunque parezca disparatado, es buscar que toda la Tierra sea propiedad privada.

Vivimos una época asfixiada por la publicidad de las corporaciones, las películas, los videos, la comida rápida, la tecnología mediática, etc. La red social de las corporaciones es el consumidor, en el cual se generan los deseos, para que compre lo que no necesita. Tomemos, como ejemplo, las modas.

Las corporaciones son depredadoras del ser humano.

En Bolivia, sucedió un caso, que fue comentado por William Olivera: en Cochabamba, la transnacional Bechtel, con sede principal en San Francisco, California, trató de privatizar el agua, incluso, la lluvia. Empleaba obra de mano boliviana, a la que le pagaba salarios de hambre, es decir, dos dólares por día y, con este ingreso mediocre, les correspondía comprar el agua para su consumo. Esta situación generó en la población gran inconformidad y descontento, que dieron lugar a que se realizaran numerosas manifestaciones y grandes marchas.

La multinacional, aliada con el gobierno, emprendió contra el pueblo una gran represión policial, que dejó entre la población varios muertos. Como la fuerza de un pueblo es superior a sus dirigentes y, como dicen los sindicatos, "un pueblo unido jamás será vencido", estos ganaron la batalla. Quedaron con la empresa y controlan higiénicamente, y en forma gratuita, la distribución del agua potable para el pueblo.

Como podemos apreciar, muchas empresas difunden ideas engañosas, mediante estructuras reglamentadas por democracias dictatoriales.

Cuando la Alemania nazi tenía centenares de campos de concentración, lo mismo que de subcampos, la multinacional de Nueva York IBM se encontraba aliada con el tercer Reich, y le elaboraba, a ese tirano, las tarjetas para llevar el control y la clasificación de todos los prisioneros judíos.

De aquí concluimos que las corporaciones son globales. Por eso, los gobiernos son impotentes para controlarlas.

En los Estados Unidos, están confabuladas las corporaciones con el gobierno, lo que ocurre en empresas como la Coca-Cola, la Pepsi Cola, la General Motors, etc. A los presidentes de estas corporaciones se los considera como sumos sacerdotes.

La CIA, el FBI, la aduana y, por otro lado, las corporaciones, se reúnen, se consultan y se cooperan de tal forma que, en una de esas reuniones, se le escuchó a alguien decir: "Inclinad las cabezas, que las corporaciones dirigirán vuestras oraciones".

En esos mítines, las compañías firman sobre la responsabilidad social corporativa, pero no la respetan. Su afán es solamente sembrar confianza, para poder vender más.

Estas empresas vienen haciéndoles mucho daño al hombre y al medioambiente. Generalmente, violan la ley. Las corporaciones petroleras y madereras están rompiendo el cordón umbilical que nos une con la madre tierra.

¿Quién podrá hacer reaccionar a las corporaciones? Mientras no redefinamos nuestra relación con la naturaleza y el gobierno no tenga una gran responsabilidad de controlar a las corporaciones que hacen daño al hombre y a nuestro planeta, seguiremos perdidos por siempre.

En Honduras, los trabajadores denunciaron a la empresa Walmart, porque allí se les estaban pagando sueldos miserables, que no les alcanzaban ni para comer, empleaban a niños, cuyas edades oscilaban entre los 13 y los 17 años. Al parecer, esa situación continúa, sin que en la actualidad se haya resuelto el problema de tamaña explotación.

Andrés Suárez, administrador y magister en Gerencia Pública, egresado de la Universidad Santiago de Chile, nos relata otro caso, ocurrido en Mozambique, en otra multinacional extractora y procesadora de recursos naturales, de nombre BHP Billiton. El señor Suárez previó las dificultades que se podrían presentar con respecto a la salud pública y muchos trabajadores dejaron de asistir a sus labores por enfermedad y otros tantos fallecían debido a la malaria.

Posteriormente, el gerente regional de la compañía expresó: "Tenemos muchos problemas con el ausentismo laboral y habrá más muertos si no tratamos urgentemente el problema relacionado con la salud de los trabajadores".

Hoy en día, según Suárez, las empresas, en las decisiones de negocios, siguen políticas que benefician un solo lado, a expensas del otro.

Mientras no exista una mutua dependencia entre las instituciones y la sociedad, estaremos socavando la prosperidad de un país.

Pero hay ejemplos por seguir. Encontramos que Dinamarca, Finlandia, Suecia y los Países Bajos, como Holanda y Bélgica, siempre han tenido en cuenta el consenso de sus políticas empresariales con los trabajadores, y se preocupan mucho por la responsabilidad social y ambiental, y cuentan, además, con el apoyo y la colaboración que prestan los gobiernos de esas naciones, situación que, ante la avaricia de las empresas occidentales, se hace imposible aplicar.

En contra de la avaricia corporativa y de la usura bancaria, el movimiento de los indignados ha venido realizando marchas pacíficas en diferentes partes del mundo, como expresión de protesta.

Cabe destacar, en esta ocasión, las palabras que el papa León XIII plasmó en su encíclica *Rerum novarum*, cuando expresó: "La inhumanidad de los empresarios y la desenfrenada codicia de los bancos han hecho que, en la actualidad, las relaciones comerciales se encuentren sometidas al poder de unos pocos, hasta el punto de que un número reducido de opulentos y adinerados ha venido imponiendo el yugo de la esclavitud a una infinita muchedumbre de proletarios".

La industria farmacéutica

Cuando hablamos de la industria farmacéutica, nos referimos a grandes multinacionales, como Abbott Laboratories, Bristol Myers Squibb, Merck & Co., Pfizer, Revlon, Schering, Wyeth y muchas otras. Estas empresas figuran entre las grandes financieras de las campañas republicana y demócrata, que concursan para las elecciones presidenciales de los Estados Unidos, según lo han expresado los actuales candidatos, Donald Trump y Benny Sanders.

Muchas de estas empresas han cometido grandes errores. Por ejemplo, Pfizer, que experimentaba sus productos farmacéuticos con animales, fue recientemente denunciada y criticada por utilizar a niños nigerianos como conejillos de Indias. En 1996, científicos delegados de esta empresa viajaron a Kano, Nigeria, con el fin de probar un antibiótico experimental para combatir enfermedades, como el sarampión, el cólera y la meningitis bacteriana. A 200 niños del Tercer Mundo les aplicaron el medicamento llamado Trovafloxacina y la mayoría murieron en el experimento, mientras que los que sobrevivieron desarrollaron malformaciones físicas y mentales. Pfizer figura entre las 10 compañías farmacéuticas más grandes de los Estados Unidos que ofrecen millonarios incentivos a médicos y a gobiernos que receten sus medicamentos.

Tales laboratorios están íntimamente relacionados con actividades políticas. Por ejemplo, la Bayer alemana fue la que inventó el gas mostaza, contundente y peligrosa arma química, utilizada por Saddam Hussein y por Anwar el-Sadat, para eliminar a miles de sus conciudadanos.

Por estos días, apareció un científico en las redes sociales, que afirma haber dictado más de cuatrocientas conferencias a través de los Estados Unidos, para ilustrar a la humanidad, y afirma que son las medicinas la tercera causa de muerte en nuestro continente y en el mundo:

"Cuando te pronostican que padeces de cáncer, de diabetes, de artritis, etc., te prescriben un tratamiento y mueres por él". En los Estados Unidos, cada mes, quince pacientes del Medicare son asesinados por tratamientos médicos y nadie va a la cárcel.

Según el conferencista, a principios del siglo XX, osteópatas, homeópatas, quiroprácticos y médicos ejercían sus profesiones equilibradamente, pero Marcos Welby empezó a meternos la falsa idea de que el médico era el sabelotodo y que deberíamos seguirle, corderilmente, sus consejos.

Entre 1915 y 1920, apareció el llamado Informe Flexner: la Corporación Carnegie financió a Abraham Flexner, quien viajó por todo el país en diligencia. Esto ocurría antes de conocerse el sistema interestatal de autopistas. Duró cinco años haciendo un inventario de las escuelas médicas que recetaban fármacos, llevó la lista a los Carnegie, dueños de grandes laboratorios farmacéuticos y, luego, estos y la familia Rockefeller repartieron millones de dólares a las escuelas médicas y hospitales que recetaban fármacos. Ese fue el principio del fin, porque fue después de esto cuando esta especialidad dejó de estar al servicio de los ciudadanos estadounidenses, y se creó el monstruo que hoy nos domina.

Todos nosotros hemos considerado que la medicina predominante es la farmacológica, dirigida por médicos, y lo es, porque su terapéutica es mejor que la de los homeópatas, neurópatas o quiroprácticos, pues los profesionales de la Medicina tienen la sartén

por el mango, debido a coaliciones políticas y financieras, creadas a principios de siglo y que la mayoría de las personas ignoran.

¿Qué es un seguro médico? Cuando se adquiere un seguro médico, se está apostando a que se pondrá tan enfermo, que no va a poder pagarlo, por lo cual, cancelará una mensualidad por ese seguro.

La gente está sufriendo innecesariamente, pues puede recuperarse, no por la medicina holística, sino por la capacidad que tiene el cuerpo de recuperarse a sí mismo. Lo que el cuerpo precisa son las materias primas necesarias: debemos dejar de consumir alimentos que contaminen o perjudiquen. Si se deposita gasolina diésel a un motor de gasolina normal, no va arrancar y se afectará el motor.

Si se le dan al cuerpo las materias primas que necesite, la presión se normalizará, la artritis desaparecerá, la ansiedad y los ataques de pánico se desvanecerán, y se podrá dormir, placenteramente, toda la noche.

La conducta antisocial adolescente

El joven Dylan Roof, de 21 años, residente en Columbia, Carolina del Sur, permaneció sentado en la banca de una iglesia evangélica afro-norteamericana por espacio de una hora, antes de empezar a disparar, según hechos ocurridos a las 9 de la noche de ese fatídico miércoles 17 de junio de 2015. Según su tío, el padre de este joven le había regalado una pistola Colt 45 el día de su cumpleaños número 21.

Antes de dispararles a sus víctimas, les dijo:" Tengo que hacerlo. Ustedes están invadiendo nuestro país y violando a nuestras mujeres. Ustedes tienen que irse".

Esto ocurrió en Charleston, Carolina del Sur, Estados Unidos, cuando este joven asesinó a nueve personas, crimen considerado de odio racial.

La American Psychological Association define la adolescencia, en el desarrollo humano, como una transición en la etapa de la vida que registra cambios físicos y psicosociales. La conducta adaptada, como la desadaptada, normal o anormal, se deben a una compleja integración de los sistemas biológicos, psicológicos y sociales.

Los gobiernos, los colegios y las universidades deben tomar medidas, teniendo en cuenta que pegarle a alguien, insultar a otras personas o fumar antes de los 16 años deben considerarse el principio de una inestabilidad emocional, que requiere control y disciplina.

Los videojuegos, después del *crack*, son, probablemente, el producto adictivo más peligroso jamás inventado. Aquí, el joven o el niño no hacen nada, no usan su imaginación, son encerrados en una fantasía. Los llamados bohemios de los videojuegos, cada vez, leen menos, practican menos deporte y hacen menos vida social, porque los videos les generan introversión y retraimiento. Se les afecta seriamente el desarrollo intelectual, se les atrofia una parte del cerebro, y lo único que utilizan es la llamada función oculomanual (ojos y manos).

Estos jóvenes, aislados, introvertidos y desinteresados por todo lo que ocurre a su alrededor, tarde o temprano son víctimas de depresión y de todo tipo de patologías psiquiátricas, que les producen agresividad. Juegan entre 8, 10, 20 o hasta 30 horas seguidas y no se preocupan por la comida: una Coca-Cola, un pan o un bocadillo son suficientes, su ropa generalmente es arrugada, no se asean la cara ni se afeitan, y son despeinados e indiferentes al mundo.

El patrón de comportamiento por el bohemio del computador es que, a menudo, se encoleriza, incurre en pataletas, discute con los adultos, los desafía y se opone a cumplir sus órdenes. Este trastorno de conducta les provoca un deterioro clínicamente significativo en las actividades sociales, académicas y laborales.

Lo descrito hasta aquí es propio de jóvenes que han tenido algún tipo de escolaridad y que pertenecen a la clase media, pero, si analizamos a los sin hogar, aquellos que han sido abandonados a su suerte, que habitan a la sombra de los puentes y en avenidas de las grandes urbes, encontraremos algo diferente.

Un joven de la calle, en Bogotá, adicto a las drogas, comentaba su historia, que parecía una película de horror: "He robado, he matado,

he ido a la cárcel, me he venido quedando solo y, al final, vivo para drogarme".

Son jóvenes locos, que deambulan por caminos que no llevan a ninguna parte. Los llaman los guerreros del asfalto, porque salen a cazar víctimas, mediante el atraco para sostener su vicio y habitan en las calles donde los grafitis son las pinturas rupestres de las cuevas urbanas. Sueños truncados, pesadillas, amores furtivos, odios, rupturas, agonías, esperanzas rotas, verdades, mentiras, enfermedades, muertes y todo queda en la calle. Uno de ellos afirmaba que "cualquiera de la calle puede matarte por un pedazo de cartón para dormir, pueden descuartizarte por una cobija, o machacarte la cabeza por robarte una porción de droga".

Estas son las crueles condiciones de fondo social que dan origen a los estados delincuenciales de la juventud actual.

Ante el desenfrenado crecimiento de la delincuencia infantil, los gobiernos de varios países, incluidos los Estados Unidos y la Unión Europea, están considerando adoptar políticas, promover disciplinas y buscar la forma de que los menores antisociales puedan ser judicializados como adultos.

Relato de un viaje a las montañas

Tierra antigua de indios cheroquis, de tuscaroras, cheraws y machapungas, hábitats de grandes osos negros, selva donde moran los venados y el ambiente que se adorna con silvestres plantas fue la impresión de un viaje a las montañas de Carolina del Norte.

Fue muy agradable llegar a un sitio donde la civilización todavía no ha roto la armonía del hombre con la naturaleza, sentir la vida sencilla del campo, del sentimiento, de la sinceridad, donde se puede vivir, incluso, un amor romántico y sentir aún la libertad del individuo. Todo ello recuerda los cantos bucólicos de Walt Whitman, en su obra *Hojas de hierba*.

Cuando hablamos de civilización, nos referimos a lujos, mentiras, frialdad en el sentimiento y soledad entre la gente.

La naturaleza nos brinda una existencia en soledad, tranquilidad absoluta, cordialidad en el trato y amistad verdadera. La alimentación es sana: allí, los frutos no son manipulados por el hombre, los árboles no conocen abonos, el paisaje es bello, se recupera el ánimo y, como dijera el filósofo Rousseau, "el buen salvaje es ingenuo y sin falsedad".

En el campo, se celebran fiestas alegres y rústicas, reuniones sin pompa y sin etiquetas. Allí, los hombres podemos ser nosotros mismos y mostrar nuestra propia autenticidad.

¡Qué diferencia tan grande existe entre celebraciones políticas en el club de una gobernación o una alcaldía, en comparación con una fiesta rural! La estableceríamos así: apariencia contra sinceridad, moral contra inmoralidad, enfermedad contra salud, egoísmo contra compasión, lectura contra partir leña con el hacha y, como expresara Voltaire, "la naturaleza es tan hermosa, tan original y tan sugestiva que, a veces, a uno le entran ganas de volver a caminar en cuatro patas".

Según la biografía de Denis Diderot, en *El sobrino de Romeau* - entre 1761 y 1762-, el protagonista, una persona desagradable y cínica, subsiste a costa de los demás -tipo comisionista- y ha llenado la panza durante años en la mesa de los ricos y acaudalados, no pone reparos en adular a quien sea, siempre y cuando obtenga beneficios, su moral es tan flexible como su cuerpo y tiene una formidable habilidad para mentir y jurar en falso.

Este personaje, Romeau, en la obra dice irónicamente: "Recoger frutos silvestres de un árbol, en vez de que te sirvan con las exquisiteces de nuestros mejores cocineros, ¡qué horrible! Yo necesito siempre una cama, una buena mesa, ropa caliente en invierno y ropa fresca en el verano".

En conclusión, esta clase de personajes son la encarnación del distanciamiento, no se han encontrado consigo mismos, no son sinceros, la grieta que los separa entre su yo y el rol social los hace, cada día, más infelices, son diestros en fingir, la sociedad no les permite mostrar su verdadero rostro y tampoco tienen cabida en un ambiente natural y los moscos hacen de ellos unos verdaderos nazarenos.

Lo que el filósofo Diderot quiere mostrar en su obra es que "su personaje Romeau sería más feliz, si renunciase al lujo, a las apariencias y a la comodidad y ¿no sería mejor llevar una existencia modesta y liberarse de las obligaciones que le impone la vida social?

La civilización no es más que la imposición de la cortesía y el disimulo.

Al protagonista de esta obra, el autor trata de mostrarlo como el prototipo del hombre inmaduro.

Nos hemos apartado un poco del tema inicial, pero lo que queremos expresar es que amar a la naturaleza es vivir con ella, adentrarse en lo más profundo de sus montañas y conocer sus leyes.

Ninguno de esos seres que habitan la montaña nos será ajeno: compartimos la misma casa, el planeta Tierra, pero no nos acerquemos mucho, pues somos especies diferentes y, si nos aproximamos mucho, ellos pueden tomarlo como una provocación.

Los osos, como los venados, nos observan como si fuéramos intrusos. No obstante, nos miran con recelo, son cautelosos y rápidos en sus desplazamientos, pero, si se ven acosados, atacan, lo que ocasionará desagradables consecuencias.

La nanotecnología

En junio de 2011, se llevó a cabo en Rusia el Tercer Foro Nacional sobre la Nanotecnología y en 2015 hubo otro sobre lo mismo en la Unión Europea.

Han hecho presencia en estos foros 359 compañías de diferentes países, con la destacada participación de grandes científicos, empresarios y representantes de la política para estudiar las perspectivas del desarrollo económico y técnico.

La nueva nanotecnología manufacturera es capaz de hacer productos más pequeños y, a la vez, más potentes. Las partículas que se utilizan en la investigación nanotecnológica son invisibles al ojo humano: un nanómetro es una milmillonésima parte de un metro. Entonces, un cabello humano tiene 80.000 nanómetros de ancho.

El Doctor Vyvyan Howard, toxicólogo de la Universidad de Liverpool, Reino Unido, explicó que las nanopartículas pueden penetrar en el cuerpo humano de tres maneras: mediante inhalación, ingestión y de modo transdérmico. Va a ser aplicada a las ciencias, a las artes y al desarrollo tecnológico en todas sus esferas.

La nanomedicina, en la actualidad, se está dedicando a explorar nuestro mundo interior y en los Estados Unidos, científicos médicos, en coordinación con la Nasa, han venido creando unos minúsculos robots, que son la diezmilésima parte de un milímetro y que patrullarán, internamente nuestra sangre. Todos sabemos que nuestra sangre está compuesta por unas nanomáquinas, llamadas células, que son las que mantienen el maravilloso curso de la vida.

Este alucinante aparatico, aunque parezca de ficción, viajará por los complejos mecanismos moleculares que utiliza nuestra naturaleza para darnos la existencia.

El científico médico norteamericano Ralf Merkel, residente en Texas, está dedicado por completo a la nanotecnología y afirma que, para el 2020, la Nasa tiene programada la exploración completa de Marte y, desde ahora, se está preparando a los astronautas con esta especialidad como la mejor opción.

Los astronautas que viajarán a ese planeta podrían ser objeto de cáncer y el Sol producirá partículas radiactivas galácticas, que penetrarán en las células y les ocasionarán osteoporosis y debilidad muscular.

La nanotecnología ha creado unas partículas, llamadas puntos cuánticos, que llegarán al interior de las células y descubrirán las cancerosas.

Según los científicos, un punto cuántico es muchos millones de veces más pequeño que un glóbulo rojo, y solo se podría ver con microscopios muy sofisticados. Estos, a su vez, les lanzarán una señal a los dendrímeros, compañeros de los puntos cuánticos, los cuales atacarán todas las formas existentes de cáncer.

Tengamos en cuenta que una misión similar cumplen nuestros glóbulos blancos, que son los que nos dan la inmunidad, pues "atrapan la bacteria o el virus, lo acorralan y lo destruyen".

La Nasa ha descubierto que, cuando los astronautas salen de la cápsula, empiezan a debilitarse y les va apareciendo una degeneración ósea similar a la osteoporosis y una profunda debilidad muscular que, a pesar de que en su interior llevan mini gimnasios para hacer permanentemente ejercicio, eso no les basta. Por tal razón, los nanorrobots -o nanoexploradores- incursionarán en los glóbulos de los astronautas y les enviarán mensajes a los nanoterapéuticos, para que eviten la destrucción de las células.

En 1987, el científico médico norteamericano Merkel descubrió que la punta del microscopio podía mover un átomo de un lado a otro y que los respirocitos son los encargados de oxigenar la sangre.

No debemos olvidar que las células son vivientes y pueden morir por falta de oxígeno.

Otro invento reciente y que no se podría pasar por alto es que la ingeniería genética, con la química básica, acaba de descubrir un motor 100'000.000 de veces más pequeño que un grano de arena. Esta nanomáquina está proyectada para que, inyectada en el ojo humano, establezca cómo está la relación entre la retina, el nervio óptico y el cerebro.

Posiblemente, en un futuro, podrán ver los ciegos. El hecho de que máquinas en miniatura puedan predecir, investigar y curar enfermedades nos deja entrever que la ciencia médica está a punto de cambiar para siempre.

Algunos científicos escépticos dicen que es difícil controlar el comportamiento de las nanopartículas, porque no cumplen con las leyes de la Física clásica, sino de la Mecánica cuántica y que construir partículas, átomo por átomo y manipular la materia a nivel molecular es penetrar en un mundo de total incertidumbre.

En conclusión, la nanociencia podría llegar a ser una respuesta a la eterna juventud y, dentro de unas décadas, podríamos controlar hasta el envejecimiento.

Las armas electromagnéticas

Desde hace más de treinta años y a raíz de lo que fue la Guerra Fría, los Estados Unidos y la Unión Soviética han estado investigando sobre las armas electromagnéticas.

Surgieron el proyecto Haarp norteamericano y el Sura soviético. Imaginemos a Tokio, Nueva York, Los Ángeles, Brasilia o Buenos Aires sin energía, sin agua, sin teléfonos.

¿Qué sería de los bancos, los cajeros electrónicos, los centros comerciales y qué ocurriría en los hospitales, donde se tendrían que apagar las máquinas por falta de energía, qué pasaría con los edificios a oscuras y sus ascensores parados y qué del ciudadano común, cuando la estufa, la televisión, la nevera, la radio y el horno microondas dejasen de funcionar? Este sería el caos.

Pues se trata de una bomba oculta, que se detona por encima de las nubes, fuera de la atmósfera terrestre, que genera un PEM (pulso electromagnético).

Es considerada la mayor de las armas limpias, porque no produce explosión ni víctimas mortales: solo destruye los aparatos electrónicos y toda clase de medios de comunicación.

Cuando antes de 1970 conjeturaban sobre este posible avance, porque ya se filtraban noticias relacionadas con esto, no podíamos creerlo y lo consideramos pura ficción.

La Haarp fue creada con tecnología del científico Nicolás Tesla, a quien le debemos las patentes de corriente alterna, la radio, el control remoto, la electricidad inalámbrica y la torre Wardenclyffe, destruida por JP Morgan, para que el mundo no tuviera energía libre.

Mientras esto ocurría en Norteamérica, los rusos, con su proyecto Sura, diseñaban láseres de alta potencia y rayos iónicos. Ambos proyectos tienen la capacidad de producir terremotos.

El domingo 2 de abril de 1978, cuando la paz del mundo pendía de un hilo por la Guerra Fría, en una isla canadiense, situada al oeste de los Estados Unidos, cayó del cielo una especie de rayo, que arrasó con la ciudad de Bell Islands, Terranova. La tierra tembló, y esta explosión generó un ruido ensordecedor, que se escuchó a más de veinte kilómetros de distancia, los televisores explotaron, los fusibles saltaron, bolas de fuego demolieron las casas del pueblo y muchos de los animales murieron.

Ese día, los satélites registraron emisiones de luz equivalentes a la explosión de una bomba de 10 megatones, muchísimo más potente que las lanzadas sobre Hiroshima o Nagasaki. La policía militar canadiense abrió una investigación. Algunos llegaron a considerar que se trataba de una poderosa llamarada solar. Otra hipótesis que circuló fue sobre unos mensajes electromagnéticos enviados por la URSS a Cuba, los cuales fueron atraídos por las enormes minas de hierro que tiene la región bajo las costas marinas, pero sus habitantes, los isleños, creen estar seguros de que se trató de un experimento militar fallido.

Llegaron, primero, dos científicos de Nuevo México, más concretamente del Alamos National Laboratory, quienes se dedicaron inicialmente a investigar lo sucedido. Después, arribaron militares soviéticos, acompañados por personal militar norteamericano y canadiense, de quienes la población asegura, eran tremendamente reservados y no hablaban con la prensa, y se dedicaron solamente a recoger muestras y a tomar apuntes.

Lo más sorprendente es que esto ocurría en plena Guerra Fría y los Estados Unidos y Rusia estaban desarrollando armas electromagnéticas, como nueva forma de "guerra silenciosa".

Haciendo un poco de historia, encontramos que las guerras empezaron con la pólvora; luego, barcos con cañones, surgió la fuerza aérea, el uso de explosivos y, por último, la guerra nuclear, con la que se dio fin a la Segunda Guerra Mundial.

Después, vinieron el Napalm, que se usó en Vietnam; las bombas inteligentes, en el golfo pérsico y, por el momento, se está trabajando en las armas electromagnéticas y los drones.

Todo esto se vino a conocer en 1977, cuando el *New York Times* nos habló, por primera vez, de las bombas inteligentes, de los misiles guiados por satélites, de aviones no tripulados -drones- y el uso de ondas electromagnéticas en forma de energía dirigida.

Tratándose este último, es un armamento fuertemente destructivo, capaz de aniquilar misiles enemigos en el cielo, dejar ciegos o quemar la piel de los soldados en los campos de batalla y destruir toda la electricidad de una ciudad en cuestión de segundos.

Algunos aseguran que, cuando se desarrollaba el Proyecto Manhattan, sobre la fabricación de la bomba atómica, ya se pensaba en la energía electromagnética. Esta tecnología también la tienen Noruega, Rusia y el Japón.

El proyecto Haarp se hizo con la finalidad de proteger a los Estados Unidos y al Canadá, o sea, crear un escudo antimisiles que los defendería de los hipotéticos misiles enemigos.

Paralelo a este programa, está la energía láser, que no es más que un hilo permanente de radiación con intensidad suficiente para causar varios daños. Este ejerce la misma función de un microondas en la cocina: puede calentar la piel con mucha rapidez.

En 1970, los Estados Unidos firmaron un tratado con la URSS y sesenta países más, que se comprometieron a no usar la Geofísica, como arma de guerra, o emplearla solo dentro de los límites territoriales de la nación.

Resulta que, con esta tecnología, se puede calentar la ionosfera y convertir el clima en un letal enemigo, generador de inundaciones, tornados y todo tipo de catástrofes.

La China y la India acaban de vincularse al Club de la Tecnología Láser. De lo que sí debemos estar seguros es de que las potencias continuarán perfeccionando armas, pero lo que se desconoce son los efectos secundarios que estas puedan ocasionar.

Las semillas transgénicas

"Por todos los medios y en todas las épocas, se ha querido acorralar al ser humano".

Antiguamente, en las fincas cafeteras se cultivaba el arábigo, un árbol que duraba cuarenta años produciendo café, sin más abono que su propia cereza. Con el producto de sus cosechas, se desyerbaba la finca, se renovaban las siembras, no había necesidad de comprar abonos ni de endeudarse con los bancos. Los campesinos ahorraban para comprar otras parcelas, diversificar sus cultivos, el café que se vendía era de gran calidad, las familias eran levantadas con abundancia, con buena y nutritiva alimentación y el dinero alcanzaba.

Después, fueron surgiendo nuevas semillas, como, la variedad Colombia, caturra y muchas otras, mientras las nuevas políticas de los gobiernos incluían abonos químicos y préstamos bancarios para los caficultores.

Pero sucedió que, con estas nuevas técnicas de las ciencias agrarias y los bancos, lo que se conseguía era erosionar la tierra, los químicos degradaron los suelos, la fertilidad decreció, el campesino se endeudó y llegó el momento en que los ingresos económicos por el producto de sus cosechas ni siquiera alcanzaba para comprar los insumos o reparar los beneficiaderos. Se trabajaba solamente para pagarles a los bancos y adquirir nuevos préstamos.

Hoy, ha surgido un nuevo fenómeno, las semillas transgénicas, que suponen el incremento del uso de tóxicos en la agricultura, contaminación genética del suelo, pérdida de biodiversidad, desarrollo de resistencias de insectos y "malas yerbas", riesgos sanitarios y efectos no deseados en otros organismos.

Transgénico quiere decir un organismo modificado genéticamente, es decir, un organismo vivo, creado artificialmente y al que se le han manipulado los genes. La manipulación genética consiste en aislar segmentos del ADN -material genético- de un ser vivo, sea este un virus, una bacteria, un vegetal o un ser humano, para introducirlos en el ADN de otro.

En España, el Instituto Nacional de Investigaciones Agrarias, una voz solitaria a la que el gobierno no escucha, propone desinfectar los suelos de productos químicos y que tengamos en cuenta que los problemas del campo no son solo de los agricultores, sino de todos nosotros, que luchemos por una cultura ecológica, y recomienda territorios libres de transgénicos y defender una soberanía alimentaria, representada en los derechos de todo ciudadano a elegir lo que quiere o no quiere comer. Nos aconseja que promovamos la agroecología, como ciencia y forma de vida.

Los cultivos de semilla transgénica más comunes son el maíz, la soja, la papa, el algodón y el arroz, los cuales han sido tratados en laboratorio, de tal forma que no produzcan semillas para nuevas cosechas, o sea que, en un futuro, para cada siembra, se necesitará adquirir más semillas, las que ya no serán gratuitas, como en la evolución natural, sino que habrá que comprarlas.

Empresas multinacionales, como Monsanto, Singerta-Novartis, Bayer, Danone o Actimel, monopolizan la obtención de semillas a nivel planetario y seguirán adelante con su sofisticada técnica de dominación de los genomas vegetales.

Tenemos conocimiento de que en la India, cada año, se suicidan más de veinte mil agricultores, al descubrir el engaño de las semillas transgénicas, especialmente, las de arroz y de algodón, las cuales no

pueden resembrar, porque han perdido las semillas autóctonas. Estas noticias han sido divulgadas por una cantidad considerable de diarios europeos.

Les basta con sorber un trago de este pesticida que, antes, con sus semillas, no les hacía falta, pero que ahora, como una modernidad impuesta, tampoco pueden pagar.

Este problema contribuye a que la población de los países subdesarrollados se suma cada día más en la pobreza, fuera de afectar la salud de las personas y generar gran contaminación ambiental. Algunas instituciones ecológicas han considerado esto como terrorismo biológico, con secuelas de muerte y desolación.

Son infinidades los estudios científicos imparciales que solicitan poner freno a los alimentos modificados genéticamente en la cadena alimentaria.

En experimentos realizados con ratas alimentadas con soja, maíz o papas transgénicas, se ha detectado que se les ha alterado su sistema inmune y han resultado con graves afecciones en el hígado, el páncreas y los riñones. En Europa, estas semillas están recibiendo un rechazo total por parte de sus ciudadanos. Mientras algunos bancos las están subvencionando, estas nacerán una sola vez, lo que hará que su descendencia sea estéril y se evitará, así, que el agricultor pueda volver a sembrarla sin ningún costo.

Existe un proyecto, subvencionado por la Unión Europea, llamado Transcontainer, que consiste en que la semilla, en lugar de tener una propiedad suicida, se transforme en una semilla "zombie", con posibilidades de recuperar su fuerza germinativa, por medio de una nueva tecnología de extirpación de genes, denominada "exorcista". Es decir, si un agricultor desea sembrar por un segundo año, la

Abelardo Giraldo

semilla transgénica comprada el año anterior deberá pagar a la industria farmacéutica un producto químico que recuperará la vida de esa semilla medio muerta, obtenida de segunda generación.

¿Necesitaremos tanta tecnología sucia, para producir nuestros propios alimentos? Creemos que no, y tenemos que parar esto, alertando a nuestros campesinos y, así, rescatarlos de caer en tan tremendo error. Hagámoslo por el bien de la humanidad. No olvidemos que salud y alimentación deben ir íntimamente ligadas, dejando de lado la locura especulativa de estas potentes y enormes empresas farmacéuticas biotecnológicas multinacionales.

Según Greenpeace, los efectos sobre los ecosistemas son irreversibles e imprevisibles, producen alergias, tumores cancerígenos y hacen que nuestro cuerpo se torne resistente a los antibióticos.

Los Estados Unidos, España y México son los mayores cultivadores de semillas transgénicas, mientras que en Francia, Austria, Grecia, Hungría e Italia son totalmente prohibidos estos productos, pero no su consumo, porque, quiérase o no, ya existen en todos los supermercados del mundo.

Mathew Metz, científico de la Universidad de Washington, asegura que más del 40% del maíz cultivado en los Estados Unidos es transgénico, y lo define como un comercio desleal que la industria biotecnológica ejerce sobre los consumidores y el medioambiente.

En el Canadá, expertos médicos, científicos y gubernamentales están pidiendo que se retiren de los mercados todos los productos de maíz, soja o cereal modificados, porque son un peligro para la salud y el desarrollo ambiental.

Un paraíso maldito

Existen muchos lugares en el mundo, famosos por fenómenos paranormales, maldiciones y sucesos que no tienen la más mínima explicación racional, son lugares embrujados como, casas, edificios, carreteras o islas, que parecen malditos.

Esto ocurre en una isla llamada PALMYRA y, la realidad es, que se trata de un atolón o sea un anillo con formaciones de coral que se encuentra al norte del pacífico ecuatorial, entre las islas de HAWÁI y SAMOA, americana.

Se trata de un lugar remoto, sin habitantes, completamente virgen, cubierto de una densa vegetación, rico en vida silvestre y hermosos arrecifes de coral, pero es un lugar donde habita el mal, allí ocurre una amplia variedad de eventos sobrenaturales, extraños fenómenos e inexplicables sucesos.

Fue descubierto en 1798 por el capitán EDMUND FANNING, cuando se dirigía en el barco "BETSY" con destino a ASIA. Registros históricos afirman que cuando cruzaba en su barco, frente al atolón, se despertó varias veces en la noche debido a una extraña sensación de muerte inminente, perturbado por las pesadillas, salió a cubierta y encontró que justo a tiempo, vio un peligroso arrecife que logró esquivar.

PALMYRA, se ganó rápidamente la reputación de ser un lugar extraño y aterrador, los barcos que pasaban por allí, sus tripulaciones afirmaban, observar luces fantasmales que provenían de la isla y que el agua a su alrededor, era infestada de tiburones feroces y misteriosas criaturas marinas, historias que aterrorizaban incluso a los más escépticos.

El año de 1870, un barco norteamericano llamado "ÁNGEL", impactó contra uno de los arrecifes y un grupo de sobrevivientes logró llegar a la isla, pero nunca vivieron para contarlo y ocurrió que, otro barco, que hizo allí una parada, encontró los cuerpos esparcidos por toda la playa, habían sido violentamente asesinados.

Otro naufragio famoso fue el del barco pirata español "LA ESPERANZA", que se estrelló contra los arrecifes de la isla, mientras transportaban grandes cantidades de oro y plata, saqueados a los INCAS en el PERÚ, los sobrevivientes del naufragio lograron cargar algunos de los tesoros y en balsas, llegaron hasta la isla. Después de permanecer varados en ese lugar, por espacio de un año, demacrados y enfermos, enterraron sus tesoros, abordaron sus balsas y no se supo más de ellos. Se tiene conocimiento que el tesoro INCA, permanece enterrado en la isla hasta nuestros días.

Sobrevivientes de otros naufragios y que escaparon con vida, contaban aterradoras experiencias, afirmaban que los bosques de PALMYRA, eran el hogar de bestias oscuras, que observaban desde los árboles y que los mismos árboles, parecían susurrar algún tipo de dialecto desconocido y agregaban que el agua que rodeaba el atolón era tremendamente aterradora, que la vida marina era venenosa para comer y que, devoradores y agresivos tiburones abundaban por doquier.

Un navegante desconocido que alcanzó a estar dos semanas en ese lugar maldito, alcanzó a afirmar, "TUVE LA SENSACIÓN DE QUE NO PERTENECÍA ALLÍ, DE QUE LA ISLA NO ME QUERÍA, ME SENTÍA AMENAZADO Y A MEDIDA QUE LOS DÍAS PASABAN, TUVE LA PERMANENTE SENSACIÓN DE QUE TENIA QUE SALIR DE ALLÍ, TAN PRONTO COMO FUERA POSIBLE, ANTES DE QUE ALGO MALO ME PUDIERA PASAR.

Además de los naufragios, PALMYRA era famoso por los barcos que desaparecían sin dejar rastro, se trataba de buques que llegaban allí y nunca más se sabía de ellos.

Durante la segunda guerra mundial, Estados Unidos, utilizó esta isla como una instalación naval, contra las posibles incursiones aéreas de Japón y se utilizó además como zona de abastecimiento para patrullas aéreas de largo alcance y submarinos.

Los hombres de la armada, afirmaban, ser testigos de los misteriosos poderes del atolón, muchos de los soldados se consideraban superados por sentimientos misteriosos e irracionales de profundo miedo, que era tan inexplicable y abrumador, que solicitaban con urgencia que los sacaran de la isla. Otros, bajo fuertes ataques de pánico acudían al suicidio en extrañas circunstancias.

Antropólogos han considerado esta isla, como una zona de conexión paralela a una dimensión desconocida y que PALMYRA es una entidad viva con su propia y oscura voluntad.

Sigue siendo aparentemente tranquila, una bella y paradisíaca isla deshabitada, sin embargo, las apariencias engañan.

Un navegante anónimo alcanzó a decir: "PALMYRA SIEMPRE PERTENECERÁ A SI MISMA, NUNCA AL HOMBRE".

Civilizaciones bajo tierra

Analizando las cuevas de Rumania, en el lugar legendario del "CONDE DRÁCULA", llamado TRANSILVANIA, existe una de las mayores concentraciones de cuevas del planeta. Allí, un escrito sobre una piedra roseta advierte a los turistas, "LAS CUEVAS MATAN GENTE, SON ASESINAS, CUANDO ENTRES A ELLAS, MIRA POR DONDE PODRÁS ESCAPAR".

El español JUAN JOSÉ REVENGA, publicó un libro con este nombre, CIVILIZACIONES BAJO TIERRA, es extraordinario, las experiencias de este antropólogo que viaja a lugares remotos de diferentes partes del mundo, nos deja sin palabras, son experiencias maravillosas, dignas de conocerse.

Se nos ha dicho que hace 30 millones de años empezó la evolución, la tierra se partió, se hundieron continentes, los HOMO HABILIS, se refugiaron bajo la tierra, después se levantaron y empezaron a caminar, eran nómadas subterráneos, según leyendas históricas, allí fue donde se generó la existencia, surgieron los primeros homínidos.

Un aviador estadounidense de nombre RICHARD BYRD, que vivió por los años de 1888 a 1957, fue el primer humano que intentó llegar al POLO NORTE, y según un historiador italiano de nombre AMADEO GIANINI, de quien afirman, obtuvo el diario del piloto, asegura que BYRD, logró adentrarse por un hueco y volar su bimotor por un espacio de 2.300 millas, habiendo obtenido encuentros misteriosos, lo primero que observó, fue un MAMUT LANUDO VIVO y el segundo, un ser HUMANOIDE, por tal razón aparece en su diario, el haber organizado el año de 1956, un proyecto de investigación científica a la ANTÁRTIDA.

La teoría de que la tierra es hueca, la defendía EDMUND HALLEY, astrónomo del siglo XVIII, quien descubrió el cometa que lleva su nombre, igualmente NEWTON y científicos como KEPLER Y BOYLE, también la consideraron posible. HALLEY, aseguraba que la tierra tenía dos entradas al interior, una en el polo norte y otra en el polo sur.

Como evidencias científicas contrarias, tenemos la existencia del campo magnético terrestre, el cual es producido por un conductor eléctrico que gira a grandes velocidades al interior de la tierra.

Además, han considerado que una corteza en forma de cáscara no podría mantener ese equilibrio hidrostático, es decir, la materia no sería capaz de mantenerse estructurada, venciendo la gravedad sin colapsarse antes.

JUAN JOSÉ REVENGA, estuvo investigando sobre LA TORRE DE BABEL en BAGDAD, la cual es considerada patrimonio de la humanidad, aunque está a punto de desaparecer, por allí, pasan los ríos ÉUFRATES y el TIGRIS, también fue donde estuvieron los ANNUNAKI, esos seres con rostro de aves que dicen que se ligaron con los humanos. También estuvo recorriendo las cuevas de CAPADOCIA, en Turquía, de las que nos comenta existieron alrededor de unas 200 ciudades y agrega que fueron los frigios sus primeros habitantes.

De ANKARA, nos dice que según algunas pinturas rupestres, fueron encontrados rastros de civilizaciones muy extrañas, se puede apreciar allí, un barco volador, vasijas y objetos rituales, que nos indican la existencia de muchas civilizaciones anteriores. Viajó a TIAHUANACO, en los Andes, en donde, de la arquitectura, el tratamiento del agua y las plantaciones de esta civilización, aprendieron los INCAS.

Tiahuanaco, queda cerca del LAGO TITICACA, de la mitad de la plaza, los indios AIMARAS, extrajeron al gran ÍDOLO, una estatua inmensa, a la que consideraban la entrada de los dioses, existen muchas piedras de gran tamaño, en cuya cercanía las brújulas se vuelven locas. Una leyenda indígena sostiene que en ese lugar los descendientes del Dios VIRACOCHA, que eran más altos que nosotros, asesinaron a los gigantes a través de un diluvio. En una rupestre pintura aparecida allí, vemos una persona con casco y tornillos sobre un objeto volador, al que los indios AIMARAS, lo definen como el Dios Viracocha.

Al interior de unas cuevas existentes en INDONESIA, aparecen ataúdes y muertos por todas partes, son habitadas por unos extraños personajes llamados LOS TORAJAS, caníbales y extremadamente peligrosos, se dice que quien trate de ingresar a ellas, será devorado por estos, así le ha ocurrido a infinidad de misioneros que han querido evangelizarlos.

Los TAO, antigua civilización china de hace 5.000 años, acostumbran colocar a la entrada de las cuevas, un muñeco, el cual, también muy misterioso, parece cobrar vida, cuando un intruso trata de incursionar en ellas.

En la ISLA DE PASCUA, ubicada sobre el Océano Pacífico entre Chile y Hawái, aparecen unos gigantescos monolitos llamados los MOAIS, que dan la impresión de que todos miraran hacia dentro, como protegiendo que nadie pudiera entrar allí. Lo misterioso de estas estatuas milenarias es que estos gigantescos monolitos no fueron resbalados en troncos de madera a sus sitios porque allí no han existido árboles, además no eran navegantes, para afirmar que fueron fabricados en otra parte y traídos allí.

Lo que parece cierto es, que entre las civilizaciones antiguas hubo contacto, EL SEÑOR DE ZIPAN, en su orfebrería, trabajo artesanal, lo mismo que su tumba, tienen mucho parecido con las costumbres faraónicas del antiguo Egipto.

LAS PINTURAS RUPESTRES DE YAMON, localizadas en el Amazonas, son hermosas, de diferentes colores y existen miles de ellas, son fantásticas, pero con la creciente y depredadora tala de bosques, están empezando a desaparecer.

Al nororiente del Perú, selva de montaña, aparecieron LOS SAURIOS, allí la vegetación es muy densa y existen cuevas donde al parecer los habitantes se ocultaban de especies voladoras que constituían un peligro para ellos. Se dice que las tipologías de las razas existentes en ese lugar son extrañas, unos son demasiado altos y otros, demasiado pequeños.

En PAPUA, Indonesia, las mujeres que quedan viudas, se cortan los dedos.

El lago TITICACA, ubicado en el suroeste del Perú y frontera con Bolivia, tiene algo de mágico, son 60 por 70 kilómetros de extensión, las ceremonias que allí se realizan por chamanes con hojas de coca, dan la impresión de que coquetearan con los dioses, allí existentes, el historiador y biólogo francés JACQUES YVES COUSTEAU, se alojó en este lago por mucho tiempo y en compañía de otros antropólogos argentinos, llegaron a la conclusión de que, debajo de este lago, existió en la antigüedad, una ciudad de gigantes. A un lado del lago residen los HUROS, de los que se dice tienen la sangre negra, pero la verdad es que, la sangre roja de estos aborígenes es tan oscura que parece negra.

LAS CULTURAS MESOAMERICANAS. Los aztecas habitantes de TEOTIHUACAN, eran descendientes de una civilización originaria del continente perdido de la ATLÁNTIDA y cuando llegaron, sacrificaron a más de 20.000 personas en honor a los dioses, según una leyenda. Si uno entra al museo de arqueología de México, veremos gente extrañísima, según confirma el autor REVENGA.

Otra cosa misteriosa es que las medidas de todas las figuras ciclópeas de la antigüedad, partían desde los siete metros.

El antropólogo también viajó al África, allí conoció a BURQUINAS, en donde el producto interno bruto equivale a 0, viven de ayudas internacionales y habitan como el hombre prehistórico. Los MARAOI y los TOARE, son los africanos que no tienen pasaporte, viven por las fronteras de MALI y a pesar de su pobreza, viven con un gran orgullo libertario.

Se dice que la TERCERA GUERRA MUNDIAL, provendrá de la Antártida, esta había sido descubierta por los alemanes, fueron los primeros que descubrieron que la tierra era hueca, allí había mucha tecnología.

Existen allí bases militares ultra secretas y posee muchas zonas a donde es prohibido ingresar, si te bajas de un barco o helicóptero, tienes que limpiarte las botas con desinfectante, lo mismo debes hacer cuando abandonas el lugar. Informaciones dan cuenta de la existencia de 60 bases militares bajo tierra. NEIL AMSTRONG, alcanzó a pronosticar que una tercera guerra mundial, la organizarían desde allí.

LA CUEVA DE LOS TAYOS, ubicada en lo más profundo de la AMAZONIA ecuatoriana, prestigiosos antropólogos han demostrado que allí existieron otras civilizaciones, el astronauta NEIL AMSTRONG, al regreso de la LUNA, lo primero que hizo, fue visitar este sitio con 200 personas, bajaron a cuevas de 7 y 8 metros por las que se deslizaron a profundidades de hasta 150 metros y

afirmaron que debajo, se encontraron casas y piedras gigantescas, erupciones de agua, arañas, pájaros, murciélagos que demostraban una existencia tremenda de vida, además existían cavidades como de catedral realizadas al parecer por personas muy inteligentes.

NEIL AMSTRONG, era un iluminado, un iniciado masón de máximo nivel, a quien se le deben dos frases muy importantes. La primera es "CUANDO EL ÁGUILA SE POSE SOBRE LA LUNA, EMPEZARA A GESTARSE LA EXTINCIÓN DE LA HUMANIDAD" y la segunda, al salir de LA CUEVA DE LOS TAYOS, "LO QUE HE SENTIDO ALLÍ ABAJO, SUPERA, LO QUE YO SENTÍ EN LA LUNA".

En conclusión, nuestro gran antropólogo y viajero Español, JUAN JOSÉ REVENGA, nos deja sorprendidos con ese agradable libro sobre "LAS CIVILIZACIONES BAJO TIERRA".

Bibliografía

África, el continente maltratado, Óscar Mateos Marín *África, la madre ultrajada*, Juan Carrero Saralegui *Archivos del Congreso de la República de Colombia Asuntos amazónicos*, Edmundo Pinto Mejía

Cicerón y Séneca, Clásicos Jackson, mayo, 1956

Comité de Solidaridad con África Negra, José García Botía

El dinero del diablo, Pedro Ángel Palo

El general en su laberinto, Gabriel García Márquez

El insomnio de Bolívar, Jorge Volpi

El mundo del libro Enciclopedia Británica

Encuesta GENFORWARD, Universidad de Chicago; Associated Press-NORC Center for Public Affairs Research

Grandes oradores colombianos, Antonio Cruz Cárdenas

Historias del Oeste, Gregorio Doval

Juegos de poder, Dick Morris

La otra historia de los Estados Unidos, Howard Zinn

La puta de Babilonia, Fernando Vallejo

La ruta prohibida, Javier Sierra

La sombra del viento, Carlos Ruiz Zafón

Los Borgia, Mario Puzo

Los narcos gringos, J.Jesús Esquivel *Los pilares de la Tierra*, Ken Fullet

Proclamas y discursos del Libertador, Vicente Lecuona

Revista Bicentenario, Enrique Santos Molano, Mario Lamo Jiménez *Simón Bolívar una pasión política*, Mario Hernández

Sociopatologia de la Sociedad contemporánea, Oscar Yescas Domínguez.

Trilogía, Daniel Stulin

Wikipedia

EBOOK (LIBRO DIGITAL):

https://docdro.id/wzUOANq

AUDIO BOOK:

https://voca.ro/5CJo2NWoygw